石城吟
——石恒济诗词

石恒济 著

扬州慢

绮户朱楼，花蹊柳陌，小桥流水人家。
正寒星点点，伴残月微斜。
碧波上、轻岚薄雾，兰舟画舫，笑语吴娃。
俏秦淮、十里河风，灯艳红纱。

六朝故国，说风流、满目烟霞。
望钟阜龙蟠，石头虎踞，江水云槎。
一带名园佳丽，轩窗外、极尽繁华。
叹闲云孤鹤，而今醉在天涯。

夜游秦淮

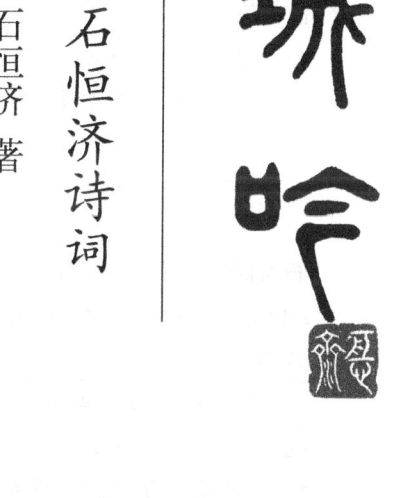

知识产权出版社
全国百佳图书出版单位
——北京——

图书在版编目(CIP)数据

石城吟：石恒济诗词 / 石恒济著. —北京：知识产权出版社，2024.1
ISBN 978-7-5130-8983-8

Ⅰ.①石… Ⅱ.①石… Ⅲ.①诗词—作品集—中国—当代 Ⅳ.①I227

中国国家版本馆CIP数据核字(2023)第221920号

内容提要：

本书是2018年和2021年先后出版的古典诗词集《流年集——石恒济诗词》和《暮吟草——石恒济诗词》的续集。本书共有诗词438首，其中诗162首，词276首。诗的体裁为律诗和绝句，词包括小令、中调词和长调慢词，所用词牌113个。书中诗词多为作者对祖国大好河山的赞美吟咏及对世事变迁、岁月蹉跎的慨叹。既有状物咏史之篇，亦多感时伤怀之作。诗词附有注释，对增长历史、地理、人文知识将有所裨益。

本书可供学生和诗词爱好者阅读。

责任编辑：阴海燕　　　　　　　　　　　　　　　责任印制：孙婷婷

石城吟——石恒济诗词
SHICHENG YIN——SHI HENGJI SHICI

石恒济　著

出版发行：知识产权出版社有限责任公司	网　　址：http://www.ipph.cn
电　　话：010-82004826	http://www.laichushu.com
社　　址：北京市海淀区气象路50号院	邮　　编：100081
责编电话：010-82000860转8693	责编邮箱：laichushu@cnipr.com
发行电话：010-82000860转8101	发行传真：010-82000893
印　　刷：北京中献拓方科技发展有限公司	经　　销：新华书店、各大网上书店及相关专业书店
开　　本：720mm×1000mm 1/16	印　　张：35.25
版　　次：2024年1月第1版	印　　次：2024年1月第1次印刷
字　　数：340千字	定　　价：88.00元
ISBN 978-7-5130-8983-8	

出版权专有　侵权必究
如有印装质量问题，本社负责调换。

序　　言

　　本书《石城吟——石恒济诗词》，是2018年和2021年先后出版的古典诗词集《流年集——石恒济诗词》和《暮吟草——石恒济诗词》的续集。余家乡在河北省石家庄市，石家庄曾称"石门"，简称"石市"；余晚年客居南京，南京古称"石头城"，简称"石城"。余的诗词大多创作于这南北两个石城，故将本诗词集定名为《石城吟》。

　　中国是诗的国度，音乐文学源远流长。自春秋战国时期《诗经》和《楚辞》的相继问世到汉魏时期的乐府民歌，再到唐诗、宋词、元曲，我国诗苑词林中，百花争奇斗艳。特别是唐诗、宋词，是我国古典文学百花园中的奇葩，千百年来，依然散发着迷人的芳香。

　　古人言，"诗言志，词抒情"。而今人的观点是，诗也可以"抒情"，词也可以"言志"。诗词是人类心灵的形象展现，尤其是古典诗词，它所具有的淳厚韵味和音乐性的特点，使其成为中国传统文学中最具魅力的表现形式之一。时至今日，诗词依然具有旺盛的生命力，拥有着广大的爱好者，人们心中那些幽微的情感仍要借诗词来表达和传递。古典诗词中的那些优秀篇章，那些脍炙人口的名章隽句，一直深深地刻在人们的心中，令人百读不厌。这些优美的诗词篇章，或教人爱国家、爱民族、爱人民、爱家园，或催人励志奋进、不虚度年华，或赞美祖国的大好河山、吟咏四时风光，或揭露社会矛盾、主张公平正义，或抒发真挚情感、倡导人间的真善美，等等。在艺术性方面，不同的艺术形式，多种多样的风格，具体生动的形象，伴随着深厚的情感，浪漫恣肆的想象，精炼流畅的语言，鲜明抑扬的节奏，遂蔚成为华美的诗章。

近年来，学习、继承和发扬传统文化之风蓬勃兴起，形成了"古典诗词热"。《流年集》《暮吟草》和《石城吟》这三本诗词集相继出版，初衷是想借古典诗词这种表现形式来讴歌时代，抒写情怀，用以反映今天的祖国风貌、大好河山、自然风光、社会生活、风土人情、奇闻轶事，以及怀古咏今，赞美大德先贤们的高尚品德和志士英烈们的豪情壮举，抒发作者对伟大祖国的热爱、对大好河山的眷恋、对美好生活的憧憬及揭示其心中幽微的情感。

《流年集》《暮吟草》和《石城吟》这三本诗词集共计有诗词1255首，其中诗625首，词630首，所用词牌207个。所辑录的诗词按写作时间的先后顺序排列，格律和用韵严格。在韵书的选择和使用上，这三本诗词集中的诗和词分别选用了不同的韵书。其中的诗并未采用古代通行的106韵的"平水韵"，而是以现代中华诗词学会编辑的《中华新韵（十四韵）》为韵书，没有入声韵。而其中的词却是依照清代戈载编辑的《词林正韵》的十九个韵部来填词，某些词作依然使用了入声韵。因为某些词调要求或例用入声韵，只有使用入声韵，才能更好地体现该词调的风格。词韵里入声单独成为韵部，即在仄声字当中，入声自成一类，一般不和上、去声通押，也不和平、上、去声互押。也就是说,词中入声韵往往独用,不与他韵通用。故在填词时,如果选择入声韵,那么整首词的韵脚一般应为同一入声韵部里的入声字。应当指出,阅读古典诗词,自然要以"平水韵"(清代改称"平水韵"为"佩文诗韵")和《词林正韵》等为依据。而如果是今人创作诗词,则可以而且应当提倡新声韵。《中华新韵(十四韵)》是一部使用普通话音系的韵书,完成了普通话的诗韵划分,既继承了格律诗用韵的传统,又便于今人诗词的写作与普及,使用起来很方便,是很好的一部韵书。另外,在一首诗词中,只能依一种韵书用韵,不可两种或多种混用。窃以为,对于初学作诗填词的人来说,只要能做到音韵和谐悦耳、美妙动听、意境美好就可以了,对于诗词格律既要遵守但也不必过于苛求。

本诗词集的注释部分,主要参考的资料是《新华字典》《新华词典》《现代汉语词典》,以及"百度文库"等网站上的有关资料和相关的文史书籍与资料,在此一并表示感谢。

笔者学识浅薄,所作诗词中如有不当或舛谬之处,敬请各位读者不吝赐教!谢谢。

石恒济

目 录

流寓江南 /001
满庭芳·梅雨感怀 /002
满庭芳·夏日晚眺 /003
晨　　望 /004
日暮江景 /005
风雨台城 /006
台城咏叹 /007
游紫金山 /008
登灵谷塔 /010
咏曼珠沙华 /011
高阳台·重回正定感怀 /012
咏正定四塔·广惠寺华塔 /014
咏正定四塔·临济寺澄灵塔 /015
咏正定四塔·开元寺须弥塔 /016
咏正定四塔·天宁寺凌霄塔 /017
咏古中山国 /018
咏中山三器 /020
中秋望月 /022
秋夜吟 /023
感　　怀 /024
扬州慢·金陵秋望 /025
雨霖铃·晚秋 /027
山　　行 /029
惜春令·雪中吟 /030
惜春令·岁暮愁心 /031
惜春令·新年 /032
惜春令·小寒 /033
惜春令·咏蜡梅 /034
黄梅飘香 /035
心系燕赵间 /036
浪淘沙·昨夜梦流频 /037
浪淘沙·窗外雪纷纷 /038
浪淘沙·昨夜月华明 /039
浪淘沙·冬日暖阳怜 /040
浪淘沙·迟暮客天涯 /041
相见欢·台城咏叹 /042

相见欢·秦淮碧水 / 044
相见欢·钟山烟雨 / 045
相见欢·信步江滨 / 046
相见欢·故园北望 / 047
清平乐·人在何方 / 048
清平乐·暗香浮动 / 049
清平乐·相伴花前 / 050
西江月·梦回河北 / 052
西江月·岁暮黄昏 / 053
忆秦娥·金陵心香结 / 054
忆秦娥·飞雪寒凝彻 / 056
忆秦娥·岁月如畴昔 / 057
虞美人·倚层楼 / 058
虞美人·江南晨晓 / 060
南歌子·风光无限 / 061
南歌子·湖海烟波 / 063
南歌子·冬去春来 / 064
南歌子·大浪淘沙 / 065

南歌子·别梦依稀 / 066
少年游·春光初绽 / 067
少年游·咏江梅 / 068
少年游·归路茫茫 / 069
少年游·贫煞也风流 / 070
少年游·乡愁 / 071
好时光·春信 / 072
好时光·望春 / 073
好事近·咏蝶兰 / 074
好事近·咏水仙 / 076
醉花间·谁解怜方寸 / 078
醉花间·一片归心乱 / 079
醉乡春·人安好 / 080
醉乡春·望家山 / 081
醉花阴·残腊近年关 / 082
醉花阴·春意知多少 / 083
立　春 / 084
小　年 / 085

探春令·春光秀 / 086
探春令·咏梅花 / 087
探春令·相思恨 / 088
探春令·难相见 / 089
探春令·观花灯 / 090
扬州慢·夜游秦淮 / 092
探春慢·辞旧迎新 / 094
探春慢·重游梅花山 / 096
柳梢青·江南春光 / 097
柳梢青·醉在金陵 / 098
柳梢青·沉醉梅园 / 099
柳梢青·南国春晓 / 100
柳梢青·迟暮人生 / 101
武陵春·画中游 / 102
武陵春·醉游湖山 / 103
武陵春·过桃叶渡 / 104
武陵春·游秦淮水亭 / 105
武陵春·游白鹭洲 / 107

武陵春·过朱雀桥 / 109
武陵春·游东水关 / 111
武陵春·游西水关 / 112
武陵春·登赏心亭 / 113
武陵春·游江南贡院 / 115
春游紫金山 / 117
春游牛首山 / 118
春游秦淮河 / 119
春游玄武湖 / 120
春游鸡鸣寺 / 122
一剪梅·沉醉烟霞 / 123
一剪梅·观梅 / 124
一剪梅·赏樱花 / 125
一剪梅·醉东风 / 126
一剪梅·归程 / 127
满宫花·南国春光 / 128
满宫花·寄兴芳草 / 129
满宫花·寂寞人生 / 130

看花回·鸡鸣寺樱花节 / 131
庆春泽·玄武湖樱花节 / 132
海棠春·流光误 / 133
海棠春·金陵恋 / 134
海棠春·春游秦淮 / 135
海棠春·登石头城 / 136
海棠春·莫愁湖观海棠 / 138
绝句五首(之一)·山寺 / 139
绝句五首(之二)·画屏 / 140
绝句五首(之三)·雁阵 / 141
绝句五首(之四)·鸟巢 / 142
绝句五首(之五)·碧桃 / 143
江南海棠开(之一) / 144
江南海棠开(之二) / 145
江南海棠开(之三) / 146
江南海棠开(之四) / 147
江南海棠开(之五) / 148
春游羊山湖(之一) / 149

春游羊山湖(之二) / 150
春游羊山湖(之三) / 151
春游羊山湖(之四) / 152
春游羊山湖(之五) / 153
咏春杂诗十首(之一)·醉游春 / 154
咏春杂诗十首(之二)·泛舟玄武湖 / 155
咏春杂诗十首(之三)·迎春花 / 156
咏春杂诗十首(之四)·咏连翘 / 157
咏春杂诗十首(之五)·海棠情 / 158
咏春杂诗十首(之六)·寓意白海棠 / 159
咏春杂诗十首(之七)·红花碧桃 / 160
咏春杂诗十首(之八)·咏蔷薇 / 161
咏春杂诗十首(之九)·油菜花开 / 162
咏春杂诗十首(之十)·春光恋 / 163

春分游玄武湖 / 164
绿樱花 / 165
春行钟山道 / 166
观　　星 / 167
布　　谷 / 168
清明感怀（之一）/ 169
清明感怀（之二）/ 170
清明感怀（之三）/ 171
杜鹃啼春 / 172
琼　　花 / 173
临江仙·春醉 / 174
临江仙·春梦 / 176
临江仙·春暮 / 177
临江仙·春愁 / 178
临江仙·春怜 / 179
上巳游春 / 180
上巳感怀 / 181
谷　　雨 / 182

天净沙·春 / 183
天净沙·夏 / 184
天净沙·秋 / 185
天净沙·冬 / 186
行香子·碧野青青 / 187
行香子·黛影青山 / 188
行香子·时至三春 / 189
鹧鸪天·江南三月 / 190
鹧鸪天·三月农家 / 191
鹧鸪天·一叶扁舟 / 192
鹧鸪天·晨游玄武湖 / 193
鹧鸪天·夜闻布谷啼 / 194
鹧鸪天·江南客路长 / 195
鹧鸪天·寄寓江南 / 196
鹧鸪天·旧游如梦 / 197
鹧鸪天·世海沧桑 / 198
鹧鸪天·迟暮吟 / 199
唐多令·春醉江南 / 200

唐多令·梦醉烟霞 / 201
唐多令·春归迟暮 / 202
唐多令·风雨烟霞 / 203
唐多令·烟雨台城 / 204
浣溪沙·烟霞沉醉 / 205
浣溪沙·春去无言 / 206
浣溪沙·子规啼春 / 207
摊破浣溪沙·如画江山 / 208
摊破浣溪沙·夏夜星空 / 209
采桑子·落拓江湖 / 210
采桑子·层楼极目 / 211
采桑子·早荷呈艳 / 212
促拍采桑子·荷塘月色 / 213
促拍采桑子·愁损年华 / 214
木兰花·小院荷塘 / 215
木兰花·咏玄武湖 / 216
木兰花·秦淮人家 / 217
减字木兰花·咏莫愁湖 / 218

- 减字木兰花·晨游小园 / 219
- 偷声木兰花·夏日黄昏登阅江楼 / 220
- 偷声木兰花·夏日晚行钟山道 / 221
- 折花令·长堤夜游 / 222
- 东坡引·夜泊秦淮 / 223
- 东坡引·梦家山 / 224
- 西北行杂诗十首(之一)·敦煌莫高窟 / 225
- 西北行杂诗十首(之二)·鸣沙山月牙泉 / 226
- 西北行杂诗十首(之三)·麦积山石窟 / 227
- 西北行杂诗十首(之四)·七彩丹霞 / 228
- 西北行杂诗十首(之五)·嘉峪关 / 229
- 西北行杂诗十首(之六)·喀纳斯 / 231
- 西北行杂诗十首(之七)·乌尔禾魔鬼城 / 232
- 西北行杂诗十首(之八)·吐鲁番坎儿井 / 233
- 西北行杂诗十首(之九)·火焰山 / 234
- 西北行杂诗十首(之十)·葡萄沟 / 236
- 秋吟杂诗十首(之一)·中秋 / 237
- 秋吟杂诗十首(之二)·秋分 / 238
- 秋吟杂诗十首(之三)·寒露 / 239
- 秋吟杂诗十首(之四)·重阳 / 240
- 秋吟杂诗十首(之五)·霜降 / 241
- 秋吟杂诗十首(之六)·夜吟 / 242
- 秋吟杂诗十首(之七)·秋游 / 243
- 秋吟杂诗十首(之八)·晚秋 / 244
- 秋游西山八大处 / 245
- 秋吟杂诗十首(之十)·夜登西山望京华 / 246
- 秋风清·秋夜思 / 247
- 江南春·秋菊艳 / 248
- 新安路·秋雁归 / 249
- 秋夜雨·秋将暮 / 250
- 秋夜雨·更漏深 / 251
- 阮郎归·听秋声 / 252
- 阮郎归·迟暮吟 / 253
- 眉峰碧·菊蕊花香阳 / 254
- 眉峰碧·秋雨梧桐落 / 255
- 花前饮·菊蕊芬芳 / 256
- 眼儿媚·菊苑秋 / 257
- 眼儿媚·小院秋韵 / 258
- 眼儿媚·黄昏极目 / 259
- 城头月·芭蕉秋雨 / 260
- 城头月·旧游如梦 / 261
- 忆汉月·暮秋清晓 / 262
- 惜分飞·悠悠湖水畔 / 263
- 惜分飞·沧桑流年度 / 264
- 惜分飞·秋暮塞雁归 / 265
- 烛影摇红·细雨绵绵 / 266

烛影摇红·落叶翩飞 / 267
望江东·南国情思 / 268
醉红妆·秋夜凉 / 269
夜行船·岁月如流水 / 270
黄金缕·秋将暮 / 271
黄金缕·魂断家山 / 272
一斛珠·久负烟霞 / 273
一斛珠·咏塞雁 / 274
越溪春·秋色无涯 / 275
越溪春·怀南国 / 276
看花回·小院秋光 / 277
风入松·江河湖海问行藏 / 278
风入松·小楼迟暮独凭阑 / 279
迟暮吟·之一 / 281
迟暮吟·之二 / 282
青玉案·月好金波淡 / 283
青玉案·风雨梧桐落 / 285
青玉案·客江南 / 286

青玉案·花开花落 / 287
青玉案·清光穿朱户 / 288
破阵子·雨打梧桐叶落 / 289
破阵子·塞雁归时秋暮 / 290
破阵子·少小曾怀旧梦 / 291
御街行·梧桐叶落潇潇雨 / 292
御街行·残荷败柳池塘畔 / 293
御街行·凉风瑟瑟蛩声细 / 294
御街行·西风阵阵吹寒树 / 295
愁　　吟 / 296
年夜思故园 / 297
春日过扬州 / 298
踏雪寻梅 / 300
梅开窗前 / 301
咏梅绝句十二首（之一）·宫粉梅 / 302
咏梅绝句十二首（之二）·朱砂梅 / 303
咏梅绝句十二首（之三）·绿萼梅 / 304
咏梅绝句十二首（之四）·玉碟梅 / 305

咏梅绝句十二首（之五）·美人梅 / 306
咏梅绝句十二首（之六）·照水梅 / 307
咏梅绝句十二首（之七）·胭脂梅 / 308
咏梅绝句十二首（之八）·龙游梅 / 309
咏梅绝句十二首（之九）·黄香梅 / 310
咏梅绝句十二首（之十）·洒金梅 / 311
咏梅绝句十二首（之十一）
　·垂枝梅 / 312
咏梅绝句十二首（之十二）
　·别角晚水 / 313
咏香雪兰 / 314
忆江南·扬州好·春风过扬州 / 315
忆江南·扬州好·扬州明月夜 / 317
忆江南·扬州好·扬州瘦西湖 / 318
忆江南·扬州好·五亭桥 / 320
忆江南·扬州好·二十四桥 / 321
忆江南·扬州好·栖灵古塔 / 322
忆江南·扬州好·竹西佳处 / 323

忆江南·扬州好·运河夜游 / 324
忆江南·扬州好·扬州琼花 / 325
忆江南·扬州好·广陵琴韵 / 327
忆江南·扬州好·老城街景 / 328
忆江南·扬州好·扬州美食 / 329
忆江南·扬州好·扬州繁丽 / 330
忆江南·扬州好·扬州八怪 / 331
忆江南·扬州好·传承文明 / 332
离亭燕·春游梅山 / 333
离亭燕·春愁 / 334
钗头凤·梅山观梅有感 / 335
钗头凤·暗伤别 / 337
江城梅花引·惜阳春 / 338
江城梅花引·半生醉梦 / 340
南州春色·江南春 / 341
南州春色·画中游 / 342
归去来·春将半 / 343
归去来·樱花落 / 344

雨中春分 / 345
沉醉春光 / 346
燕归梁·归燕双飞 / 347
燕归梁·夜梦湖山 / 348
陌上花·醉烟霞 / 349
祝英台近·春暮 / 351
祝英台近·春愁 / 353
翻香令·江南烟雨如烟 / 354
翻香令·惊乌啼月月当窗 / 355
翻香令·人生如梦梦难求 / 356
翻香令·梨花风起正清明 / 357
翻香令·春风吹雨物华新 / 358
翻香令·残花落水流红 / 359
花上月令·无边丝雨细如愁 / 360
花上月令·江湾鸥鹭绕汀洲 / 361
家山好·醉烟霞 / 362
家山好·怕春归 / 363
家山好·故园情 / 364

思远人·风雨看花落 / 365
思远人·梦断江南路 / 366
江南春咏绝句二十首(之一) / 367
江南春咏绝句二十首(之二) / 368
江南春咏绝句二十首(之三) / 369
江南春咏绝句二十首(之四) / 370
江南春咏绝句二十首(之五) / 371
江南春咏绝句二十首(之六) / 372
江南春咏绝句二十首(之七) / 373
江南春咏绝句二十首(之八) / 374
江南春咏绝句二十首(之九) / 375
江南春咏绝句二十首(之十) / 376
江南春咏绝句二十首(之十一) / 377
江南春咏绝句二十首(之十二) / 378
江南春咏绝句二十首(之十三) / 379

江南春咏绝句二十首（之十四）/ 380
江南春咏绝句二十首（之十五）/ 381
江南春咏绝句二十首（之十六）/ 382
江南春咏绝句二十首（之十七）/ 383
江南春咏绝句二十首（之十八）/ 384
江南春咏绝句二十首（之十九）/ 385
江南春咏绝句二十首（之二十）/ 386
金蕉叶·人间四月芳菲少 / 387
被花恼·春暮感怀 / 388
梁州令·杜宇啼春暮 / 389
伊州令·风雨催花信 / 390
珠帘卷·清溪水 / 391
珠帘卷·云光淡 / 392
珠帘卷·春光暮 / 393
喜迁莺·沙溪浅 / 394
喜迁莺·重门闭 / 395
江亭怨·春夜 / 396
拂霓裳·俏江南 / 397
拂霓裳·沐阳春 / 399
拂霓裳·暮春长 / 400
长亭怨慢·梦怀远 / 401
遍地锦·咏春光 / 403
遍地锦·咏蔷薇 / 404
遍地锦·莫道东风伴花信 / 405
金错刀·春归去 / 406
金错刀·芳草绿 / 407
君来路·桃花落 / 408
夏初临·新夏吟 / 409
醉思仙·夏初临 / 411
天香·春去匆匆 / 413
夜合花·夏日初临 / 415
夜合花·梦回 / 417
初夏咏花绝句五首（之一）
· 月见草 / 418
初夏咏花绝句五首（之二）
· 锦绣杜鹃 / 419
初夏咏花绝句五首（之三）
· 白木香 / 420
初夏咏花绝句五首（之四）
· 紫藤花 / 421
初夏咏花绝句五首（之五）
· 红王子锦带 / 422
姑苏行杂诗十首（之一）·虎丘 / 423
姑苏行杂诗十首（之二）·剑池 / 425
姑苏行杂诗十首（之三）
· 灵岩山 / 426
姑苏行杂诗十首（之四）·拙政园 / 428

- 姑苏行杂诗十首(之五)·留园 / 429
- 姑苏行杂诗十首(之六)·狮子林 / 431
- 姑苏行杂诗十首(之七)·沧浪亭 / 433
- 姑苏行杂诗十首(之八)·网师园 / 435
- 姑苏行杂诗十首(之九) ·环秀山庄 / 437
- 姑苏行杂诗十首(之十)·退思园 / 439
- 杭州行杂诗八首(之一)·游西湖 / 441
- 杭州行杂诗八首(之二)·过断桥 / 443
- 杭州行杂诗八首(之三)·访虎跑 / 444
- 杭州行杂诗八首(之四) ·咏雷峰塔 / 446
- 杭州行杂诗八首(之五) ·登六和塔 / 448
- 杭州行杂诗八首(之六) ·谒岳王庙 / 450
- 杭州行杂诗八首(之七) ·瞻苏小小墓 / 452
- 杭州行杂诗八首(之八)·游千岛湖 / 455
- 无锡行杂诗四首(之一) ·咏鼋头渚 / 457
- 无锡行杂诗四首(之二) ·游樱花谷 / 459
- 无锡行杂诗四首(之三) ·过蠡园 / 460
- 无锡行杂诗四首(之四) ·谒灵山大佛 / 463
- 三晋风光杂诗五首(之一) ·晋祠 / 465
- 三晋风光杂诗五首(之二) ·云冈石窟 / 467
- 三晋风光杂诗五首(之三) ·北岳恒山 / 469
- 三晋风光杂诗五首(之四) ·悬空寺 / 471
- 三晋风光杂诗五首(之五) ·应县木塔 / 473
- 松梢月·月夜 / 475
- 粉蝶儿·夏夜 / 477
- 梦芙蓉·熏风吹碧树 / 479
- 斗婵娟·思故园 / 480
- 绕池游慢·月夜荷塘 / 482
- 夜飞鹊·七夕 / 484
- 永遇乐·新秋初度 / 486
- 醉蓬莱·秋夜吟 / 488
- 万年欢·秋日伤别 / 489
- 过秦楼·极目黄昏 / 491
- 风流子·层楼极目 / 493
- 升平乐·素月清辉 / 495
- 望远行·夜梦游天 / 496
- 梦扬州·望秋空 / 498
- 喜朝天·月华明 / 500
- 沁园春·秋夜抒怀 / 502
- 汉宫春·金陵秋夜有感 / 504
- 木兰花慢·倚层楼极目 / 506

石州慢·夜望星空 /508

满庭芳·寓居金陵秋日黄昏
极目 /510

摸鱼儿·落霞飞 /511

六州歌头·金陵咏叹 /513

莺啼序·金陵秋日感怀 /516

玉漏迟·听更漏 /519

江城子·夜游秦淮 /520

定风波·秋夜长 /522

扬州慢·清秋 /524

高阳台·秋 /525

素　月 /526

重　阳 /527

浮　生 /528

附录一　今体诗的平仄格式 /529

附录二　《石城吟》中所用到的
词牌及词作量 /534

附录三　《流年集》《暮吟草》和
《石城吟》中所用到的词牌
及词作量 /537

参考文献 /542

后　记 /543

流寓江南

烟雨江南客路长[韵]，淹留羁绊醉他乡[韵]。

寻幽林下清溪畔，览胜岩泉古寺旁[韵]。

暮弄丝竹花映月，晨吟诗赋草凝霜[韵]。

沧桑世海流年度，终是浮生梦一场[韵]！

1. 淹留：长期停留。

2. 林下：指的是幽僻之境，引申指退隐或退隐之处。如唐郑谷《慈恩寺偶题》诗："林下听经秋苑鹿，江边扫叶夕阳僧。"明高启《梅花》诗之一："雪满山中高士卧，月明林下美人来。"

3. 丝竹：丝指弦乐器，竹指管乐器。常用的乐器有二胡、琵琶、扬琴、小三弦、笛子、笙、箫等。泛指乐器。这里或特指二胡和笛子，余生之所爱也。

4. 沧桑：沧海桑田的略称。用来比喻世事变化很大、变化很快。

5. 流年：指光阴，时光。

2020年6月21日(夏至)于南京

满庭芳

梅雨感怀

烟雨茫茫,黄梅时节,鹧鸪啼遍江南㉿。

水村山郭,古刹傍岩泉㉿。

遥望吴天楚地,依然是、碧野层峦㉿。

苍穹下,澄江似练,飘落在人间㉿。

年年㉿,如塞雁,天南地北,颠沛流连㉿。

叹世间情味,苦辣酸甜㉿。

一似匆匆过客,哪堪对、岁月多艰㉿。

轩窗外,蛙声阵阵,惊我醉中眠㉿。

1. 满庭芳:词牌名,又名《满庭花》《满庭霜》《锁阳台》《江南好》《话桐乡》《潇湘夜雨》等。此调有平韵、仄韵两体。以晏几道词《满庭芳·南苑吹花》为正体。双调,共九十五字,上、下片各十句、四平韵。而双调、九十五字,上片十句、四平韵,下片十一句、五平韵者,以周邦彦词《满庭芳·夏日溧水无想山作》为代表。另有九十三字、九十六字等诸多变体。这首《满庭芳·梅雨感怀》依周邦彦体。

2020年6月25日于南京

满庭芳
夏日晚眺

梅雨初晴,黄昏极目,残阳如血西沉。

江天尽赤,浩瀚火流云。

碧野苍茫空阔,朦胧处、远水遥岑。

楚天晚,霞光万里,辉耀满乾坤。

熏风吹玉树,鸟鸣蝉噪,昼夜晨昏。

月华升,清光遍洒无垠。

可叹人生往事,空回首、惆怅伤神。

凭谁问,而今迟暮,何以慰愁心?

1. 满庭芳·夏日晚眺:前一首《满庭芳·梅雨感怀》依周邦彦体,这首《满庭芳·夏日晚眺》依晏几道体。双调,共九十五字,上、下片各十句、四平韵。这首词写夏日黄昏,残阳如血,红日西沉,江天尽赤,彩霞满天的壮观景象。

2. 遥岑:远山。

3. 熏风:和暖的南风。

2020年7月5日于南京

晨　望

晨起推窗见翠微(韵)，青山黛影洒朝晖(韵)。

银河渺渺云光动，星海茫茫玉宇垂(韵)。

绿树红花怜雀叫，清溪碧野喜莺飞(韵)。

人生迟暮惜流景，一任江风带雨吹(韵)。

1. 翠微：绿意朦胧的山色。也代指山。
2. 玉宇：传说中神仙的住所，也指华丽宏伟的宫殿。这里指光洁如玉的天空。
3. 流景：风景，流动的风景。也借指人生的经历。

2020年7月8日于南京

日暮江景

如血残阳落碧空(韵)，半江昏暗半江明(韵)。

千帆竞渡烟波里，百舸争流暮色中(韵)。

日照丹崖升紫气，风吹骤雨现霓虹(韵)。

水天浩渺飞鸥鹭，点点航标夜闪灯(韵)。

1. 日照丹崖：燕矶夕照。燕子矶位于扬子江南岸，海拔36米，山石直立江上，尖尖的山头探入江中，两侧山石耸立，三面临空，形似燕子展翅欲飞，故名燕子矶。长江南岸有大小72矶，其中南京的燕子矶与安徽马鞍山的采石矶、湖南岳阳的城陵矶并称长江三大名矶。燕子矶作为长江三大名矶之首，有着"万里长江第一矶"的称号。燕子矶地势十分险要，是观赏江景的最佳去处。登临燕子矶，脚下波涛汹涌，惊涛拍岸，极目远眺，豪气顿生。看滚滚长江，浩浩荡荡，一泻千里，蔚为壮观。每当夕阳西下，江上红日映照着红色的燕子矶岩壁，像燃烧的火焰，"燕矶夕照"为清代金陵四十八景之一，是南京一大胜景。丹崖：燕子矶红彤彤的岩壁。

2. 浩渺：水面辽阔，无边无际的样子。

2020年7月13日黄昏观江景于燕子矶

风雨台城

风雨看台城㊀,六朝观废兴㊁。

后庭花一曲,莫道不言兵㊂。

1. 台城:位于南京市玄武湖南岸,古鸡鸣寺之后。台城东端与明都城城墙相接,西端为一断壁,这段城墙全长253.15米,外高20.16米。六朝时将后宫禁城称之为"台城"。台城是东晋和南朝诸代政治、军事和思想文化的中心,代表着"六朝金粉"的兴衰。

2. 六朝:历史上在南京建都的东吴、东晋、南朝宋、南朝齐、南朝梁、南朝陈六个朝代,史称"六朝"。南京也因此而被称为"六朝古都"。

3. 后庭花一曲:宫体诗歌曲《玉树后庭花》:"丽宇芳林对高阁,新装艳质本倾城。映户凝娇乍不进,出帷含态笑相迎。妖姬脸似花含露,玉树流光照后庭。花开花落不长久,落红满地归寂中!"《玉树后庭花》为南陈后主陈叔宝所作,历来被视为亡国之音。

2020年7月15日于南京

台城咏叹

九华山上望台城(韵),塔影湖光入画屏(韵)。

薄雾朦胧杨柳绿,烟波浩渺落霞红(韵)。

六朝旧事随流水,十代风云览废兴(韵)。

可叹当年陈后主,胭脂井里梦成空(韵)!

1. 九华山:这里是指南京小九华山,在玄武湖畔,与紫金山形断脉连,是紫金山余脉西走入城的第一座山丘,又名覆舟山、玄武山等。九华山在六朝时曾是皇家御苑,风景秀丽。

2. 塔影:指鸡鸣寺的药师佛塔和小九华山的玄奘寺三藏塔。

3. 可叹当年陈后主,胭脂井里梦成空:南朝末年,陈后主苟安江南,与美女、佞臣游宴赋诗,通宵达旦,把国事置之一边。隋开皇九年(589年),隋文帝杨坚统一北方后,发兵伐陈。陈叔宝自恃长江天堑可守,依然沉湎于酒色,不理政事,犹奏乐府吴声《玉树后庭花》《临春曲》。直到台城被攻破,陈叔宝才酒醒,慌忙携宠妃张丽华、孔贵嫔隐匿于景阳殿侧的枯井中,后被隋兵发现。据传,将他们三人从井中吊上来时,粉面黛目的妃嫔涕泪俱下,胭脂沾满井石栏,以帛拭之不去,遂留下胭脂痕迹,故名"胭脂井",又叫"辱井"。张丽华被隋兵杀害,陈叔宝苟且偷生做了亡国奴。据《景定建康志》《至正金陵新志》记载,胭脂井原名"景阳井",在台城内,后掩没。后人为了让人们记住陈后主奢淫亡国的教训,遂在法宝寺(今鸡鸣寺)侧再立胭脂井。宋朝进士曾巩写了《辱井铭》,书篆文刻于石井栏之上,铭曰:"辱井在斯,可不戒乎。"宰相王安石也曾在这里留诗一首:"结绮临春草一丘,尚残宫井戒千秋。奢淫自是前王耻,不到龙沉亦可羞。"

2020年7月16日于南京

游紫金山

紫金山上望，满目郁葱茏[韵]。
碧野层峦翠，苍烟落照红[韵]。
巍巍灵谷塔，灿灿美龄宫[韵]。
竹海松林晚，霞光映孝陵[韵]。

1. 紫金山：紫金山位于南京市玄武区中山门外，又称钟山、蒋山、神烈山，是江南四大名山之一，有“金陵毓秀”的美誉。紫金山有三个山峰，主峰北高峰，海拔448.9米，第二峰为小茅山，第三峰是天堡山，周围约30公里。紫金山拔地而起，三峰相连形似盘曲的巨龙，称为“钟阜龙蟠”。紫金山早在汉朝和三国时期就极负盛名，蕴含六朝文化、明朝文化、民国文化、佛教文化、山水城林文化、生态休闲文化于一山之中，是为“中华城中人文第一山”。紫金山是南京名胜荟萃之地，名胜古迹甚多，如中山陵、明孝陵、下马坊、四方城、孙权墓、紫金山天文台、音乐台、美龄宫、流徽榭、行健亭、藏经楼、紫霞洞、一人泉、头陀岭、梅花山、灵谷寺、燕雀湖、紫霞湖、颜真卿碑林，以及廖仲恺何香凝墓、谭延闿墓、邓演达墓、徐达墓、常遇春墓、李文忠墓等，不胜枚举。

2. 灵谷塔：灵谷寺位于紫金山东南坡下，为南朝梁武帝所建，明太祖朱元璋赐名“灵谷禅寺”，并封其为“天下第一禅林”。灵谷塔在灵谷寺后，是南京地区最高最美的八面九层宝塔。登上塔顶，可鸟瞰钟山景物、林海松涛，亦可远眺六朝古都金陵的秀美雄姿。

3. 美龄宫：美龄宫位于紫金山的小红山上，正式名称是“国民政府主席官邸”，又称“小红山官邸”。因蒋介石常与宋美龄来此休息和度假，被称作美龄宫。

4.明孝陵:明孝陵是明太祖朱元璋和皇后马秀英的合葬陵墓,因马皇后谥"孝慈",故名孝陵。明孝陵坐落在紫金山南麓独龙阜玩珠峰下,东毗中山陵,南邻梅花山,是南京最大的帝王陵墓,也是中国古代最大的帝王陵寝之一,入选世界文化遗产。

2020年7月22日于南京

登灵谷塔

巍哉灵谷塔！高耸入云端㈠。

竹海青岚动，松涛碧浪翻㈡。

凭栏观胜景，极目览风烟㈢。

指点江山在，沧桑岁月间㈣。

1. 巍哉：巍，高大。哉，文言助词，表示感叹的语气。
2. 岚：山里的雾气。
3. 风烟：指朦胧的景物。也指风尘、尘世，或用来比喻战乱。
4. 指点江山在，沧桑岁月间：如画江山，一如往昔；沧桑岁月，换了人间。

2020年7月22日于南京

咏曼珠沙华

亭亭玉立舞清风，朵朵奇葩烁烁红。

娇艳超出三界外，妖娆不在五行中。

花开彼岸千秋梦，缘定终身一世情。

指引忘川河畔路，奈何桥上看今生。

1. 曼珠沙华：即彼岸花，又叫天涯花，舍子花。盛开在七月，火红如霞，十分艳丽。

2. 五行：五行是中国古代哲学的一种系统观，广泛用于中医、堪舆、命理、相术和占卜等方面。五行的意义包含阴阳演变过程的五种基本形态：水（代表浸润）、火（代表破灭）、木（代表生长）、金（代表敛聚）、土（代表融合）。中国古代哲学家用五行理论来说明世界万物的形成、发展及相互关系。

2020年7月27日于南京

高阳台
重回正定感怀

梵刹晨钟,浮屠晚照,燕南古郡千年㉄。

城阙峥嵘,太行西望层峦㉄。

悠悠沱水东流去,远天涯、碧野云烟㉄。

漫流连㉄,雄镇新姿,梦绕魂牵㉄。

乡关望断流年换,叹孩提记忆,缭乱心弦㉄。

玉树瑶花,为谁开遍芳园㉄?

朦胧月夜长堤外,小桥横、星斗阑干㉄。

独凭栏㉄,往事依稀,怅锁愁缠㉄。

1. 高阳台:词牌名,又名《庆春泽》《庆春宫》《庆春泽慢》等。调名取自楚襄王游高唐梦巫山神女故事。该调为双调,共一百字,上、下片各十句、四平韵。亦有于上、下片两结句三字逗处增叶一韵者,即上、下片各十句、五平韵,但一般不强求押韵。又上片开头两句,宜用对仗。此调为换头曲,上、下片自第四句起句式相同,并且多用律句。此调韵位疏密适当,凡用韵处均连用两个平声字,音韵极为和谐流美,个性非常突出。《高阳台》词调缠绵蕴藉,宜作写情用。宋人有多人喜用此调,名篇颇多。该调以宋刘镇词《庆春泽·丙子元夕》为正体,而以宋张炎词《高阳台·西湖春感》为典范。而清代词人朱彝尊的《庆春泽·记恨》最是为人所称道,此词问世以后,流传甚广。这首《高阳台·重回正定感怀》依宋张炎词《高阳台·西湖春感》而填。双调,共一百字,上、下片各十句、五平韵。写游子客居他乡,远离家园,偶尔回到故乡,触景生情,心中所产生的感伤与怀念。亦有"少小离家老大回"之感。

2. 梵刹、浮屠:古寺、佛塔。

3. 流连:留恋不止,舍不得离去。也作留连。

4. 阑干:纵横交错,参差错落。这里是稀疏寥落意。

5. 依稀:模模糊糊。

2020年8月秋日于石家庄

咏正定四塔

广惠寺华塔

一朵芙蓉耀古城㊼,造型奇特塔玲珑㊼。

四层尽显唐家韵,八面兼呈宋代风㊼。

彩绘斑驳流岁月,塑工精妙度苍生㊼。

远观近看皆如画,人在佛国极乐中㊼。

1. 正定四塔:河北正定古城为国家级历史文化名城,有很多名胜古迹,城内除有中国十大名寺之誉的隆兴寺之外,还有四座著名的古塔。它们是:广惠寺华塔、临济寺澄灵塔、开元寺须弥塔和天宁寺凌霄塔。这四座古塔均始建于隋唐时期,虽历经千年仍巍然屹立,挺拔峻秀,古韵沧桑,向人们展示着古代精湛的建筑艺术,也给正定古城增添着迷人的风采。正定四塔,彼此相距不远,一城之中有如此密集的古塔,正定仅见,着实难得。

2. 广惠寺华塔:广惠寺华塔又称花塔、多宝塔,始建于唐贞元年间(公元785-805年),距今已有1200多年历史。华塔为阁楼式花塔,造型独特,塔身四层,塔高33.35米。主塔下三层为正平面八角形,一层四隅,各有一座六角形亭状小塔环抱主塔,主次相依,高低错落。第四层塔身为圆锥体,形如花束,塔壁上,通体沿八角八面的布局交叉塑有虎、豹、狮、象、佛、菩萨等五彩雕塑,塑工精细,造型逼真,色彩绚烂,故称多宝塔。华塔精巧玲珑,壮观秀逸,古朴而雄奇,华丽而生动。它不仅是我国花塔中最优美的代表,也是我国砖塔中造型最为奇异、装饰极为华丽的古塔。1961年被国务院列为第一批全国重点文物保护单位。鲜花簇拥下的古塔,更显古朴雄奇,华丽生动,远眺近观,它都是一幅绝美的图画。清乾隆皇帝曾三次登临华塔,并题诗作赋。

2020年8月秋日于石家庄

咏正定四塔

临济寺澄灵塔

亭亭玉立色青青㊻,苍翠妖娆似画屏㊻。

砖砌九层说妩媚,石镶八面话玲珑㊻。

风铃唤醒今生梦,钟磬召回来世情㊻。

临济一宗从此始,千年佛脉永传承㊻。

1. 临济寺澄灵塔:临济寺澄灵塔又称青塔,始建于唐咸通八年(公元867年),距今已有1100多年历史。塔为八角九级密檐式实心青砖塔,高33米。该塔为中国佛教禅宗临济宗创始人唐代高僧义玄禅师的衣钵塔,即义玄禅师圆寂后,其众弟子为葬宗师而修建的纪念塔。正定临济寺为中国佛教禅宗临济宗祖庭。澄灵塔曾在金大定年间(公元1161-1189年)重修,之后明、清亦有过重修。塔的正面圆形拱门门楣上部有篆书"唐临济惠照澄灵塔"石匾,塔身雕饰有极其富丽的奇花异鸟图案。各层檐角悬挂风铃,微风吹来,泠泠作响。澄灵塔设计精巧,造型美观,雕饰富丽,结构富于变化,为密檐塔中的佳作。远远望去,澄灵塔隽秀挺拔,玲珑苍翠,极富美感。

2020年8月秋日于石家庄

咏正定四塔
开元寺须弥塔

须弥峭立九重檐(韵),剑指苍穹傲世间(韵)。

古朴简洁唐韵在,空灵飘逸宋风传(韵)。

楼悬孤月清凉夜,霞映晨曦浩渺天(韵)。

塔影云光辉耀处,钟声飘荡满城垣(韵)。

1. 开元寺须弥塔:开元寺须弥塔又称雁塔、砖塔、方塔。始建年代不详,一说始建于东魏兴和二年(公元540年),一说始建于唐贞观十年(公元636年),唐乾宁五年(公元898年)重建。后虽经历代维修但依然保持唐代建筑风格。塔为九级方塔,高42.5米,中空,四壁用青砖垒砌。门楣上端镶嵌长方形石匾,上面镌刻"须弥峭立"四个楷书大字。每层用砖叠砌涩檐,四角悬挂风铎,微风吹来,铃声清脆悦耳。此塔外观清秀挺拔,简朴大方,颇似西安唐代大雁塔。须弥塔东面与塔对峙的是一座砖木结构的二层楼阁式古钟楼,属唐代风格。楼顶悬挂一口大铜钟,高2.9米,口径1.56米,重约11吨,为唐代遗物。正定开元寺在历史上曾与苏州寒山寺齐名,有着"南有姑苏寒山,北有真定开元"的美誉。每当大钟响起,方圆几十里都可听见。

2. 须弥:须弥一词原是梵语音译,相传是古印度神话中的名山,它是诸山之王,世界的中心。须弥的意思是"妙高""妙光""善积"等,因此须弥山有时又译为"妙高山"等。

2020年8月秋日于石家庄

咏正定四塔

天宁寺凌霄塔

巍巍宝塔话沧桑[韵],塔影凌霄古韵藏[韵]。
远眺苍山山隐隐,近观沱水水茫茫[韵]。
晨钟暮鼓人生短,苦雨凄风岁月长[韵]。
度尽劫波开泰运,欣逢盛世又重光[韵]。

1. 天宁寺凌霄塔:天宁寺凌霄塔为正定四塔中最高大者,高60米,因其高大入云霄,故名凌霄塔。该塔多系木结构,俗称木塔。凌霄塔始建于唐咸通年间(公元860–874年),宋、明、清均有修葺。此塔为八角九级楼阁式,塔身是砖木混合结构。从外部看,塔身下三层为砖磨斗拱,第四层以上斗拱和飞檐均为木结构。各角悬挂风铎,四面有门,可以登临。这种下砖上木并在上部有直贯五层到顶的塔心柱的高层古塔结构,在全国是极为罕见的。1966年邢台地震时塔刹和顶部被震掉,古老的塔身也遭损坏。现在的木塔是后来重建的,高度减为40余米,结构也不尽同于原塔,但仍是一座宏伟的高塔。1988年被国务院公布为全国重点文物保护单位。凌霄塔曾是正定城内最高的古建筑,登上凌霄塔远眺,燕南及太行美景尽收眼底。

2020年8月秋日于石家庄

咏古中山国

鲜虞崛起太行东㈠,际会风云乱世雄㈠。

几度流亡终未泯,数番寂灭又飞腾㈠。

重文重武城邦固,自立自强夹缝生㈠。

神秘王国归一统,千秋史册耀华庭㈠。

1. 古中山国:春秋战国时期,在燕南赵北之间,即在今河北省中南部,有一个由狄族(白狄)建立的"侯国"——中山国。中山国,早期称鲜虞。公元前506年,鲜虞人在有险可守的中人城(今唐县西北粟山)建国,因中人城城中有山,故曰"中山"。这便是初期的中山国。公元前414年,中山武公率部离开山区向东部平原迁徙,迁都于顾(今定州市境内)。公元前407年,魏灭中山。公元前380年前后,中山桓公率鲜虞余众驱逐魏国统治者,中山复国,迁都于灵寿(今河北省平山县三汲乡)。中山国在列强的夹缝中生存,励精图治,坚韧不拔,不仅达到了国富兵强,而且创造了灿烂的文明,其国力很快达到鼎盛时期,公元前323年,中山与赵、韩、魏、燕同时称王(史称"五国相王")。公元前296年,中山国被赵国所灭。从鲜虞最早见于史籍至中山国最终亡国,历时478年,几乎绵亘于春秋、战国时代。中山国是战国时期五个"千乘之国"之一,鼎盛时期曾有战车九千乘,是仅次于战国七雄的第八雄诸侯国。史称"错处六国之间,纵横捭(bǎi)阖,交相控引,争衡天下"。但由于中山国历史短暂,史载缺略,遗迹湮没于地下,两千多年来鲜为人知,故称为"神秘王国"。河北博物院曾举办"战国雄风——古中山国"大型展览,中央电视台也曾播放六集大型历史纪录片"中山国",揭开了春秋战国时期这一神秘王国的神秘面纱。

2. 鲜虞:中山国早期称鲜虞,或称鲜虞中山国,史书中兼称鲜虞、中山。

3. 际会风云乱世雄：际会风云，风云际会，像风云那样变幻不定。比喻变幻动荡的局势。这句是说中山国在变幻动荡的乱世也介入列国纷争，被卷入到了扩张称雄的行列。乱世：指战国时期。

4. 神秘王国归一统，千秋史册耀华庭：中山国最终灭亡，鲜虞人也逐渐融入了中华民族大家庭，其鲜活的历史闪耀在千秋史册上。华庭：中华大家庭。

2020年9月秋日于石家庄

咏中山三器

中山三器韵无双①,纯厚端庄大雅堂①。

清婉脱俗华不艳,深沉古朴美而煌①。

铁足铜鼎铭文秀,胤嗣夔龙寄语长①。

岁月悠悠蕴瑰宝,先民才智漫流芳①。

1. 中山三器:在中山王墓中出土的大量珍贵文物中,有大量的青铜器,其中最引人注目的是"中山三器",即:中山王鼎、中山王方壶和中山王圆壶。中山王鼎又称"中山王厝(cuò)铁足铜鼎",鼎高51.5厘米,最大直径65.8厘米,重60公斤,圆腹圜底,两附耳,三兽蹄足,上有覆钵形盖,盖顶有三环钮。它是中山王厝墓出土九鼎中的首鼎,是我国迄今为止发现的最大的铁足铜鼎。鼎上有铭文77行,计469个字,字数之多仅次于西周毛公鼎,在战国铜器中更属罕见。铭文字形属悬针篆,其构字秀丽,字体修长,匀称流美,刀法娴熟,横竖刚直,铁画银钩,劲道生动,美轮美奂,具有极高的历史价值和艺术价值。中山王方壶又称"中山夔(kuí)龙饰刻铭铜方壶",通高63厘米,最大直径35厘米,重28.72公斤。造型独特,方体,小口,斜肩,盖上有二立兽,边棱上为四夔龙,腹部两铺首。在四个光平的腹壁上,以纤细的笔触刻着优美的篆书,其铭文多达450字。中山王圆壶又称"中山胤嗣刻铭铜圆壶",是中山王的嗣王为先王所作。通高44.5厘米,腹径32厘米,其造型优雅圆润,两铺首,圈足,盖饰三钮,独具艺术特色。铭文位于腹部与圈足,腹部铭文59行,计182字,圈足铭文1行,计22字。铭文是嗣王为先王写的一篇悼词。这三件铜器共有铭文1123字,记载了中山国的历史,填补了文献空白,并衔接起了七代中山王系。中山三器是中山先民挥洒自己的气韵和才情,融注自己的智慧和思想,创造出属于自己的超凡艺术,为研究中山国历史文化和礼制做出了极为重要的贡献。其书体结构变化多姿,妩媚动人而不失典雅,极富艺术魅力。

2.铁足铜鼎、胤嗣、夔龙:中山王三器在诗句中的简称,即:中山王厝铁足铜鼎、中山胤嗣刻铭铜圆壶和中山夔龙饰刻铭铜方壶。

2020年9月秋日于石家庄

中秋望月

云光万里月华明,遍洒清辉冷画屏。

丹桂飘香深院静,竹篁弄影小庭空。

梧桐叶落潇潇雨,菊蕊花开淡淡风。

又是一年佳日里,举杯谁与共从容?

1. 遍洒清辉冷画屏:中秋之夜,月亮清冷的光辉洒落在画屏风上。
2. 篁:竹林。泛指竹子。
3. 佳日:佳节;佳美的日子;美好的节日。今年国庆中秋同日,举国欢庆,故称佳日。
4. 从容:原意为不慌不忙,镇静沉着。在这里有悠闲自得,心情愉悦之意。

2020年10月1日(中秋节)于北京

秋夜吟

竹影婆娑秋露凉[韵]，蛩声瑟瑟透寒窗[韵]。

东篱玉蕊菊花艳，西苑金英桂子香[韵]。

湖海茫茫流岁月，林泉漠漠度沧桑[韵]。

闲云野鹤飘然去，莫笑扁舟载酒狂[韵]。

1. 蛩声：蟋蟀的叫声。

2. 东篱：晋朝大诗人陶渊明一生爱菊、种菊、赏菊、咏菊，写了不少有关菊花的诗，其中最有名的一首是田园诗《饮酒》二十首之五："结庐在人境，而无车马喧。问君何能尔，心远地自偏。采菊东篱下，悠然见南山。山气日夕佳，飞鸟相与还。此中有真意，欲辨已忘言。"因陶渊明最爱菊，又最先咏菊，故后世文人就将菊花称为陶菊，凡写菊花又必称东篱。用东篱代指菊花，或说菊花开在东篱下，以东篱为菊花生长的地方。如李白《感遇》诗里有"可叹东篱菊，茎疏叶且微"；白居易《咏菊》诗里有"耐寒唯有东篱菊，金粟初开晓更清"；宋代诗人范成大《重阳后菊花》诗里有"寂寞东篱湿露华，依前金屋照泥沙"；宋代著名女词人李清照的《醉花阴》词里有"东篱把酒黄昏后，有暗香盈袖"；曹雪芹的名著《红楼梦》里，林黛玉的《问菊》诗里有"欲讯秋情众莫知，喃喃负手叩东篱"，等等，不胜枚举。

3. 桂子：桂花。

4. 林泉：山林与泉石。指群山与树林相映生辉，泉水与石头环抱的秀美景色。也指文人雅士的隐居之地。

5. 闲云野鹤：也说闲云孤鹤。比喻无牵无挂，来去自由的人。

6. 扁(piān)舟：小舟，小船。扁：小。

2020年10月8日(寒露)于北京

感　怀

羁绊淹留何处家？远山远水远天涯。

曾识北塞云中雁，又见南国岭上花。

古寺听经入禅境，林泉观景醉烟霞。

悠悠往事成追忆，岂奈龙钟两鬓华！

1. 烟霞：山水；风光；风景。
2. 龙钟：衰老、行动不灵便的样子。如：老态龙钟。

2020年10月秋日于南京

扬州慢

金陵秋望

衰草寒烟，苍茫碧野，层楼极目黄昏[韵]。
看澄江似练，傍汀渚渔村[韵]。
楚天晚、重峦叠嶂，云光缥缈，霞映丹林[韵]。
正流连、一抹残阳，如血西沉[韵]。

龙蟠虎踞，忆当年、霸业纷纭[韵]。
想十代繁华，六朝粉黛，风雨烟尘[韵]。
旧韵新姿无限，依然是、都会名存[韵]。
叹江南佳丽，年年岁岁销魂[韵]。

1. 扬州慢：词牌名，又名《朗州慢》。此调为宋姜夔所创，见其《白石道人歌曲》。其自序云："淳熙丙申至日，予过维扬。夜雪初霁，荠麦弥望。入其城，则四顾萧条，寒水自碧，暮色渐起，戍角悲吟。予怀怆然，感慨今昔，因自度此曲。千岩老人以为有《黍离》之悲也。"此调为双调，共九十八字。上片十句，第六、第九句一般分上三下四；下片九句，第二、第七句一般分上三下四。上片第三、五、八、十句和下片第二、五、七、九句押韵，押平声韵。

2. 层楼：高楼。

3. 霞映丹林：晚霞映照着火红的山林。丹林：晚秋，经霜打的枫树林火红如霞。

4. 龙蟠虎踞:"龙蟠虎踞"或称"虎踞龙蟠",特指南京,是南京的一个别称,也是对南京山川形胜的形象描绘。相传三国时,诸葛亮在赤壁之战前夕,出使东吴,与孙权共商破曹大计。据说,诸葛亮途经秣陵(今南京)时,特地骑马到石头山观察山川形势。他看到以钟山为首的群山像苍龙一般蜿蜒蟠伏于东南,而以石头山为终点的西部诸山又像猛虎似的雄踞在大江之滨,于是发出了"钟山龙蟠,石头虎踞,真乃帝王之宅也"的赞叹,并建议孙权迁都秣陵。

5. 粉黛:这里用以形容江山如画、江山多娇。如:粉黛江山。

6. 风雨烟尘:比喻干戈烽火、时局动荡、世事变迁、纷繁杂乱等。烟尘:烽烟和征尘。借指战争。又指人口稠密的地方。

7. 佳丽:美好,靓丽,漂亮。南朝齐杰出的山水诗人谢朓在其《入朝曲》诗中赞美金陵为:"江南佳丽地,金陵帝王州。"

2020年10月秋日于南京

雨霖铃

晚秋

残阳如血[韵]，落霞呈艳，幻景奇谲[韵]。
江流滚滚东去，烟波浩渺，涛生云灭[韵]。
极目层峦隐隐，正霜染红叶[韵]。
暮色里、征雁归来，水远山长影音绝[韵]。

故园望断空悲切[韵]，算流年、几度清秋节[韵]？
浮生坎坷寥落，漂泊久、乱人心结[韵]。
海角天涯，聚少离多，泪眼伤别[韵]。
念此际、寒意悠悠，一片清凉月[韵]。

1. 雨霖铃：词牌名，又名《雨淋铃》《雨淋铃慢》。原唐教坊曲名，后用作词调名。唐段安节《乐府杂录》云：“《雨霖铃》者，因唐明皇驾回至骆谷，闻雨淋銮铃，因令张野狐撰为曲名。”宋王灼《碧鸡漫志》云：“《明皇杂录》及《杨妃外传》：帝幸蜀，初入斜谷，霖雨弥旬，栈道中闻铃声。帝方悼念贵妃，采其声为《雨霖铃曲》以寄恨。时梨园弟子张野狐一人，善筚篥，因吹之，遂传于世。”其本意为唐玄宗李隆基思念杨贵妃之作。宋人借旧曲之名另倚新声，始见于宋柳永《乐章集》。该调以柳永《雨霖铃·寒蝉凄切》为正体。双调，共一百零三字。前片十句、五仄韵，后片九句、五仄韵。该调例用入声韵。另有变格体者。该调宜抒写离情别绪，词情哀怨。这首《雨霖铃·晚秋》依柳永体,写作者客居江南,暮秋黄昏远眺所看到的景象。时已至晚秋,满目苍凉,勾起了游子对故乡的思念以及对浮生坎坷寥落的慨叹。

2. 落霞呈艳,幻景奇谲:暮秋黄昏,红日西沉,云霞满天。晚霞变幻莫测,奇异诡谲,令人浮想联翩。谲:奇异怪诞。

3. 隐隐:隐约,不明显。

4. 暮色里、征雁归来,水远山长影音绝:深秋的傍晚,远征归来的大雁,背负着霞光列队飞过浩瀚苍穹,消失在暮色里的天之尽头。

5. 寥落:冷落,冷清。

6. 念此际、寒意悠悠,一片清凉月:此时此刻,在寒意悠悠的晚秋里,看着天上那一片清凉的孤月,勾起了游子对故乡及亲人的思念。

2020年11月5日暮秋于南京

山　行

阴雨连绵初转晴㈠,蒙孙催促作山行㈡。

竹篁飒飒林间路,草茸茸岭上风㈢。

岚气朦胧藏涧壑,云光缥缈映苍穹㈣。

儿童争放纸鸢乐,送我诗情到碧空㈤。

1. 山行:南京连绵一个多月的阴雨今天突然转晴了,阳光和煦,天气融融,小外孙催着喊着要去紫金山放风筝,阖家出游,故作此"山行"以记之。

2. 蒙孙:小孙子。

3. 竹篁:竹林。这里也泛指树林。

4. 茸茸:草细小柔软的样子。

5. 苍穹:天空。也叫穹苍。

6. 纸鸢:风筝。

2020年12月27日于南京紫金山

惜春令
雪中吟

今日江南寒意深,西风起、昼夜晨昏。

万里霜天垂玉宇,飘洒玉龙鳞。

世事难由人,哪堪问、风雨烟尘?

寂寞飘零憔悴客,迟暮也销魂。

1. 惜春令:词牌名。以宋杜安世《惜春令·今日重阳秋意深》为正体。调名本意即以令曲的形式歌咏惋惜春光流逝。双调,上、下片不同调,共五十字,上、下片各四句、三平韵。该调在《康熙词谱》中只有杜安世的词二首,另一首上、下片两起句叶仄声韵。

2. 西风起、昼夜晨昏:凛冽寒冷的西风不停地刮着,从白天刮到黑夜,从早晨刮到黄昏。

3. 玉龙鳞:代指雪花。

2020年12月29日于南京

惜春令
岁暮愁心

残日无光暝色昏(韵),层楼望、远水遥岑(韵)。

雪暗山川飞鸟绝,寒气入青云(韵)。

久别思乡频(韵),岁华晚、惆怅伤神(韵)。

浪迹天涯迟暮里,何以慰愁心(韵)?

1. 暝色:昏暗的天色。
2. 遥岑:远山。
3. 青云:天空;高空。

2020年12月31日黄昏于南京

惜春令

新年

萧瑟寒冬辞旧年[韵],霜风紧、雪满山川[韵]。
碧野苍茫烟漠漠,寥廓楚江天[韵]。

极目层楼悬[韵],望江渚、思绪联翩[韵]。
怅锁愁缠今日里,新岁寄平安[韵]。

1. 联翩:形容连绵不断。如:浮想联翩。

2021年元旦于南京

惜春令

小 寒

吴楚霜风吹小寒㉓,寒凝雪、洒落江天㉓。

朔气彤云暝色里,萧瑟满山川㉓。

荏苒光阴怜㉓,岁华暮、缭乱心弦㉓。

最是无情淮水月,离恨照窗前㉓。

1. 朔气彤云暝色里:寒气凝重,浓云密布,天色昏暗的冬日黄昏。
2. 荏苒:(时间)渐渐地过去。如:光阴荏苒。

2021年元月5日(小寒)于南京

惜春令
咏蜡梅

寒意悠悠亭榭旁㉑,金英瘦、蜡蕊莹黄㉑。
似有忧思千万缕,凌雪傲群芳㉑。

磬口金钟良㉑,素心淡、花绽瑶光㉑。
恋破三冬迎岁首,浮动远幽香㉑。

1. 蜡梅:又称"腊梅",落叶丛生灌木。蜡梅花在霜雪寒天傲然开放,花开时满树金黄,富丽堂皇,花黄似蜡,浓香扑鼻,是中国特有的传统名贵观赏花木。蜡梅花入冬初放,花开之日多在瑞雪纷飞之时,为百花之先。蜡梅先花后叶,花与叶不相见。李时珍《本草纲目》载:"蜡梅,释名黄梅花,此物非梅类,因其与梅同时,香又相近,色似蜜蜡,故得此名。"蜡梅花的颜色有纯黄、金黄、淡黄、墨黄、紫黄,也有银白、淡白、雪白、黄白,花蕊有红、紫、洁白等。其中最佳者为河南鄢陵县所产的鄢陵蜡梅,素有"鄢陵蜡梅冠天下"之誉。蜡梅的代表品种有:素心蜡梅、磬口蜡梅、金钟蜡梅、小花蜡梅、红心蜡梅等。蜡梅有许多别名,如:腊梅、黄梅、金梅、冬梅、雪梅、寒梅、早梅、香梅、唐梅、香木、蜡花、蜡木、黄梅花、腊梅花、干枝梅、雪里花等。蜡梅的"蜡"字,很多人一直都以为是"腊"。这是因为蜡梅大多在农历腊月开放,人们就误用成了"腊"字,且逐渐被大众所认可。

2. 磬口金钟良,素心淡、花绽瑶光:蜡梅的几个代表品种:磬口腊梅、金钟蜡梅、素心腊梅等。娇艳的腊梅花绽放着琼瑶珠玉般的光华。

2021年元月6日于南京

黄梅飘香

门前池畔黄梅树,傲雪凌寒独自开。

不惮三冬悲寂寞,幽香阵阵透窗来。

1. 黄梅:蜡梅。
2. 不惮:不怕。

2021 年元月 7 日于南京

心系燕赵间

噩耗忽传燕赵间㈲，忧思一夜未成眠㈲。

毒灾肆虐人情暖，瘟病流播世态怜㈲。

众志成城驱疫疠，齐心协力渡难关㈲。

龙魂不死开国运，华夏当兴天道还㈲。

1. 心系燕赵间：2021年元月5日从网上得知，河北省石家庄市突发新冠疫情。得此消息，余彻夜难眠。石家庄是余的故乡，有余的亲朋故旧和同事。愿天佑中华，天佑河北，天佑石家庄，祈盼疫情早日得到控制，人人平安康健，家家幸福团圆！

2. 疫疠：瘟疫。

3. 龙魂：中华民族自古以来称为"龙的传人"，"龙魂"即中华民族所具有的优秀品格，为中华民族的精神之魂。如坚忍不拔、不屈不挠、艰苦奋斗、吃苦耐劳、爱好和平、睦邻友好、团结协作、与人为善等等。另，龙魂又指剑花，剑的光芒。

2021年元月8日于南京

浪淘沙
昨夜梦流频

昨夜梦流频,云暗关津。

月华宁静了无痕。

玉树萧疏松径冷,鸦噪寒林。

风雨伴烟尘,人事纷纭。

天涯海角雁离群。

浊酒一杯家万里,谁共芳樽?

1. 浪淘沙:词牌名,又名《浪淘沙令》《卖花声》《过龙门》《曲入冥》等。原唐教坊曲名,后用作词调名。唐人所作本为七言绝句体,平仄不拘,其内容都是咏浪淘沙,如"濯锦江边两岸花,春风吹浪正淘沙"。调名即由此而来。至南唐后主李煜始创新声为长短句,分前、后片。此调有不同诸格体,以李煜的《浪淘沙·帘外雨潺潺》为正体。双调,前、后片各五句,共五十四字。前、后片第一、二、三、五句押韵,均用平声韵。附李煜词《浪淘沙·帘外雨潺潺》:"帘外雨潺潺,春意阑珊。罗衾不耐五更寒。梦里不知身是客,一晌贪欢。独自莫凭栏,无限江山。别时容易见时难。流水落花春去也,天上人间。"

2. 关津:关隘和渡口。

3. 天涯海角雁离群:流落天涯海角犹如离群的孤雁。孤独貌。

4. 樽:酒杯。

2021年元月冬日于南京

浪淘沙
窗外雪纷纷

窗外雪纷纷(韵),玉宇无尘(韵)。

霜风吹送过江云(韵)。

素裹银装烟漠漠,地暗天昏(韵)。

一世苦难寻(韵),净土芳林(韵)。

飘飙零落久浮沉(韵)。

争奈天涯憔悴客,缭乱琴心(韵)。

1. 芳林:遍植奇花异草,散发芳香的园林。
2. 琴心:喻柔情,儒雅。《史记·司马相如列传》:"是时,卓王孙有女文君新寡,好音,故相如缪与令相重,而以琴心挑之。"唐白居易《和殷协律琴思》:"烦君玉指分明语,知是琴心伴不闻。"清李渔《风筝误·嘱鹞》:"新诗为我逗琴心,更仗新诗索好音。"

2021年元月冬日于南京

浪淘沙

冬日暖阳怜

冬日暖阳怜,寒气依然。

平林漠漠远苍颜。

碧野朱桥何处是?绿水潺湲。

烟雨客江南,故国情缘。

风花雪月寄残年。

只愿老来俗务少,天淡云闲。

1. 冬日暖阳怜:喜爱冬日暖洋洋的阳光。怜:喜爱,爱惜,爱怜。
2. 潺湲:形容水慢慢地流。
3. 天淡云闲:平静,平淡,安闲。

2021年元月冬日于南京

浪淘沙
昨夜月华明

昨夜月华明(韵),光泛融融(韵)。

寒凉依旧露华浓(韵)。

倦客无眠何所似?孤雁飞蓬(韵)。

旭日又东升(韵),霞蔚云蒸(韵)。

群山浅黛雾朦胧(韵)。

笑看人生迟暮里,春夏秋冬(韵)。

1. 融融:和睦欢乐的样子,如其乐融融。又有温暖、暖和之意,如冬日融融。也可引申为柔和,如融融月色。
2. 露华:露水,露珠。
3. 霞蔚云蒸:云蒸霞蔚。像云雾彩霞升腾聚集起来一样。形容繁盛艳丽。蔚:聚集。
4. 黛:青黑色。

2021年元月冬日于南京

浪淘沙
迟暮客天涯

迟暮客天涯(韵),往事堪嗟(韵)。

光阴虚度误年华(韵)。

只怕人生无再少,沉醉烟霞(韵)。

莫道不还家(韵),水远山遐(韵)。

心心念念是云槎(韵)。

羁旅茫茫今又是,心乱如麻(韵)。

1. 嗟:叹息,感叹。如:嗟叹。
2. 遐:远,长久。
3. 云槎:远行到天边云水交际处的船只。槎:木筏。这里是用来代指舟船等交通工具。

2021年元月冬日于南京

相见欢

台城咏叹

苍苍五岛浮波㈠,作烟萝㈡。

十里台城杨柳、舞婆娑㈢。

六朝月㈢,照宫阙㈢,起笙歌㈢。

玉树后庭花落、可奈何㈢?

1.相见欢:词牌名,又名《乌夜啼》《秋夜月》《上西楼》《月上瓜州》等。原唐教坊曲名,后用作词调名。该调以南唐后主李煜的《相见欢·无言独上西楼》最为有名。双调小令。前片三句,后片四句,共三十六字。前片三句和后片后两句押平声韵,后片前两句押仄声韵。附李煜的《相见欢·无言独上西楼》:"无言独上西楼,月如钩。寂寞梧桐深院、锁清秋。剪不断,理还乱,是离愁。别是一般滋味、在心头。"余的这五首小令《相见欢》,俱为冬日咏金陵风物而作。

2.苍苍五岛浮波,作烟萝:这是指南京玄武湖。玄武湖是六朝时期的皇宫后湖。玄武湖位于南京市城中,是紫金山脚下的国家级风景名胜区,中国最大的皇家园林湖泊,当代仅存的江南皇家园林,江南三大名湖(杭州西湖、南京玄武湖、浙江嘉兴南湖)之一,是江南最大的城内公园,被誉为"金陵明珠"。巍峨的明城墙,秀美的九华山,古色古香的鸡鸣寺环抱左右。玄武湖周长约十五公里,湖内有五个岛屿,称五洲(环洲、樱洲、菱洲、梁洲、翠洲)。五洲上树木茂盛,繁花似锦,洲洲堤桥相通,浑然一体,处处有山有水,终年景色如画。烟萝:烟聚萝缠,谓之"烟萝"。

2021年元月冬日于南京

相见欢

秦淮碧水

秦淮碧水潺潺(韵),绕城垣(韵)。

故国风光无限、惹人怜(韵)。

斜阳暮(韵),霞飞处(韵),倚阑干(韵)。

眺望万家灯火、夜无眠(韵)。

1. 潺潺:拟声词。流水声。
2. 故国:南京为六朝古都,故称其为"故国"。

2021年元月冬日于南京

相见欢
钟山烟雨

钟山烟雨苍茫㊅,沐霞光㊅。

极目松涛竹海、慨而慷㊅。

风云变㊅,王气散㊅,起忧伤㊅。

但见山前山后、作坟场㊅。

1. 但见山前山后、作坟场:紫金山是南京名胜荟萃之地,风景优美,名胜古迹众多。除名胜古迹外,山前山后更散落着许多帝王将相、达官显贵及名人的陵寝、墓葬。如中山陵、明孝陵、孙权墓、徐达墓、常遇春墓、李文忠墓,以及廖仲恺何香凝墓、谭延闿墓、邓演达墓等,不胜枚举。

2021年元月冬日于南京

相见欢
信步江滨

闲来信步江滨(韵),望关津(韵)。

一抹残阳留恋、正黄昏(韵)。

晚霞艳(韵),风吹散(韵),日西沉(韵)。

谁料人生迟暮、也销魂(韵)!

2021年元月冬日于南京

相见欢
故园北望

故园北望凝眸(韵),倚层楼(韵)。

万里云天空阔、使人愁(韵)。

年关近(韵),添离恨(韵),几时休(韵)?

试看江流明月、总悠悠(韵)。

2021年元月冬日于南京

清平乐

人在何方

落霞呈艳[韵]，一抹残阳恋[韵]。
塔影湖光朱桥现[韵]，碧野青山相伴[韵]。

云破月照西窗[韵]，断肠人在何方[韵]？
唯有心心念念，愁思离恨茫茫[韵]。

1. 清平乐：词牌名，又名《清平乐令》《醉东风》《忆萝月》等。此调是借用汉乐府《清乐》《平乐》乐调名而为词调名。一说取海内清平之意。此调有不同诸格体，但俱为双调。前、后片各四句，共四十六字。前片每句都押韵，押仄声韵。后片第一、二、四句换押平声韵。这三首《清平乐》小令，第三首与前两首的平仄略有不同。

2. 一抹残阳恋：黄昏，一抹残阳的余晖留恋在西天边的山顶上。或说，迟暮黄昏，西下的夕阳惹人留恋。

2021年元月冬日于南京

清平乐
暗香浮动

月华清冷,鸟雀无踪影。

寂寞梧桐深院静,寥落竹篁幽径。

池畔蜡蕊初开,暗香浮动徘徊。

已是寒冬将尽,梅花欲报春来。

1. 蜡蕊:蜡梅。

2021年元月冬日于南京

清平乐
相伴花前

小寒将尽,谁与传芳信?

梅豆欲开初染晕,残雪压枝娇嫩。

阳和渐度江南,风吹寒意依然。

莫道年华迟暮,余生相伴花前。

  1.芳信:花信。花开的消息。或称"花信风"。人们把花开时吹过的风叫作"花信风",意即带有开花音讯的风候。花信风,又称"二十四番花信风""二十四风"。我国古代以五日为一候,三候为一个节气。每年,从小寒到谷雨这八个节气里共有二十四候,每候都有某种花卉开花绽放,于是就有了"二十四番花信风"之说。人们在二十四候每一候内开花的植物中,挑选一种花期最准确的植物为代表,叫作这一候中的花信风。二十四番花信风是:小寒:一候梅花、二候山茶、三候水仙;大寒:一候瑞香、二候兰花、三候山矾;立春:一候迎春、二候樱桃、三候望春;雨水:一候菜花、二候杏花、三候李花;惊蛰:一候桃花、二候棠梨、三候蔷薇;春分:一候海棠、二候梨花、三候木兰;清明:一候桐花、二候麦花、三候柳花;谷雨:一候牡丹、二候荼蘼、三候楝花。一年花信风梅花最先,楝花最后。经过二十四番花信风之后,以立夏为起点的炎炎夏季便来临了。

2. 梅豆欲开初染晕：冬末春初，梅花欲开时，如豆般小小的芽苞上带着淡淡的红晕。

3. 阳和：阳气；温暖，暖和。也可引申为阳春、祥和等。

2021年元月冬日于南京

西江月
梦回河北

昨夜梦回河北，今朝人在江南。

江风吹送远行船，寄我愁心一片。

天上风云难料，人间世事多艰。

龙魂不死渡难关，家国平安期盼。

1. 西江月：词牌名，又名《江月令》《步虚词》《壶天晓》《白萍香》。原唐教坊曲名，后用作词调名。李白《苏台览古》诗有"只今惟有西江月，曾照吴王宫里人"句，调名取于此。双调。上、下片同调，各四句，共五十字。第二、第三句押平声韵，第四句押原韵的仄声韵，属平仄韵同部相协。上、下片头两句一般要用对仗。

2. 龙魂：中华民族所具有的优秀品格，即中华民族的精神之魂。

2021年元月冬日于南京

西江月

岁暮黄昏

又是一年岁暮,别来几度酸辛㈭。

残霞晚照到黄昏㈭,难把乡关亲近㈭。

回首沧桑岁月,流连荏苒光阴㈭。

韶华易逝苦追寻㈭,可叹衰颜霜鬓㈭。

1. 韶华:又称韶光。美好的春光。比喻美好的青春年华。

2021年元月冬日于南京

忆秦娥

金陵心香结

吴钩缺[韵],金陵城上金陵月[韵]。
金陵月[韵],台城夜色,柳烟明灭[韵]。

紫金山下花飘雪[韵],秦淮河畔心香结[韵]。
心香结[韵],黄莺紫燕,绕飞楼阙[韵]。

1. 忆秦娥:又名《秦楼月》《碧云深》《玉交枝》《双荷叶》《花深深》等。相传李白首创此调。因其词中有“秦娥梦断秦楼月”句,故定名为《忆秦娥》。秦娥,秦之美貌女子。此调有不同诸格体,以李白的《忆秦娥》为正体。双调小令。上、下片不同调。上、下片各五句,共四十六字。上、下片第一、二、三、五句押韵,押仄声韵,而且多用入声韵。上、下片后三句字数、平仄相同。上、下片第三句均叠用第二句末三字。附李白《忆秦娥》词:“箫声咽,秦娥梦断秦楼月。秦楼月,年年柳色,灞陵伤别。乐游原上清秋节,咸阳古道音尘绝。音尘绝,西风残照,汉家陵阙。”

2. 心香:可理解为心向往之,心心相印等。

3. 吴钩:吴钩是春秋时期流行的一种弯刀,它以青铜铸造,是冷兵器里的典范,充满传奇色彩,后又被历代文人写入诗篇,成为驰骋疆场,励志报国的精神象征。如:李白《侠客行》:“赵客缦胡缨,吴钩霜雪明。银鞍照白马,飒沓如流星。”杜甫《后出塞五首》:“少年别有赠,含笑看吴钩。”李贺《南苑十三首·其五》:“男儿何不带吴钩,收取关山五十州。"辛弃疾《水龙吟·登建康赏心亭》:"落日楼头,断鸿声里,江南游子,把吴钩看了,栏杆拍遍,无人会、登临意。"等等。吴钩也常被人用来形容天上的弯月。

2021年元月冬日于南京

忆秦娥
飞雪寒凝彻

寒凝彻(韵),西风吹送西风烈(韵)。

西风烈(韵),茫茫玉宇,漫天飞雪(韵)。

青山隐隐愁云结(韵),江流滚滚空悲切(韵)。

空悲切(韵),夕阳残照,落花时节(韵)。

1. 夕阳残照,落花时节:喻韶华远去,人生已到迟暮之年。

2021年元月冬日于南京

忆秦娥
岁月如畴昔

青天碧(韵),吴山楚水云无迹(韵)。

云无迹(韵),天涯海角,客愁堆积(韵)。

江山如画风雷激(韵),六朝旧梦常追忆(韵)。

常追忆(韵),沧桑岁月,一如畴昔(韵)。

1. 畴昔:往日,从前。

2021年元月冬日于南京

虞美人
倚层楼

我家屋后池塘畔，白鹭时时见。

凌寒傲雪蜡梅花，香气悠悠不断、透窗纱。

三冬将尽阳和动，鸟雀穿花径。

问君何事倚层楼？争奈故园北望、使人愁。

    1.虞美人：词牌名，又名《虞美人令》《一江春水》《玉壶冰》《忆柳曲》等。原唐教坊曲名，后用作词调名。本意为咏楚霸王项羽的宠姬虞美人事，调名取于此。双调小令。上、下片同调。上、下片各四句，共五十六字。上、下片第一、二句押仄声韵，第三、四句押平声韵。最著名的《虞美人》词当属南唐后主李煜怀念故国的《虞美人·春花秋月何时了》："春花秋月何时了？往事知多少。小楼昨夜又东风，故国不堪回首月明中。雕栏玉砌应犹在，只是朱颜改。问君能有几多愁？恰似一江春水向东流。"这是南唐亡国后李煜被囚北宋都城汴京第三年时所作，是李煜一生作的最后一首词，也是李煜的绝命词。公元978年七夕，是李煜42岁生日，举办了一场小小的生日聚会。他一时词兴大发，便写下了这首《虞美人》，并令歌妓演唱这首新词。歌声婉转悠扬，无比悲切，仿佛直达云霄。座中南唐旧臣闻之，无不掩面而泣。乐声传到院外，被监视的人听到了，马上报告给了宋太宗赵光义，宋太宗听闻以后，大怒，认为李煜是"人还在心不死"，遂下令用牵机药酒将李煜毒死。据传，李煜死状极其凄惨。真乃可悲可叹！

2. 故园北望、使人愁：余的故乡在河北省石家庄市，现正客居南京。本月初，石家庄市重现新冠疫情，噩耗传来，余忧心忡忡，惦念故乡的父老乡亲和亲朋故旧，故言。

2021年元月冬日于南京

虞美人

江南晨晓

阳和浮动深深院[韵]，鸟雀庭前乱[韵]。
晨曦微露晓风吹[韵]，又见群山浅黛、彩云飞[韵]。

生机无限知何处[韵]？唯有江南路[韵]。
梅芽似豆柳青青[韵]，乱我愁心一片、意难平[韵]。

1. 愁心一片、意难平：冬去春来，年关将近，客居他乡的游子，因惦念故乡的亲朋故旧而忧愁。

2021年元月冬日于南京

南歌子

风光无限

玄武湖天月，台城柳陌烟[韵]。

九华塔影入云端[韵]，古寺钟声飘荡、满城垣[韵]。

虎踞风云会，龙蟠秀色怜[韵]。

秦淮流碧水潺湲[韵]，尽道风光无限、是江南[韵]。

1. 南歌子：词牌名，又名《南柯子》《怕春归》《春宵曲》《碧窗梦》《风蝶令》等。原唐教坊曲，后为词调名。此词有单调、双调。单调者，始自唐温庭筠词。双调者，又分平韵、仄韵两体。平韵者，始自宋毛熙震词。此调有许多变格体，而历代词家多喜用双调、平韵、五十二字体者，以毛熙震的《南歌子·惹恨还添恨》为代表。双调。上、下片同调。上、下片各四句，共五十二字。逢第二、三、四句押韵，押平声韵。上、下片头两句宜用对偶句。上、下片的结句为九字句，或为上二下七，或为上六下三，或为上四下五，但均须蝉联不断，即可读(dòu)不可句。附毛熙震《南歌子·惹恨还添恨》词："惹恨还添恨，牵肠即断肠。凝情不语一枝芳，独映画帘闲立、绣衣香。暗想为云女，应怜傅粉郎。晚来轻步出闺房，髻慢钗横无力、纵猖狂。"余的这一组小令《南歌子》共五首，有的写金陵秀美风光，有的写时光流逝，有的则劝人珍惜光阴等。

2. 九华塔影：这里指南京小九华山上的玄奘寺三藏塔，远远望去，湖光山色，云光缥缈，塔影玲珑，挺拔秀丽，美轮美奂，令人心旷神怡。

3. 古寺钟声：玄武湖畔台城内古鸡鸣寺的钟声，空灵飘逸，夺人心魄。

2021年元月暮冬于南京

南歌子

湖海烟波

俗务缠身久,晨昏不得闲。

岂知造化了无缘、恰似水云深处、一帆悬。

湖海烟波阔,苍山落日圆。

诗书丛里任流连,莫问人间天上、是何年!

1. 岂知造化了无缘:命运乖蹇(jiǎn),没有造化,与造化无缘。造化:自然界的主宰者。也指自然。又指福气,运气。
2. 流连:留恋,舍不得离开。

2021年元月暮冬于南京

南歌子
冬去春来

雾暗山前路,风吹雪里花①。

鸟声啼乱透窗纱,却见岸边垂柳、吐新芽。

冬去年关近,春来故国遐②。

光阴虚度误年华,谁料此身流落、在天涯?

1. 雪里花:蜡梅。蜡梅又称"腊梅""黄梅""雪里花"等。
2. 遐:远。长久。

2021年元月暮冬于南京

南歌子
大浪淘沙

鸟乱前庭树,霜凝后院花(韵)。

泥香破润草萌芽(韵),更有梅英疏淡、柳丝斜(韵)。

旭日开朝雾,清风散暮霞(韵)。

白驹过隙度年华(韵),且看大江东去、浪淘沙(韵)。

1. 斜:韵脚,读音"xiá"。

2. 白驹过隙度年华,且看大江东去、浪淘沙:劝人珍惜光阴意。白驹过隙:出自《庄子·知北游》:"若白驹之过隙。"意思是如同白色的马在缝隙前飞驰而过,转眼就不见了。形容时间过得极快。

2021年元月暮冬于南京

南歌子
别梦依稀

客寓湖山远,归思日夜长。

数年羁绊在他乡,无奈依稀别梦、总彷徨。

寂寂天边月,泠泠瓦上霜。

韶华逝去亦堪伤,正是一生沦落、叹凄凉!

1. 寂寂:寂静,冷清,清凉。
2. 泠(líng)泠:形容清凉。

2021年元月暮冬于南京

少年游

春光初绽

清风细雨雾蒙蒙[韵]，梅艳淡妆红[韵]。
溪边杨柳，新丝染绿，恰是远烟浓[韵]。

春光初绽寒犹在，鸟雀乱啼鸣[韵]。
山野苍茫，阳和浮动，沉醉乐融融[韵]。

1. 少年游：词牌名，又名《玉蜡梅枝》《小阑干》。双调小令。上、下片不同调。上、下片各五句，共五十字。上片第一、二、五句和下片第二、五句押韵，均押平声韵。这一组小令《少年游》共五首，有的写寒冬将尽，春光初现，有的咏梅花初开，有的写年关将近，思乡的离愁别绪等。

2021年元月暮冬于南京

少年游

咏江梅

一丛疏落小池边㈭,薄雾笼轻寒㈭。

晴光袅袅,清风淡淡,俏影伴云闲㈭。

暗香浮动撩人醉,雪蕊恋芳颜㈭。

清丽脱俗,孤标傲世,魂断有谁怜㈭?

1. 江梅:梅花大家族里的一个品种。江梅原是一种野生梅花,又称"野梅",在古代全是野生,常在山涧水滨荒寒清绝之处生长,后被移植园中栽培。江梅花期早,花白色至粉红色,花小而疏瘦有韵,有浓香,因花瓣较小而花丝较长,可形成长须的优美花型。江梅花香浓,花期早,是冬春之季观赏的重要花卉。在南京梅花山数万株梅花中,江梅是一个大种群,其中不乏优良品种。

2021年元月暮冬于南京

少年游

归路茫茫

楚天烟雨楚天长[韵]，归路正茫茫[韵]。
青山碧野，松林竹海，依旧锁寒凉[韵]。

年关渐近春将至，何事动忧伤[韵]？
思绪翩翩，愁心漠漠，无语对斜阳[韵]。

1. 楚天烟雨楚天长：这句指出作者正客居江南吴楚之邦。

2021年元月暮冬于南京

少年游
贫煞也风流

少年志在海天游㉿,夙愿总难酬㉿。

风云变幻,人生羁绊,孤雁落荒丘㉿。

而今又作飘零客,也拟泛轻舟㉿。

指点江山,咏今怀古,贫煞也风流㉿!

1. 海天:海角天涯。此处喻高远的志向。

2021年元月暮冬于南京

少年游
乡 愁

一张车票系乡愁(韵),直到海天头(韵)。
年关渐近,归心似箭,常是动离忧(韵)。

今年不似他年月,疫疠几时休(韵)?
家国平安,山河无恙,福运自然留(韵)。

2021年元月暮冬于南京

好时光
春信

一夜忧愁风雨,深院静、梦依稀㉑。

争奈晓来红日起,林间鸟乱啼㉑。

绮陌芳草碧,望不尽、柳烟低㉑。

借问春何在?却道过梅蹊㉑。

1. 好时光:词牌名。唐明皇李隆基所制。取其词结句"莫负好时光"后三字为词调名。双调小令。上、下片各四句,共四十五字。上、下片第二、四句押韵,均押平声韵。附唐玄宗《好时光》词:"宝髻偏宜宫样,莲脸嫩、体红香。眉黛不须张敞画,天教入鬓长。莫倚倾国貌,嫁取个、有情郎。彼此当年少,莫负好时光。"

2. 绮陌:开满鲜花的小路,或指繁华的街道。

3. 借问春何在?却道过梅蹊:设问句。请问,春天在哪里呢?答道,春天就要来到了,已经过了梅蹊。梅蹊:梅花盛开的花径。喻指梅花已经开了。

2021年元月暮冬于南京

好时光

望春

望断江南春色，梅蕊俏、柳烟浓[韵]。
辽阔楚天归塞雁，云流淡淡风[韵]。

又见池畔树，尽日里、鸟飞鸣[韵]。
碧野阳和动，岁岁乐融融[韵]。

1. 辽阔楚天归塞雁，云流淡淡风：冬去春来，风儿在轻轻地吹，云在慢慢地流动。在辽阔的楚天上，大雁背负着霞光已经开始向遥远的北方飞去了。塞雁：大雁；鸿雁。冬候鸟。冬末春初，结队由南方飞往塞外北方，故称“塞雁”。

2021年元月暮冬于南京

好事近
咏蝶兰

娇艳似蝴蝶,流美竞芳南国㈣。

缭乱春光无数,度清溪阡陌㈣。

嫣红姹紫散馨香,悠悠岁华隔㈣。

尽显兰堂风韵,正夺人心魄㈣。

1. 好事近:词牌名,又名《钓船笛》《翠圆枝》。"近",是词调的一种形式。词调的形式分令、引、近、慢等。此处的"近",指舞曲之前奏。凡近词皆句短韵密而音长。此调为双调。前、后片各四句,共四十五字。前、后片第二、四句押韵,押仄声韵。例用入声韵。春节将近,家里买了许多鲜花,摆放在书桌、案头、茶几等处。其中最惹人喜爱的是蝴蝶兰和水仙,一个妩媚娇艳,一个清丽脱俗。观赏之余,作小词《好事近》两首以记之。

2. 蝴蝶兰:别名蝶兰,因其花形似蝶而得名。于公元1750年被发现,已发现有七十多个原生种,主要原产于亚洲和大洋洲的热带和亚热带地区。在中国台湾和泰国、菲律宾、马来西亚、印度尼西亚等地都有分布,其中以台湾出产最多。现在,中国南方特别是岭南地区也广为栽培。蝴蝶兰的学名按希腊文的原意为"好似蝴蝶般的兰花",它能吸收空气中的养分而生存,归入气生兰范畴。其花姿优美,婀娜多姿,花色高雅繁多,色彩华丽,为热带兰中的珍品,有"兰中皇后"之美誉。其花可连续观赏六七十天,在许多国家广为种植。每年春节前,琳琅满目的蝴蝶兰争奇斗艳,美不胜收。

3. 馨香:香气。特指散布很远的香气。"馨香"一词又有德化远被的意思。

4. 岁华隔:蝴蝶兰的花期很长,其花可连续观赏六七十天。春节前开花的蝴蝶兰可一直观赏到年后,故称"岁华隔"。

2021年元月暮冬于南京

好事近

咏水仙

翠碧玉玲珑，素影带青裙绿[韵]。
金盏银台雅客，更超凡脱俗[韵]。

凌波仙子步轻盈，来去水流逐[韵]。
谁料湘江魂断，叹清香幽独[韵]。

1. 水仙：别名“金盏银台”。水仙，花如其名，绿裙、青带，亭亭玉立于清波之上。素洁的花朵超凡脱俗，高雅清香，格外动人，宛若凌波仙子踏水而来。水仙是石蒜科多年生草本植物，性喜温暖、湿润，在中国已有一千多年的栽培历史，为传统观赏花卉。据传，唐末五代时，水仙由国外传入湖北荆州，而福建漳州龙溪水仙最负盛名，它鳞茎大、形态美、花朵多、馥郁芳香，深受人们喜爱。水仙花多为六瓣、白花、黄蕊、翠茎、绿叶。水仙是冬季观赏花卉，可以用水泡养，亦能盆栽。常见栽培品种有“金盏银台”（单瓣花）和“玉玲珑”（重瓣花）等。水仙茎叶清秀，素洁幽雅，花香宜人，可用于装点书房、客厅，格外生机盎然。春节前后，水仙更显得春意融融，祥瑞温馨，人们用它庆贺新年，作“岁朝清供”的年花。水仙茎叶多汁带有毒性，不可误食。水仙为花中之“雅客”，素有“凌波仙子”的雅称，是我国传统十大名花之一。宋代理学大家朱熹曾用“水中仙子来何处，翠袖黄冠白玉英”来赞美水仙。

2. 金盏银台雅客：人们喜爱水仙，给水仙起了许多巧妙、美丽的名字，如金盏、银台、雅客、俪兰、女星等等。

3. 湘江魂断：传说水仙是上古时尧帝的两个女儿娥皇、女英的化身。他们二人同嫁给舜，姐姐为后，妹妹为妃。舜在南巡时驾崩，娥皇与女英双双殉情于湘江。上天怜悯二人的至情至爱，便将二人的魂魄化为江边水仙，她们也就成为腊月水仙花神了。

2021 年元月暮冬于南京

醉花间

谁解怜方寸

年临近[韵],节临近[韵],如箭光阴迅[韵]。
时有腊风吹,来送梅花信[韵]。

泥香初破润[韵],溪柳金丝嫩[韵]。
窗前鸟乱啼,谁解怜方寸[韵]?

1. 醉花间:词牌名。原唐教坊曲名,后用作词调名。双调小令。前片五句,后片四句,共四十一字。前片第一、二、三、五句和后片第一、二、四句押韵,均押仄声韵。前片第二句后两字叠前句末两字。这两首《醉花间》小令,写年关将近的思乡情怀。

2. 方寸:指人的心。或指心思,心情,心绪。

2021年元月暮冬于南京

醉花间
一片归心乱

南飞雁㈰,北飞雁㈰,来去年年见㈰。

飞渡万重山,游子空兴叹㈰。

流光荏苒换㈰,世海沧桑变㈰。

愁思在天涯,一片归心乱㈰。

1. 流光:光阴。因其逝去如流水,故名。又指月光,或指光彩闪耀。

2021年元月暮冬于南京

醉乡春

人安好

梦断觉来清晓(韵),鸦雀乱啼堪恼(韵)。

昨夜里,雨绵绵,思绪不知多少(韵)。

坎坷一生潦倒(韵),荏苒光阴已老(韵)。

岁华晚,楚云天,故园北望人安好(韵)?

1. 醉乡春:词牌名,又名《添春色》。此调创自宋秦观。因其词有"醉乡广大人间小"句,故取作词调名。双调小令。前、后片各五句,共四十九字。前、后片逢第一、二、五句押韵,押仄声韵。附秦观《醉乡春》词:"唤起一声人悄,衾冷梦寒窗晓。瘴雨过,海棠开,春色又添多少? 社瓮酿成微笑,半缺椰瓢共舀。觉颠倒,急投床,醉乡广大人间小。"这两首《醉乡春》小令,均为年关将近的思乡之作。

2021年元月暮冬于南京

醉乡春
望家山

鸟雀乱飞庭院,溪柳影摇深浅。

霁色里,尚微寒,梅蕊弄娇呈艳。

浊酒一杯相伴,望断家山泪眼。

念畴昔,梦阑珊,奈何怅锁愁如剪。

1. 家山:家园,家乡,故乡。
2. 霁色:雨、雪后天气转晴。这里指天气晴和。
3. 畴昔:往日,从前。
4. 阑珊:衰落,将尽。如春意阑珊。

2021年元月暮冬于南京

醉花阴

残腊近年关

寂寞红梅开无主(韵),香动胭脂吐(韵)。

池畔柳丝垂,多少柔情,一任清风舞(韵)。

楚天漠漠云流处(韵),望断天涯路(韵)。

残腊近年关,水远山长,惆怅应如故(韵)。

1. 醉花阴:词牌名。此调见于宋毛滂《东堂词》,以毛滂《醉花阴·孙守席上次会宗韵》为正体。因其词有"人在翠阴中……劝君对客杯须覆"句,取其句意为词调名。调名本意即咏醉酒于花丛树荫下。此调为双调。前、后片各五句,共五十二字。前、后片第一、二、五句押韵,押仄声韵。此调前、后片第二句五言句,前人或用上二下三句式,或用上一下四句式,或在前、后片分别用这两种不同的句式。附毛滂《醉花阴》词:"檀板一声莺起速,山影穿疏木。人在翠阴中,欲觅残春,春在屏风曲。劝君对客杯须覆,灯照瀛洲绿。西去玉堂深,魄冷魂清,独引金莲烛。"此调虽创自毛滂,而李清照的《醉花阴》却最为有名,后人填此调多以李词为准。附李清照《醉花阴》词:"薄雾浓云愁永昼,瑞脑销金兽。佳节又重阳,玉枕纱厨,半夜凉初透。东篱把酒黄昏后,有暗香盈袖。莫道不销魂,帘卷西风,人比黄花瘦。"

2. 寂寞红梅开无主,香动胭脂吐:寂寞了将近一年的梅花无人问津。冬去春来,梅花凌寒独自开放,红梅娇艳如胭脂,暗香浮动,报告春天就要来到了。

3. 残腊近年关,水远山长,惆怅应如故:游子佳节思乡之意。

2021年元月暮冬于南京

醉花阴
春意知多少

旭日霞光初破晓(韵),窗外闻啼鸟(韵)。

玉宇挂吴钩,薄雾轻寒,残梦催人早(韵)。

小池半亩波光好(韵),亭畔江梅小(韵)。

柳色正盈门,为问东君,春意知多少(韵)?

1. 玉宇:这里指天空,光洁如玉的天空。
2. 东君:神话传说中的春神。

2021年元月暮冬于南京

立　春

阳和浮动满乾坤[韵]，万物苏萌又一春[韵]。
林木返青山野绿，泥香破润草芽新[韵]。
早梅呈艳临溪畔，嫩柳含烟傍水滨[韵]。
喜见芬芳阡陌外，纸鸢飞上半天云[韵]。

2021年2月3日（立春）于南京

小 年

人间祭灶古风传㊿,百代民俗过小年㊿。

只为上天言好事,更期下界保平安㊿。

荡尘涤垢忧愁去,洒扫庭除福运还㊿。

已是春来岁华尽,佳节共度万家欢㊿。

1. 小年:通常指除尘、祭灶的日子。由于南北各地风俗不同,被称为"小年"的日子也不尽相同。北方小年是腊月二十三,南方大部分地区小年是腊月二十四。而南京地区称正月十五元宵节为小年。祭灶是小年的主要习俗,另外还有扫尘、吃灶糖、洗浴等。民间祭灶,源于古人的拜火习俗。灶神的职责是执掌灶火,管理饮食,后来扩大为考察人间善恶,以降祸福。灶神信仰是古代民间百姓对"衣食有余"梦想追求的反映。小年被视为过年的开端,表达了人们一种辞旧迎新、迎祥纳福的美好愿望。

2. 只为上天言好事,更期下界保平安:在民间,人们称灶神为"灶君司命",被作为一家的保护神而受到崇拜。灶王爷神像两侧通常有一副对联,一般是"上天言好事,下界保平安",或是"上天言好事,回宫降吉祥"。这也是人们对平安、幸福、吉祥的期盼吧。

2021年2月4日(小年)于南京

探春令
春光秀

林泉溪路，水光山色，烟霞依旧㉑。

峭寒尚有阳和透㉑，草芽细、梅英瘦㉑。

一池碧水清波皱㉑，映窗前屋后㉑。

鸟乱啼、岸柳迎风，应是不负春光秀㉑。

    1. 探春令：词牌名，又名《景龙灯》。此调俱咏初春风景，或咏梅花，故名《探春》。该调有令词和慢词之分，此为令词《探春》。以宋徽宗赵佶词《探春令·帘旌微动》为正体。双调，共五十一字。前片五句、三仄韵，后片四句、三仄韵。另有五十二字、五十三字等多种变格体。这一组小词《探春令》共五首，为咏梅花和咏初春风景之作。

2021年2月孟春于南京

探春令

咏梅花

娇花宠柳，雨丝风片，春来南国㈭。

寿阳妩媚凝芳泽㈭，漫游遍、梅香陌㈭。

谁怜姹紫嫣红色㈭，叹疏魂淡魄㈭。

海角头、借问东君，何事醉我天涯客㈭？

1. 寿阳妩媚凝芳泽，漫游遍、梅香陌：春天来了，梅花花神寿阳公主遍游山川、原野、阡陌，她走到哪里，哪里的梅花就开放了。寿阳：寿阳公主，南朝宋武帝刘裕的女儿，民间传说中的正月梅花花神。芳泽：古代妇女润发的芳香油，泛指香气，或指妇女的香气。也可用来比喻女子，比喻美德。梅香陌：散发着梅花香气的田间小路。

2. 姹紫嫣红：也称"嫣红姹紫"。指各种颜色娇艳的花朵。明汤显祖《牡丹亭·惊梦》一折里有一首脍炙人口的曲子《皂罗袍》，其中有"原来姹紫嫣红开遍"句。姹：美丽；娇艳。嫣：艳丽。

3. 海角：这里指偏远之地。或指远离故乡的地方。

4. 天涯客：在天涯做客之人；远离家乡之人。指作者自己。

2021年2月孟春于南京

探春令
相思恨

楚天空阔,远山凝黛,碧溪流韵(韵)。

柳丝染绿传春信(韵),恰更有、东风趁(韵)。

梅英疏淡何人问(韵),正香怜方寸(韵)。

记那年、泪眼观花,谁解寂寞相思恨(韵)?

1. 方寸:指人的心。又指心思,心情,心意,心绪等。

2021年2月孟春于南京

探春令
难相见

融和天气,嫩寒犹在,梅花初绽㊅。

小池水碧波清浅㊅,柳堤上、游人遍㊅。

春来不觉年光换㊅,引离人心乱㊅。

更哪堪、世海茫茫,只怕梦里难相见㊅。

1. 嫩寒:轻寒,淡淡的寒意。
2. 不觉:在这里是不知不觉意。

2021年2月孟春于南京

探春令
观花灯

秦淮河上，小桥流水，绮楼朱户。
满城结彩花灯路，庆祥瑞、牛年度。

吴娃笑语盈盈处，看鳌山玉树。
盛宴开、溢彩流光，疑是阆苑瑶台误。

1. 观花灯：今年是农历辛丑牛年，南京第35届"中国·秦淮灯会"于2021年2月4日（农历腊月二十三小年）正式亮灯。秦淮灯会，又称"金陵灯会""夫子庙灯会"。秦淮灯会是流行于南京的民俗活动，是首批国家级非物质文化遗产，有"天下第一灯会"和"秦淮灯彩甲天下"的美誉，是中国唯一一个集灯展、会和灯市为一体的大型综合型灯会，也是中国持续时间最长、参与人数最多、规模最大的民俗灯会。秦淮灯会的历史最早可追溯到魏晋南北朝时期，唐代时得到了迅速发展，明代时达到鼎盛。南京是六朝古都，十代都会，秦淮灯会作为一项重要的民俗活动，一直是历代南京民众辞旧迎新、祈求吉祥、喜庆热闹的社会文化活动。秦淮文化是古老的金陵文明的代表，秦淮灯会则是传承秦淮优秀传统文化的重要载体。2006年5月20日，国务院批准将秦淮灯会列入第一批国家级非物质文化遗产名录。绮户朱楼、小桥流水、画舫凌波、灯影桨声里的十里秦淮，夜色美不胜收，梦幻迷离，人如在画中游。2月6日夜，余阖家再次夜游秦淮，观赏牛年秦淮灯会，故作此小词以记之。

2. 吴娃：吴地的少女。泛指江南娇俏的妙龄女子。

3. 鳌山：古代称大型灯彩为"鳌山"。即将灯彩搭建成巨鳌形。鳌：传说中指海里的大鱼或大鳌。

4. 阆苑：也称阆风苑、阆风之苑，传说中在昆仑山之巅，是西王母居住的地方。在诗词中常用来泛指神仙居住之地，或指神仙的花园，有时也代指帝王的宫苑。

2021年2月6日夜于南京

扬州慢
夜游秦淮

绮户朱楼，花蹊柳陌，小桥流水人家㉿。

正寒星点点，伴残月微斜㉿。

碧波上、轻岚薄雾，兰舟画舫，笑语吴娃㉿。

俏秦淮、十里河风，灯艳红纱㉿。

六朝故国，说风流、满目烟霞㉿。

望钟阜龙蟠，石头虎踞，江水云槎㉿。

一带名园佳丽，轩窗外、极尽繁华㉿。

叹闲云孤鹤，而今醉在天涯㉿。

1. 扬州慢·夜游秦淮：扬州慢，词牌名。农历辛丑牛年，南京第35届"中国·秦淮灯会"于2021年2月4日（农历腊月二十三小年）正式亮灯。2月6日夜，余阖家前往夫子庙、老门东、白鹭洲公园等地观赏灯会，并乘画舫再次夜游秦淮。秦淮河在历史上极负盛名，这里素为"六朝烟月之区，金粉荟萃之所"，更兼十代繁华之地，"衣冠文物，盛于江南，文采风流，甲于海内"，被称为"中国第一历史文化名河"。秦淮河的南京城内河段为内秦淮，从东水关至西水关全长9.6华里（市里的别称，1市里=0.5公里），有"十里秦淮""六朝金粉"之誉。两岸楼台殿阁、鳞次栉比，河厅河房、雕梁画栋，画舫凌波、灯影桨声，十里珠帘、一路笙歌，展现着一幅幅如梦如幻的美景奇观。加之商贾云集,市井繁华,人文荟萃,儒学鼎盛,构成了集中体现金陵古都风貌的游览胜地——秦淮风光带。夜色朦胧,天空倒挂一弯吴钩凉月。一河红灯,兰舟穿梭。从夫子庙泮池码头出发,沿途穿过文源桥、平江桥、文正桥、镇淮桥、朱雀桥、武定桥、来燕桥、文德桥等各式画桥,领略江南贡院、桃叶渡、秦淮水亭、吴敬梓故居、白鹭洲、七彩水街、马湘兰故居、东水关、中华门瓮城、瞻园、乌衣巷、媚香楼等景点的古韵新姿,体验和回味昔日十里秦淮那特有的迷人风光。故作此《扬州慢·夜游秦淮》以记之。

2. 花蹊:开满鲜花的小路。蹊:小路。

3. 斜:韵脚,读音"xiá"。

4. 兰舟:古人用兰木作舟,故称"兰舟"。这里指华美的小船。

5. 烟霞:山水,风光,风景。

6. 钟阜:钟山。紫金山。

7. 轩窗:窗户。是古人对窗户的别称。

8. 闲云孤鹤:闲云野鹤。比喻无牵无挂,来去自由的人。这里指作者自己。

2021年2月7日于南京

探春慢
辞旧迎新

辞旧迎新,金牛贺岁,春风吹绿江渚㉿。

沃野平畴,阳和渐起,浮动章台溪路㉿。

人道梅山上,却已是、艳香无数㉿。

寿阳妆罢归来,花云花雨花雾㉿。

庚子流年过了,回首话沧桑,悲叹今古㉿。

共克时艰,同心协力,何惧世间风雨㉿?

且喜龙魂在,看华夏、江山永固㉿。

家国情怀,丹心一点如故㉿。

1.探春慢:词牌名,又名《探春》。《探春令》和《探春慢》俱咏初春风景或咏梅花,一为令词,一为慢词。该调为慢词,南宋姜夔所创,以姜夔《探春慢·衰草愁烟》词为正体。双调。前、后片不同调。前、后片各十句,共一百零三字。前、后片第三、六、八、十句押韵,均押仄声韵。另有诸变格体。这首《探春慢·辞旧迎新》和下面一首《探春慢·重游梅花山》均依姜夔体。这首"辞旧迎新"上片写春到江南,梅花已经盛开。下片是对庚子流年举国抗击疫情的回味。

2. 江渚:江中的小块陆地,小洲。这里用以代指江南。

3. 章台溪路:种植杨柳的溪边小路。章台:代指杨柳。

4. 丹心:赤诚之心;忠心。如:碧血丹心。

2021年2月12日(春节)于南京

探春慢

重游梅花山

丽日阳和,蓝天碧野,层峦凝黛呈秀(韵)。

闻道梅开,熙熙攘攘,同赴山前山后(韵)。

谁念期年隔,又重见、孤芳清瘦(韵)。

正怜香满晴川,云蒸霞蔚依旧(韵)。

花径往来不定,重访寿阳家,心魂相守(韵)。

楚楚吴娃,婷婷越女,笑语盈盈童叟(韵)。

春梦撩人醉,恰正有、花香如酒(韵)。

借问东君,人生苦短知否(韵)?

1. 谁念期年隔,又重见、孤芳清瘦:每年春节期间余都要到梅花山观赏梅花,只有2020年因疫情而未去,故言"期年隔"。孤芳清瘦:指梅花。对梅花精神的赞誉。

2. 云蒸霞蔚:像云雾彩霞升腾聚集起来一样。这里用以形容梅花山的梅花繁盛艳丽。

3. 寿阳家:梅花仙子家。这里指梅花山。

4. 楚楚:娇柔;秀美。如:楚楚动人。

5. 婷婷:秀美的样子。

2021年2月13日(正月初二)于南京梅花山

柳梢青

江南春光

云淡风轻㈣,阳和丽日,春意融融㈣。

碧野朱楼,小桥流水,细草初萌㈣。

溪边杨柳青青㈣,醉人处、关关鸟鸣㈣。

惊艳梅山,如云似雾,姹紫嫣红㈣。

1. 柳梢青:词牌名。该调有平韵、仄韵两体。平韵体又名《云淡秋空》《玉水明沙》《早春怨》等,仄韵体又名《陇头月》。余的这五首《柳梢青》均为平韵体。双调小令。前片六句,后片五句,共四十九字。前片第一、三、六句和后片第一、二、五句押韵,押平声韵。这五首《柳梢青》小词,写的是江南初春的美丽风光或咏梅花。

2. 关关:一般是指鸟类雌雄相和的鸣叫声。泛指鸟鸣声。

2021年2月孟春于南京

柳梢青
醉在金陵

细雨和风(韵),泉清溪碧,柳暗花明(韵)。

隐隐青山,迢迢绿水,古寺钟声(韵)。

梅山惊艳倾城(韵),恰正是、魂牵梦萦(韵)。

无限春光,年年岁岁,醉在金陵(韵)。

1. 隐隐:隐约,不明显。

2. 迢迢:形容遥远,如千里迢迢。

3. 倾城:倾城倾国。或说倾国倾城。城中和国中的人都为之倾倒。形容女子容貌美丽非凡。《汉书·孝武李夫人传》:"北方有佳人,绝世而独立,一顾倾人城,再顾倾人国。"倾:倾覆。这里是说,梅花山的数万株梅花迎春绽放,香飘数里,如云似雾,姹紫嫣红,惊艳倾倒了整个金陵城。

2021年2月孟春于南京

柳梢青

沉醉梅园

乍暖还寒(韵),金牛贺岁,又是新年(韵)。

细草泥香,微风柳岸,春意江南(韵)。

城东千亩梅园(韵),却正是、花开满山(韵)。

姹紫嫣红,香飘十里,沉醉流连(韵)。

1. 金牛贺岁:今年是农历辛丑牛年,春节刚过,故称"金牛贺岁"。

2. 城东千亩梅园:南京梅花山在南京城东紫金山南麓,占地1533亩,整个梅花山有11个品种群,近400个品种,35000余株梅树,有"梅花世界"之称,被称为"天下第一梅山"和"中国第一梅山"。其与武汉东湖磨山梅园、上海淀山湖梅园和无锡梅园并称为"中国四大梅园",并居四大梅园之首。每当早春时节,梅花山数万株梅花竞相开放,层层叠叠,云蒸霞蔚,使数十万海内外踏青赏梅的游人沉醉其中,流连忘返。

2021年2月孟春于南京

柳梢青
南国春晓

柳陌花蹊㈣,清泉林下,芳草萋萋㈣。

山影云光,池盈碧水,风动涟漪㈣。

夜来别梦依稀㈣,春睡觉、桃源路迷㈣。

窗外梅香,枝头鸣雀,一抹虹霓㈣。

1. 柳陌花蹊(xī):杨柳夹道、开满鲜花的小路。陌:田间小路。蹊:小路。
2. 林下:指的是幽僻之境。这里指幽静的山野林泉。
3. 涟漪(yī):水面被风吹起的细小波纹。
4. 虹霓:虹和副虹。这里指天上的彩虹。

2021年2月孟春于南京

柳梢青
迟暮人生

绿柳盈窗(韵),梅开池畔,岸草泥香(韵)。
冬去春来,新年过了,何事彷徨(韵)?

年年流落他乡(韵),念往昔、行人断肠(韵)。
迟暮人生,几多风雨,几度辛凉(韵)。

2021年2月孟春于南京

武陵春
画中游

烂漫春光何处是？南国数风流。
梅李芬芳杏蕊羞，柳色映高楼。

隐隐青山溪水碧，景动是兰舟。
玉树瑶花乱眼眸，人在画中游。

1. 武陵春：词牌名，又名《武林春》《花想容》。清毛先舒《填词名解》云：取唐人诗句"为是仙才登望处，风光便似武陵春"以为词调名。《武陵春》以宋毛滂词为正体，双调，共四十八字。前、后片各四句、三平韵。而李清照的《武陵春》和万俟（mò qí）咏的《武陵春》为添字体，皆为变格体。李清照的《武陵春》是将毛滂词体的后片结句添一字改作两个三字句。而万俟咏的《武陵春》为双调五十四字，前片四句、三平韵，后片四句、四平韵。余的这一组小令《武陵春》共十首，前五首依毛滂体，后五首依李清照体。俱写南京十里内秦淮河上一些著名景点的迷人风光。

2021年春日于南京

武陵春

醉游湖山

杨柳轻摇风未住,吹雨过汀洲(韵)。

碧野清溪春水流(韵),梅艳异香柔(韵)。

人在湖光山色里,何事总关愁(韵)?

老迈茕茕独自游(韵),醉在海天头(韵)。

1. 汀洲:水边的平地和水中的小洲。
2. 茕茕:孤单;孤独。
3. 海天头:海角天涯。这里指远离家乡的地方。

2021年春日于南京

武陵春
过桃叶渡

桃渡临流溪水碧,细柳岸边生(韵)。
烁烁桃花相映红(韵),似带六朝风(韵)。

怨女痴男人间爱,亘古一般同(韵)。
箫鼓灯船月照明(韵),人醉夜朦胧(韵)。

  1. 桃叶渡:桃叶渡是秦淮河上的一个古渡,又名南浦渡,位于秦淮河与古清溪水道合流处。桃叶渡是南京古名胜之一,位列金陵四十八景。在原渡口处建有"桃叶渡亭""桃叶桥",并立有"桃叶渡碑"。碑额为:"古桃叶渡"。碑柱楹联为:"细柳夹岸生,桃花渡口红"。从六朝到明清,桃叶渡均为繁华地段,河舫竞立,灯船箫鼓。金陵秦淮河的桃叶渡与杭州西湖的断桥和扬州瘦西湖的二十四桥一样,都极具浪漫色彩,演绎出无数浪漫的传说和催人泪下的故事。桃叶渡名称的由来:据传,东晋时,有桃叶、桃根姊妹俩同为大书法家王献之的小妾,因王献之当年曾在此迎接过爱妾桃叶,古渡口由此得名。王献之当年曾作《桃叶歌》曰:"桃叶复桃叶,渡江不用楫;但渡无所苦,我自迎接汝。"从此渡口名声大噪,"桃叶临渡"遂成为久传不衰的风流佳话。

2021年春日于南京

武陵春

游秦淮水亭

花木扶疏深院静,竹影乱摇风。

曲径通幽文木亭,人去觉寒轻。

淮水悠悠怜皓月,时有画船行。

青史流传稗说名,览尽世间情。

1. 秦淮水亭:即吴敬梓故居。吴敬梓,中国伟大的讽刺文学家。因定居于南京秦淮河畔,自称"秦淮寓客",又因家有"文木山房""文木亭",晚年号"文木老人"。吴敬梓于康熙四十年(公元1701年)出生于安徽全椒官宦世家,雍正十一年(公元1733年)举家迁居南京,寓居于秦淮水亭。在历经世态炎凉、看透八股取士的腐朽性之后,吴敬梓怀着愤世嫉俗的心情、以庄谐兼擅的妙笔,积十年之余,创作出了中国历史上不朽的古典现实主义长篇讽刺小说——《儒林外史》。吴敬梓的一生,有着无法割舍的"金陵情结",他游历于南京,定居于南京,创作于南京,归葬于南京,终其一生都与南京有着不解之缘。这一切体现在其以《儒林外史》为代表的许多作品中。我们既可以从字里行间窥见历史上南京的城市规模、山川形胜、人文风俗等,也可体会到吴敬梓对南京的深厚感情。为了纪念这位伟大的文学家,人们在古桃叶渡遗址旁规划复建了秦淮水亭,将他的故居建为"吴敬梓纪念馆"。

2. 淮水悠悠怜皓月,时有画船行:吴敬梓故居紧邻秦淮河,悠悠秦淮河水从屋后缓缓流过,画舫凌波,兰舟浮水,灯船箫鼓,迤逦而行。古色古香的文木亭为二层六角亭,紧邻秦淮河岸,亭柱的楹联为:"桃叶渡边粗茶澹饮,东关头处作赋弄弦",既点明了秦淮水亭的地理位置,又道出了主人的生活状况和生活情趣。

3. 稗说:野史,记载轶闻琐事的书。后用作小说或小说家的代称。

2021年春日于南京

武陵春
游白鹭洲

白鹭园中飞白鹭,水复亦山重。

隐隐洲桥断续行,景在碧波中。

瑶草琼花相掩映,塔影玉玲珑。

纵使中山太傅生,重到也须惊。

1. 白鹭洲：这里的白鹭洲指南京白鹭洲公园。位于南京古城东南隅,是以自然山水为主格调的大型文化公园。白鹭洲公园在明朝永乐年间是开国元勋中山王徐达家族的别墅,故称为徐太傅园或徐中山园,后又称东园。明朝天顺年间,园内建有鹫峰寺,香火鼎盛一时。该园曾为园主与当时的文坛领袖王世贞、吴承恩等许多著名文人诗酒欢会的雅集之所。民国十三年(公元1924年),人们在修葺园内鹫峰寺时,发现墙内有一块镌有李白名诗《登金陵凤凰台》的石刻："三山半落青天外,二水中分白鹭洲"。虽然李白诗句中所指的白鹭洲是南京江东门外长江边的白鹭洲,但此时的东园故址湖中有洲,洲边也多植芦苇,秋日时有白鹭翔集,景观与长江边的白鹭洲极为相似,故而人们就借用李白的诗,把这位于南京城区东南端以园林为主的公园称为"白鹭洲"。白鹭洲公园饱经沧桑,几经破败几经修建,现在已是有山有水,洲桥相连,花木繁多,风光优美的大型文化公园。"白鹭芳洲"为新评"金陵四十景"之一。每年春节及元宵节期间,南京市都在白鹭洲公园举办大型水上灯会,灯彩闪耀,画舫穿梭,游人如织,梦幻迷离,美不胜收。

2. 塔影：指的是白鹭洲公园内的鹫峰寺塔。

3. 中山太傅：明朝开国元勋徐达，累官至太傅、中书右丞相等职，被封为魏国公，死后追赠中山王。

2021年春日于南京

武陵春
过朱雀桥

朱雀桥边寻胜迹,绿树映红花㈠。

十里河风吹万家㈡,垂柳拂灯纱㈠。

可叹楼头门外事,遗恨在天涯㈠。

一路笙歌月影斜㈠,沉醉处、误年华㈠。

1. 朱雀桥:朱雀桥是六朝时建康秦淮河上二十四航(浮桥)中最大最重要的一座,时为交通要道,因面对六朝时期都城正南门朱雀门,故名朱雀桥。朱雀桥之所以家喻户晓,还源于中唐诗人刘禹锡的金陵怀古诗《乌衣巷》:"朱雀桥边野草花,乌衣巷口夕阳斜。旧时王谢堂前燕,飞入寻常百姓家。"这脍炙人口、千古传咏的美丽诗篇,使得朱雀桥和乌衣巷闻名于世。而时事图画《赤焰腾空图》所画之景象就发生在朱雀桥,这是中国历史上第一次关于UFO事件的记录。

2. 十里河风吹万家:十里秦淮,一河清风,香飘十里,吹进了两岸万户千家。

3. 楼头门外事:指隋灭南陈事。杜牧的《台城曲》里有"门外韩擒虎,楼头张丽华。"这两句诗的大意是:隋军已经兵临城下,陈后主和张丽华还在寻欢作乐。张丽华是陈后主的宠妃。楼头,指张丽华所住的结绮阁。韩擒虎是隋朝开国大将,率领隋军从朱雀门入城,俘获陈后主、张丽华等,灭掉陈朝。门外,指朱雀门外。苏轼

《虢国夫人夜游图》诗中的"当时亦笑张丽华,不知门外韩擒虎",其诗意与此相同。王安石的著名词篇《桂枝香·金陵怀古》里亦有"叹门外楼头,悲恨相续",均指隋灭南陈事。

4. 斜:韵脚,读音"xiá"。

2021年春日于南京

武陵春

游东水关

东水关头留倩影,雄伟古城台㊙。

疏水闸门偃月排㊙,神韵久徘徊㊙。

画舫兰舟浮绿水,一路艳香来㊙。

十里繁华迤逦开㊙,明月照、俏秦淮㊙。

1. 东水关：东水关是南京明城墙的两座明代京城水关之一，与西水关相对，是秦淮河流入南京城的入口，也是南京城墙唯一的船闸入口，是古代南京保存至今的一座最大的水关，理所当然成为了十里秦淮的"龙头"。东水关旧称上水门，始建于杨吴筑城时期，距今已有一千多年的历史，明朝初年修建的明城墙即在此基础上扩建而成。东水关将水关建筑与城墙建筑融为一体，东水关为砖石结构，共三层，每层有11券，共33券，券又被称为"偃月洞"，在古代，上面二层安置守城将士和储藏物资，最下层调节内秦淮河水位和防洪，中间的铁栅栏防止敌军从水路偷袭。

2. 十里繁华迤逦开：无限风光，道不尽繁华的十里秦淮从这里开始。即东水关是十里秦淮的龙头之意。

2021年春日于南京

武陵春

游西水关

一线河风吹十里,直到水西门。
三绝名亭相比邻,极目楚天云。

排涝防洪咽喉地,荟萃物华新。
可叹流光总误人,寻胜迹、久无存。

1. 西水关:西水关是南京明城墙的两座水关之一,与东水关相对,是内秦淮河的尾部。内秦淮河从西水关流出与外秦淮河相汇合,一路向西北方经三汊河流入长江。西水关旧称下水门,始建于杨吴时期,明朝初年修建明城墙时在此基础上扩建、改建为西水关,设两道闸门、桥道和偃月洞。后被整体拆除。西水关在历史上对于保护南京城免受洪涝之害起到了重要作用。除了防洪排涝,西水关在军事、政治、经济上也大有作为。西水关与长江相连,设有码头,算得上是南京进出口的咽喉之地,是当时南京城最繁忙的物资集散中心。

2. 三绝名亭相比邻:有着"三绝"之誉的赏心亭旧时为"金陵第一胜概",始建于北宋,由丁谓所建。赏心亭紧邻西水关(一说赏心亭就建在西水关城头之上)。赏心亭建成以后,曾在亭上悬挂唐代周昉(一说王维)的名画《袁安卧雪图》,宋代大词人辛弃疾曾三登赏心亭并做著名词篇《水龙吟·登建康赏心亭》。千古名亭、千古名画、千古名词,三绝合一,故称"三绝"。

3. 流光:光阴。因其逝去如流水,故名"流光"。

2021年春日于南京

武陵春

登赏心亭

冠绝吴都淮水畔,胜概赏心亭。
满目烟霞故国行,十里一河风。

隽士贤才怜妙笔,思古发幽情。
落日楼头听断鸿,魂梦里、与君同。

1. 赏心亭:赏心亭,旧时为"金陵第一胜概",始建于北宋,由丁谓所建。据南宋《景定建康志》云:"赏心亭在下水门(即今西水关)之城上,下临秦淮,尽观览之胜。"据传,亭中曾悬挂传为唐代周昉(一说王维)的名画《袁安卧雪图》,亭旁有张丽华墓。宋、元以来,赏心亭为观景赏心、吊古抒怀之胜地,历代文人墨客均有登临览胜,赋诗填词,其中尤以辛弃疾三登赏心亭之词最为著名。历史上,此亭数度遭毁,亦多次重建,是坐镇金陵西南、纵观老城沧桑的一处重要遗迹。今天复建的赏心亭,位于秦淮区水西门西广场,下临秦淮,总建筑面积约5000平方米,依仿宋建筑风格设计,以白墙、红柱、灰瓦为主色调。主楼明三层暗五层,八角重檐攒尖顶,高24米,裙楼歇山顶,高9米。整组建筑高耸挺拔,气势恢宏,重檐欲飞,错落有致,是水西门一带的重要人文景观。

2. 胜概:美好的景物或境况,或说美好的风景或环境。

3. 隽士贤才怜妙笔:历代文人雅士所书写的与赏心亭有关的著名书画、诗词、文章等。隽,同俊。

4.落日楼头听断鸿,魂梦里、与君同:时常想起辛弃疾《水龙吟·登建康赏心亭》里的名句:"落日楼头,断鸿声里,江南游子,把吴钩看了,阑干拍遍,无人会、登临意。"这美妙的诗句,幻化出其当年登亭时的情景与心境,也勾起了今日游子惺惺相惜的心情。断鸿:离群的孤雁。

2021年春日于南京

武 陵 春

游 江 南 贡 院

贡院深深深几许？士子入乡闱。

负凳提篮笔砚随，心望耀门楣。

酷暑寒冬十数载，辛苦为阿谁？

但得扬鞭打马回，辜负了、鬓毛衰。

1. 江南贡院：江南贡院又称南京贡院、建康贡院，位于南京城东南隅，南京夫子庙学宫东侧，是夫子庙秦淮风光带的重要组成部分，夫子庙地区三大古建筑群之一。江南贡院始建于宋乾道四年（公元1168年），清同治年间，江南贡院达到鼎盛，仅考试号舍就有20644间，加上附属建筑数百间，占地超过三十余万平方米。其规模之大、占地之广居全国各省贡院之冠，创中国古代科举考场之最。在中国科举的历史长河中，曾出过八百多名状元、十万余名进士，上百万名举人，而涉足科举者更是数不胜数。明清时期全国半数以上的官员都出自江南贡院。江南贡院中国科举博物馆，是中国唯一的一座以反映中国科举考试制度为内容的专业性博物馆，是中国科举制度中心、中国科举文化中心和中国科举文物收藏中心。

2. 乡闱：乡试。科举制是中国古代通过考试选拔官吏的制度。分级考试，一般分四级，即童试、乡试、会试、殿试等。乡试是明清两代在各省省城举行的科举考试。一般每三年的秋天举行一次，故又称"秋闱"。乡试录取者称"举人"，第一名称"解元"。举人可参加次年春天在京城举行的"会试"，又称"春闱"。举人在明清时期已是一种正式科名,即使会试落榜,也具备做官的资格。乡试是明清时期改变士人命运最关键的考试。闱:科举时代称考场。

3. 耀门楣:光耀门楣。光宗耀祖。门楣:门户上的横木。旧时富贵人家门楣高大,因以"门楣"喻门第。

4. 衰:读音"cuī"。

2021年春日于南京

春游紫金山

钟灵毓秀号龙蟠[1]，城市人文第一山。

湖沼溪流涵碧水，松林竹海蕴晴岚。

花开四季烟霞醉，光耀八荒胜景怜。

最喜春风吹送处，如云似雾是梅园[3]。

1. 钟灵毓秀：美好的自然环境培育出优秀的人物。这里用以赞誉紫金山。紫金山古称金陵山，又称钟山，因古时风水家称此山为龙脉，王气所"钟"之处，即王气集中积聚的地方，故名钟山。

2. 沼：水池。

3. 梅园：紫金山山脚下的梅花山千亩梅园。

2021年春日于南京紫金山

春游牛首山

牛角双峰一角残㈲,临江对峙起烟岚㈲。

浮屠高耸祥云绕,古刹庄严秀色连㈲。

绮陌飘香花烂漫,清溪流碧水潺湲㈲。

地宫圣物惊寰宇,千载佛光耀楚天㈲。

1. 牛角双峰一角残:牛首山又名"牛头山""天阙山",为金陵四大名胜之一,因山顶东西双峰形似牛头双角而得名。"一座牛首山,半部南京史"。牛首山风光秀美,素有"春游牛首"之美誉。清朝乾隆年间,"牛首烟岚"列入金陵四十八景之中。牛首山自古以来即为佛教名山,现如今,山内佛顶宫供奉着世界上唯一的佛教界至高圣物——释迦牟尼佛顶骨舍利,再加上漫山遍野众多的文物古迹,遂使牛首山成为一处以禅文化为主题的游览胜地。牛首山原有二峰,后因采矿西峰被削平挖空,当年的牛首山便残缺成一头独角牛了。然而令人欣慰的是,现在宏伟的佛顶宫就是在当年遗留的西峰矿坑处规划建造的,再现了当年的"两峰争高"和"双峰双塔"奇观。

2. 浮屠古刹:佛塔;古寺。

2021年春日于南京牛首山

春游秦淮河

碧波十里柳烟浓㊂,夹岸夭桃烁烁红㊂。

绮户临河垂倒影,兰舟浮水映花灯㊂。

人文荟萃千秋盛,市井繁华百业兴㊂。

一路如诗如画卷,风光无限是金陵㊂。

2021年春日于南京秦淮河

春游玄武湖

六朝宫苑后湖塘㊀,玉鉴盈盈五岛苍㊀。

花木扶疏听雀叫,碧波荡漾看鱼翔㊁。

钟山顾影霞光暖,晓月鸡鸣夜露凉㊃。

信步虹堤烟柳外,不知何处是家乡㊄?

    1. 六朝宫苑后湖塘,玉鉴盈盈五岛苍:玄武湖位于南京城中,是紫金山脚下的国家级风景区,至今已有1500多年的历史。玄武湖古名"桑泊",原为六朝时皇家后宫禁苑,故又称"后湖"。玄武湖是中国最大的皇家园林湖泊,当代仅存的江南皇家园林。其与杭州西湖、嘉兴南湖并称为江南三大名湖,是江南最大的城内公园,被誉为"金陵明珠"。玄武湖中有五块绿洲,洲洲堤桥相通,洲上花木茂盛,郁郁苍苍,水光山色,鸟语花香。玉鉴:鉴,镜子。这里用"玉鉴"来形容玄武湖像一面巨大而明亮的镜子。

    2. 鱼翔:形容鱼儿在清澈的湖水中游动像鸟儿在天空中飞翔一样。

    3. 钟山顾影:玄武湖五洲中的菱洲享有"菱洲山岚"之美誉,历来为欣赏钟山美景之最佳处。紫金山在玄武湖东侧,山顶常有紫金色云霞,千云非一状,宛如游龙,气势雄伟。在风和日丽之时,紫金山娇美的倩影倒映在玄武湖中。但见湖面烟波浩渺,微风起处,峰影晃漾,在阳光照耀下,更显绮丽多姿,有"湖为钟山镜,山如湖中珠"之妙趣。此谓"钟山顾影"。

    4. 晓月鸡鸣:南朝齐武帝萧赜(zé)常半夜出猎,或到钟山,或到幕府山,众多的宫人盛装随从。一夜天亮时游猎至玄武湖畔,晓月西沉,鸡始鸣,故呼为鸡鸣埭(dài)。玄武湖畔至今还有鸡鸣埭的地名。或说鸡鸣埭即今之鸡鸣山。晓唐诗人李商隐的《南朝诗》中有诗句:"玄武湖中玉漏催,鸡鸣埭口绣襦回",即指此事。

5.虹堤:即翠红堤,玄武湖中众多湖堤中的一段。这里代指玄武湖中的道路堤桥。

2021年春日于南京玄武湖

春游鸡鸣寺

鸡鸣埭上鸡鸣寺，占尽天时地利华。

论道达摩曾面壁，讲经梁帝几出家。

浮屠高耸迎朝日，殿宇层叠沐晚霞。

最是年年三月里，如痴如醉赏樱花。

1. 论道达摩曾面壁：相传禅宗初祖菩提达摩（世称达摩祖师）历经千辛万苦，从古南印度远涉重洋，在海上颠簸三年之后，于南朝梁普通七年到达中国广州，次年来到国都金陵。梁武帝接见了菩提达摩并与之论道，只因二人心思有异、因缘未合，达摩离开金陵，一苇渡江来到嵩山少林寺弘扬佛教大乘佛法。达摩面壁九年，悟得大道，一花五叶，开禅宗之法门，使佛教在中国得到广泛传播。

2. 讲经梁帝几出家：南朝梁开国皇帝萧衍笃信佛教，人称"菩萨皇帝"，在位期间广建寺院，仅国都金陵就有佛寺五百余所，极尽宏丽，僧尼十余万，资产丰沃。梁武帝经常在同泰寺（鸡鸣寺前身）讲经说法，并立《断酒肉文》，从此，中国僧人不再吃酒肉。梁武帝曾四次舍身出家同泰寺，群臣不得不一次次出巨资将其赎回。

3. 最是年年三月里，如痴如醉赏樱花：鸡鸣寺紧邻台城，其东墙外为鸡鸣寺街（又称鸡鸣寺樱花街）。台城及鸡鸣寺一带遍植樱花，这里是南京最著名的赏樱花之地。每年三月鸡鸣寺樱花季，这里满街花发，如云似雾，人流在花海中涌动，轻风吹过，千树万树的樱花花瓣随风飘落，如阵阵花雨，恰似美丽的彩霞在流动，十分壮观，美艳至极。

2021年春日于南京鸡鸣寺

一剪梅
沉醉烟霞

春日东风吹万家,溪水潺湲,细草萌芽。

梅花争艳李花开,树树妖娆,朵朵奇葩。

久客江南别梦遐,岁岁年年,望断天涯。

怜他杨柳有情丝,羁绊淹留,沉醉烟霞。

1. 一剪梅:词牌名,又名《腊梅香》《玉簟秋》等。调见宋周邦彦《片玉词》。因周词中有"一剪梅花万样娇"句,故取调名为《一剪梅》。该词调为双调,前、后片各六句,共六十字。前、后片逢第一、三、六句押韵,押平声韵。此调以周邦彦词为正体,而李清照的《一剪梅》最为有名。附李清照的《一剪梅》:"红藕香残玉簟秋。轻解罗裳,独上兰舟。云中谁寄锦书来?雁字回时,月满西楼。花自飘零水自流。一种相思,两处闲愁。此情无计可消除,才下眉头,却上心头。"此调有多种格体,如宋刘克庄和蒋捷的《一剪梅》,则句句都押韵。附蒋捷的《一剪梅·舟过吴江》:"一片春愁待酒浇。江上舟摇,楼上帘招。秋娘渡与泰娘桥,风又飘飘,雨又萧萧。何日归家洗客袍?银字笙调,心字香烧。流光容易把人抛,红了樱桃,绿了芭蕉。"余的这五首《一剪梅》,俱写江南春日的美丽风光。前三首依周邦彦体,前、后片逢第一、三、六句押韵,押平声韵。后两首依蒋捷体,前、后片句句都押韵,押平声韵。

2021年春日于南京

一剪梅
观梅

雨后轻寒薄雾消㊉,俏丽吴娃,几度相邀㊉。
城东梅艳似云霞,莫负春光,且乐今朝㊉。

姹紫嫣红满目娇㊉,疏影横斜,淡淡香飘㊉。
东君唤得寿阳回,如醉如痴,漫说妖娆㊉。

1. 疏影横斜:用以形容梅花的姿态之美。古人赞美梅花的诗句不计其数,而公认的最美的诗句是宋林逋《山园小梅》里的诗句:"疏影横斜水清浅,暗香浮动月黄昏。"梅花稀疏的影子横斜在清浅的水中,清幽的芬芳浮动在黄昏后的月光之下。故后世文人常用"疏影"和"暗香"来代指梅花。

2021年春日于南京

一剪梅
赏樱花

古寺鸡鸣三月春(韵),万树花开,似雾如云(韵)。
轻风过处雨潇潇,一任流霞,洒落缤纷(韵)。

街上行人欲断魂(韵),笑语盈盈,香满衣衿(韵)。
谁怜世事总无常,可惜明年,谁共芳樽(韵)?

1. 轻风过处雨潇潇,一任流霞,洒落缤纷:形容南京鸡鸣寺街的樱花如云似雾,轻风吹过,花瓣飘落,悠悠洒洒像是下了一场粉红色的花雨,又像是一片片美丽的彩霞在流动,壮美异常。这里的"雨",指的是花雨。

2. 谁怜世事总无常,可惜明年,谁共芳尊:"今日雪如花,明日花如雪。"樱花虽然绚烂,花期却很短暂,不消几日,便在春风中花谢花飞花满天了。但是,樱花之美,却正美在花瓣凋零、落英缤纷之际,微风一吹,仿佛下了一场悠悠洒洒的粉红花雨。世事无常,人生如梦,年华老去,对酒当歌。明年我还会到这里来赏樱花吗,与我一起饮酒赏花的人又会是谁呢?

2021年春日于南京

一剪梅
醉东风

玉树瑶花绿映红(韵),草色连空(韵),杨柳烟浓(韵)。

清溪碧野雾朦胧(韵),鸟雀飞鸣(韵),沉醉东风(韵)。

作客他乡如梦中(韵),古寺听经(韵),鸥鹭为盟(韵)。

天涯海角寄流形(韵),落拓浮生(韵),一似飞蓬(韵)。

1. 东风:春风。
2. 鸥鹭为盟:闲云野鹤,寄情山水,与鸥鹭为伴。
3. 流形:流动的形体。指四处漂流、身心不安之人。

2021年春日于南京

一剪梅
归 程

无限春光无限情(韵)，一带江风(韵)，吹绿金陵(韵)。
城头晓月柳烟浓(韵)，草色青青(韵)，烁烁花红(韵)。

游子愁心梦不成(韵)，半世飘零(韵)，鸿影萍踪(韵)。
人生迟暮利名轻(韵)，少了亲朋(韵)，剩了归程(韵)。

1.人生迟暮利名轻，少了亲朋，剩了归程：人到迟暮之年把名和利都看轻了，看淡了，更看重的是亲情、友情。然而，随着时光的流逝，亲朋故旧越来越少。一切都是过眼烟云，剩下的只有归途了。

2021年春日于南京

满宫花
南国春光

雨蒙蒙,风淡淡(韵),二月百花开遍(韵)。
嫣红姹紫漫芳菲,鸟雀乱飞庭院(韵)。

溪水清,山色远(韵),南国春光无限(韵)。
烟霞沉醉不知归,野鹤闲云相伴(韵)。

1. 满宫花:词牌名。调见《花间集》。后蜀尹鹗曾赋宫怨词,有"满地禁花慵扫"句,故取调名为《满宫花》。双调,上、下片同调。上、下片各五句,共五十字。上、下片第二、三、五句押韵,押仄声韵。
2. 芳菲:指花草,又指花草的芳香。

2021年春日于南京

满宫花

寄兴芳草

月沉沉,云袅袅㈲,乌鹊啼鸣春晓㈲。

夜来细雨洒轻寒,梦里醉游三岛㈲。

坎坷多,欢乐少㈲,回首不堪潦倒㈲。

而今谁念异乡人?寄兴天涯芳草㈲。

1. 三岛:神话传说中东海里有三神山:蓬莱、方丈、瀛洲,为神仙居住的地方。
2. 潦倒:不得意。
3. 芳草:这里用芳草代指美好的风光、风景。

2021年春日于南京

满宫花
寂寞人生

水悠悠,山隐隐㈭,处处频传花信㈭。

台城杨柳锁春烟,古寺落樱流韵㈭。

叹无常,情不尽㈭,愁损衰颜霜鬓㈭。

如今迟暮客他乡,寂寞人生谁问㈭?

1. 处处频传花信:春天的南京是最美的。青山绿水,鸟语花香,风和日丽,万物萌发,到处都暖融融的,到处都是生机一片。各种各样的花卉轮番开放,花开的信息不断,令人目不暇接,流连忘返。

2. 古寺落樱流韵:南京玄武湖岸边、台城内外和古鸡鸣寺外鸡鸣寺街一带,遍植樱花,这里是南京最著名的赏樱花之地。每年三月樱花季,到处樱花盛开,白如雪,粉如霞,花团锦簇,如云似雾,轻风吹过,花瓣飘落,悠悠洒洒像是下了一场粉红色的花雨,又像是一片片美丽的彩霞在流动,壮美异常。

2021年春日于南京

看花回
鸡鸣寺樱花节

古寺鸡鸣二月春(韵),香动禅门(韵)。

满街娇艳倾城醉,刹那间、似雾如云(韵)。

人流花海里,朝暮晨昏(韵)。

岂奈轻风阵阵频(韵),一任缤纷(韵)。

漫天花雨悠悠洒,叹无常、料也断魂(韵)。

念韶光易逝,常伴金樽(韵)。

1. 看花回:词牌名。琴曲有《看花回》,调名本于此。此调有两体,六十八字者始自柳永,一百零一字者始自黄庭坚。这首《看花回·鸡鸣寺樱花节》依柳永体。双调,前、后片不同调。前、后片各六句,共六十八字。前、后片第一、二、四、六句押韵,押平声韵。

2. 香动禅门:禅门,佛教禅宗寺院。这里通指佛寺。具体指的是南京鸡鸣寺。台城及鸡鸣寺一带遍植樱花,这里是南京最著名的赏樱花之地。

2021年春日于南京

庆春泽
玄武湖樱花节

绿水悠悠,青山隐隐,轻岚薄雾蒙蒙。

五岛苍苍,台城杨柳烟浓。

九华塔影云光下,碧苍茫、玉树葱茏。

看湖天,画舫凌波,倒影重重。

长堤十里花开遍,正嫣红姹紫,一带薰风。

燕舞莺歌,枝头叶底花丛。

吴娃笑语盈盈处,画桥边、寻觅芳踪。

俏江南,沉醉流连,其乐融融。

1. 庆春泽:庆春泽,词牌名。即《高阳台》。这首《庆春泽·玄武湖樱花节》依宋刘镇词《庆春泽·丙子元夕》而填。双调,共一百字,上、下片各十句、四平韵。为写南京玄武湖的樱花而作。

2. 薰风:带着花草香气的风。

2021年春日于南京

海棠春

流光误

和风细雨芳菲处㈠,小池畔、轻岚薄雾㈠。
紫燕绕梁飞,黄雀啼烟树㈠。

六朝故国流光误㈠,恰正是、花香一路㈠。
莫道不消魂,浊酒杯中度㈠。

1. 海棠春:词牌名,又名《海棠花》《海棠春令》。该调始自宋秦观,因其词中有"试问海棠花,昨夜开多少"句,故名。该调为双调,上、下片各四句,共四十八字。上、下片第一、二、四句押韵,押仄声韵。这一组小令《海棠春》共五首。

2. 海棠:海棠是中国的特有植物,有西府海棠、垂丝海棠、贴梗海棠、木瓜海棠、四季海棠等多种。有草本的,也有木本的,有灌木的,也有乔木的。海棠花妩媚妖娆、艳丽动人,其香清酷,不兰不麝,深得人们喜爱。中国人喜爱海棠花,除去它的妖娆艳丽之外,其根本原因在于它丰厚的文化内涵,自古以来就是雅俗共赏的名花。人们称赞它是"百花之尊""花之贵妃",甚至有"花中神仙"之说,同时将它看作是美好春天、美人佳丽和万事吉祥的象征,素有"国艳"之誉。在皇家园林中常与玉兰、牡丹、桂花相配置,形成"玉棠富贵"的意境。又因其妩媚动人,雨后清香犹存,花艳难以描绘,常用来比喻美人。

3. 流光:光阴;时光。

2021年春日于南京

海棠春
金陵恋

台城烟柳莺声乱,二月里、百花争艳。
玄武碧波澄,塔影云光现。

六朝明月常相伴,念往昔、风云变幻。
作客在他乡,却把金陵恋。

1. 塔影:玄武湖畔小九华山上的玄奘寺三藏塔和台城内鸡鸣寺药师佛塔。站在玄武湖的五洲上或十里长堤上,都能看到这两座佛塔俏丽的身影,远远望去,湖光山色,云光缥缈,塔影玲珑,挺拔秀丽,美轮美奂,令人心旷神怡。

2021年春日于南京

海棠春
春游秦淮

秦淮河畔青青柳,风淡淡、花香如酒。
绮户映朱楼,佳丽心相守。

画船迤逦春波皱,一路上、名园锦绣。
似是六朝回,梦断情依旧。

1. 迤逦:曲折而连绵不断。

2. 一路上、名园锦绣:南京秦淮河在历史上极负盛名,这里素为"六朝烟月之区,金粉荟萃之所",更兼十代繁华之地,"衣冠文物,盛于江南;文采风流,甲于海内",被称为"中国第一历史文化名河"。十里秦淮沿岸散落着众多的风景名胜和人文景观,如夫子庙、江南贡院、桃叶渡、秦淮水亭、吴敬梓故居、白鹭洲、七彩水街、马湘兰故居、东水关、西水关、赏心亭、中华门瓮城、瞻园、乌衣巷、李香君故居(媚香楼)、秦大士故居(秦状元府)、沈万三故居等,以及泮池码头、文源桥、平江桥、文正桥、镇淮桥、朱雀桥、武定桥、来燕桥、文德桥等各式画桥。每一处景点都有自己的故事,都有自己的传说。

2021年春日于南京

海棠春
登石头城

石头城上闻啼鸟㊀,花露重、江南春晓㊀。
极目楚天云,雁阵征程早㊀。

夜来别梦频颠倒㊀,不道是、年华易老㊀。
客里寄相思,白发添多少㊀?

1. 石头城:石头城是一处六朝时期的著名遗迹,位于现在南京清凉山一带。南京的别称"石头城"就来自于此。石头城被称为石城,广义上它是如今南京的别称,狭义上它是指南京老城城西的石头山石头城。关于石头城的由来,要追溯到两千多年前的战国时代。据史书记载,周显王三十六年(公元前333年),楚国灭了越国,楚威王设置金陵邑,并在今清凉山上筑城。秦始皇二十四年(公元前223年),楚国灭亡,秦改金陵邑为秣陵县。相传三国时,诸葛亮在赤壁之战前夕出使东吴,与孙权共商破曹大计。诸葛亮途经秣陵县时,特地骑马到石头山观察山川形势。他看到以钟山为首的群山,像苍龙一般蜿蜒蟠伏于东南,而以石头山为终点的西部诸山,又像猛虎似的雄踞在大江之滨,于是发出了"钟山龙蟠,石头虎踞,真乃帝王之宅也"的赞叹,并建议孙权迁都秣陵。孙权在赤壁之战后,于公元211年将首府由京口(今镇江)迁至秣陵(今南京),并改称秣陵为建业。第二年,即公元212年就在清凉山原有城基上修建了著名的石头城。当时长江从清凉山下流过,石头城的军事地位十分突出,孙吴也一直将此处作为最主要的水军基地。此后数百年间,这里成为战守的军事重镇,南北战争,往往以夺取石头城决定胜负。石头城北缘大江,南抵秦淮河口,城依山傍水,夹淮带江,形势险要,易守难攻。城内设置有石头库、石头仓,在城墙高处筑有烽火台。至南朝时,石头城作为保卫都城的军事要塞的地位依旧未变。古代长江绕清凉山麓东去,巨浪时时拍击山壁,将山崖冲刷成峭壁。隋文帝灭陈,毁建康城,在石头城置蒋州,唐代初年在石头城设扬州大都督府,石头城在隋朝和初唐时是南京地区的中心。唐代以后江水日渐西移,自唐武德八年(公元625年)后,石头城便开始废弃。中唐诗人刘禹锡曾作著名的《石头城》诗:"山围故国周遭在,潮打空城寂寞回。淮水东边旧时月,夜深还过女墙来。"此时诗人笔下的石头城,已是一座荒芜寂寞的"空城"了。五代时期(公元924年),石头城上兴建了第一座寺庙——兴教寺,以后这里就成了寺庙、书院集中的风景名胜之地。直到今天,它仍以"石城虎踞"的雄姿享誉中外。

2. 雁阵:大雁在蓝天上排列成"一"字或"人"字形,称为"雁阵书天"。

2021年春日于南京

海棠春
莫愁湖观海棠

莫愁湖畔横塘里,游人醉、风光旖旎。

满苑海棠开,美艳情何以?

夜来春梦如甘醴,睡未足、娇羞不起。

一任动倾城,冷落桃和李。

1. 横塘:古堤名。三国吴大帝孙权时于建业(今南京)南淮水(今秦淮河)南岸修筑。亦为百姓聚居之地。六朝时期,南京莫愁湖一带称"横塘"。

2. 旖旎:柔和秀美。

3. 情何以:形容人兴奋得不知如何是好。

4. 醴:甜酒;美酒。

5. 睡未足、娇羞不起:海棠花就像春睡未醒的娇柔美人妩媚艳丽。"海棠春睡"典故的由来与唐明皇和杨贵妃有关。在《杨太真外传》和宋释惠洪《冷斋夜话》中都曾有唐明皇李隆基将海棠花比作杨贵妃的记载:唐明皇登香亭,召太真妃,于时卯醉未醒,命高力士使侍儿扶掖而至。妃子醉颜残妆,鬓乱钗横,不能再拜。明皇笑曰:"岂妃子醉。直海棠睡未足耳!"这样"海棠春色"的故事就流传了下来,从此以后海棠也就有了美女佳人的意思。

6. 桃和李:桃树和李树。桃花和李花。

2021年春日于南京

绝句五首（之一）
山寺

青烟萦古寺，花落寂无声㉑。

日暮归林鸟，夕阳打坐僧㉑。

2021年春日于南京

绝句五首(之二)
画屏

和风吹柳绿,细雨点花红㊙。

碧野青峦外,霞光映画屏㊙。

1. 画屏:春日的江南,大自然美得像一幅山水画。

2021年春日于南京

绝句五首（之三）

雁阵

雁阵书天去，风吹到塞边[韵]。

征程千万里，梦断楚江天[韵]。

1. 雁阵书天：春天，大雁背负着霞光在蓝天上列队组成“一”字或“人”字形，飞往遥远的塞外北方。

2. 梦断楚江天：想象着，大雁此时虽然飞向了遥远的塞外北方，但仍然心系繁花似锦的江南，等到秋天一过，它们就又飞回南方来了。

2021年春日于南京

绝句五首（之四）
鸟巢

窗前一鸟巢㈲，双鹊日辛劳㈲。

哺育新生命，怜惜在树梢㈲。

2021年春日于南京

绝句五首（之五）
碧 桃

碧桃何烁烁，美艳似朝霞㉑。

二月春光半，怜香到我家㉑。

1. 碧桃：碧桃是蔷薇科桃属落叶植物桃的变种或培育品种。小乔木，树高一般整形后控制在3~4米之间。花单生或两朵生于叶腋，春季先叶或与叶同时开放。花色有白、红、粉红、红白相间等。主要品种有白花碧桃、红花碧桃、红花绿叶碧桃、红花紫叶碧桃、红白双色洒金碧桃等多个变种。春季花开时节，满树雪白或满树血红，绚烂多姿。

2. 烁烁：本意为光闪动。这里用以形容花开得光彩照人，绚烂缤纷。

2021年春日于南京

江南海棠开（之一）

莫愁湖畔海棠开㉿，妩媚妖娆二月来㉿。

春睡美人犹未醒，红妆艳质正徘徊㉿。

1. 江南海棠开：这是一组七言绝句，共五首，俱咏海棠。

2. 莫愁湖畔海棠开：南京莫愁湖遍植海棠，春季花开时节，满园各色海棠竞相开放，湖畔路旁，亭前廊后，处处繁花似锦，绚烂多姿。特别是海棠园里，更是姹紫嫣红，妩媚妖娆，蜂飞蝶舞，美不胜收。

3. 春睡美人：用春睡未醒的娇柔美人来比喻海棠花的妩媚艳丽。

2021年春日于南京

江南海棠开（之二）

江南二月遍春光(韵)，细雨和风润海棠(韵)。

醉入花丛人莫笑，可怜娇艳倚红妆(韵)。

2021年春日于南京

江南海棠开（之三）

满苑花开一径香(韵)，蜂飞蝶舞漫疏狂(韵)。

吴娃笑语盈盈处，缭乱春光是海棠(韵)。

2021年春日于南京

江南海棠开（之四）

嫣红姹紫吐芳芬(韵)，妩媚妖娆欲断魂(韵)。

最爱江南花月里，海棠娇艳满园春(韵)。

2021年春日于南京

江南海棠开（之五）

西府娇羞梦不回㈠，垂丝贴梗正芳菲㈠。

东风袅袅春光艳，一入花乡醉忘归㈠。

  1. 西府、垂丝、贴梗：海棠的几个著名品种。海棠最著名的四大品种为西府海棠、垂丝海棠、贴梗海棠、木瓜海棠，另外还有红海棠、白海棠、钻石海棠、红宝石海棠、绚丽海棠、道格海棠、爬地海棠、八棱海棠、铁十字海棠、四季秋海棠、东洋锦海棠、湖北海棠、日本海棠、复色海棠等。其中西府海棠最为有名，因其晋朝时生长在西府(今陕西宝鸡)而得名。粉白娇艳，红花绿叶，十分惹人喜爱。

2021年春日于南京

春游羊山湖（之一）

寻芳初到羊山下，满目春光满目霞。

姹紫嫣红堤岸上，如云似雾是樱花。

1. 羊山湖：羊山湖位于南京市栖霞区羊山脚下，湖很大，湖水清澈。羊山公园紧邻地铁站，有山有水，遍植花草树木，草坪绿地一望无际，是儿童放风筝的好地方。每到春季，漫山遍野的樱花竞相开放，如云似雾，壮美异常。余常和小外孙来这里放风筝，其乐融融。

2021年春日于南京

春游羊山湖（之二）

一入山园一片霞，远观近看尽奇葩。

轻风过处潇潇雨，落入湖中不见花。

1. 轻风过处潇潇雨，落入湖中不见花：羊山山坡上和羊山湖的堤岸上遍植樱花，春季樱花盛开，如云似雾，蔚为壮观。轻风吹过，飘落阵阵花雨，悠悠洒洒。花瓣落入湖水中，啥也看不见了。世事无常，春光易逝，令人感叹。

2021年春日于南京

春游羊山湖（之三）

闲步羊山胜景怜㊶，樱花如雨柳如烟㊶。

盈盈湖水春波绿，谁趁东风放纸鸢㊶？

1. 胜景怜：美丽的风景惹人喜爱、怜惜。胜景：优美的风景。

2021年春日于南京

春游羊山湖(之四)

湖光山色满园春[韵],二月早樱如碧云[韵]。

最是轻风吹送处,无边花雨醉游人[韵]。

1. 碧云:碧空中的云。又指天空,云霄。喻远方或天边。

2021年春日于南京

春游羊山湖（之五）

风吹阵阵看樱花[韵]，花雨飘香洒落霞[韵]。
丽日寻芳何处是？江南一似在天涯[韵]。

2021年春日于南京

咏春杂诗十首（之一）
醉游春

鸟语花香二月中(韵)，春光不与四时同(韵)。

群芳争艳游人醉，怜我江南一段情(韵)。

1. 春光不与四时同：江南的春天是最美的，春天的美是其他季节所不能比的。绿野青山，泉清溪碧，风和日丽，鸟语花香，美得令人陶醉。

2021年春日于南京

咏春杂诗十首（之二）
泛舟玄武湖

碧波荡漾泛兰舟(韵)，塔影湖光山色流(韵)。

十里长堤连画卷，薰风吹过紫菱洲(韵)。

1. 兰舟：古人用兰木作舟，故称"兰舟"，或称"木兰舟"。泛指华美的小船。

2. 塔影湖光山色流：泛舟于玄武湖的碧波之上，四周的烟柳画桥、长堤繁花、湖光山色、塔影云光尽收眼底。各色美景随着小船的荡漾在变换流动，美轮美奂，令人心旷神怡。

3. 紫菱洲：玄武湖中有五个岛屿，称五洲，其中的菱洲是观赏钟山美景的最佳处，称"菱洲山岚"。这里的菱洲代指玄武湖的五洲。

2021年春日于南京

咏春杂诗十首(之三)
迎春花

一树迎春串串花①,金光灿灿泛流霞②。

凌寒傲雪柔丝绿,唤醒群芳次第发③。

1. 迎春花:别名迎春、黄素馨、金腰带。落叶丛生灌木,小枝细长直立或拱形下垂,呈纷披状。花单生在去年生的枝条上,先于叶开放,金黄色,外染红晕,有清香,花期在2月至4月。因其在百花中开花最早,花后即迎来百花齐放的春天而得名。迎春花与梅花、水仙、山茶花被称为"雪中四友",是中国常见的著名花卉,其栽培历史已有一千余年。

2021年春日于南京

咏春杂诗十首（之四）
咏连翘

细枝柔蔓似迎春㊿，淡淡花香一串金㊿。

山野清溪池畔上，谁怜脉脉吐芳芬㊿？

1. 连翘：落叶丛生灌木，枝条细长开展或下垂，早春先叶开花，花期长，花量多，满枝金黄，芳香四溢。连翘多生长在山坡灌丛、山谷疏林或林下草丛中。连翘与迎春外形很相近，极易相混。区别迎春和连翘最关键的一点是，迎春有六个花瓣，而连翘是四个花瓣。另外，迎春是三小复叶，连翘是单叶或三叶对生；迎春花很少结实，连翘花结实。连翘是中药，有很好的清热、解毒、散结、消肿等功效。

2021年春日于南京

咏春杂诗十首（之五）

海棠情

亭亭玉立海棠开[韵]，烁烁猩红淡雅白[韵]。
灿若云霞香四溢，无边风韵入情怀[韵]。

1. 烁烁猩红淡雅白：海棠花品种很多，颜色也绚丽多彩。红，火红如胭脂，热烈奔放；白，洁白如雪，淡雅清新；粉，滴粉搓酥，粉面含春。

2021年春日于南京

咏春杂诗十首（之六）
寓意白海棠

神姿仙态韵无双㈭，玉润冰清是海棠㈭。

背井离乡怀故土，相思苦恋恨茫茫㈭。

1. 玉润冰清是海棠：是对白海棠的赞誉。
2. 背井离乡怀故土，相思苦恋恨茫茫：海棠花除常用来比喻美人外，还代表着游子思乡、离愁别绪。秋海棠象征苦恋。当爱情遇到波折，人们常以秋海棠花自喻。古人称它为断肠花，借以抒发男女离别的悲伤情感。其花语为"苦恋"。

2021年春日于南京

咏春杂诗十首（之七）
红花碧桃

一树夭桃烁烁红㈠，阳春二月醉春风㈠。

谁怜绿衬胭脂色，莫道芳华血染成㈠。

1. 夭：茂盛而美丽。

2021年春日于南京

咏春杂诗十首（之八）
咏蔷薇

红娇粉嫩一墙花㈣，开在东邻近我家㈣。

妩媚妖娆庭院畔，枝条疏落做篱笆㈣。

1.蔷薇：落叶或常绿灌木，种类很多，茎直立，攀缘或蔓生，枝上密生小刺，羽状复叶，小叶倒卵形或长卵形，花朵像月季，但比月季花小，有多种颜色，以粉、白、红色居多，有芳香。有的花、果、根可入药。蔷薇花开时，繁花似锦，特别适合用作围墙篱笆的装饰。蔷薇的花语是爱情和爱的思念。不同颜色的蔷薇花代表着不同的花语，如红色蔷薇象征着热恋，粉色蔷薇象征着爱的誓言，白色蔷薇象征着纯洁的爱情，男女之间用互赠红蔷薇来表达爱意。

2021年春日于南京

咏春杂诗十首（之九）
油菜花开

油菜花开满地黄㊉，云泥溪路泛金光㊉。

蜂飞蝶舞香风醉，天上人间梦一场㊉。

1. 油菜花：别名芸薹(tái)，十字花科一年生草本植物，花瓣四枚，呈十字形排列，花瓣质如宣纸，嫩黄微薄，十分精致。油菜花是重要的油料和经济作物，在我国集中产在江西婺源篁岭、汉中盆地、江岭万亩梯田、云南罗平平原和青海门源高原等地。春季油菜花开时节，漫山遍野、连绵不断的油菜花将大地染成一片金黄，一眼望不到边际，蔚为壮观。蜂蝶飞舞，浓郁的花香令人陶醉，美丽的风景让人流连。

2. 云泥：天空与陆地。也指天上人间。

2021年春日于南京

咏春杂诗十首（之十）

春光恋

烟雨江南二月春(韵)，春光无奈醉游人(韵)。

数年流寓飘零客，一段乡愁守到今(韵)。

2021年春日于南京

春分游玄武湖

阳春二月正春分(韵),万紫千红处处春(韵)。

塔影玲珑玄武畔,碧波荡漾紫洲邻(韵)。

湖光山色长堤外,玉树瑶花绿水滨(韵)。

最是台城美如画,鸡鸣古寺醉游人(韵)。

1. 长堤:玄武湖畔的十里长堤。堤上遍植杨柳和樱花、海棠、碧桃等花草树木。漫步十里长堤,湖光山色、塔影云光、画桥烟柳、鸟语花香,真正让人领略到了烟雨江南的美丽风光。唐末五代诗人韦庄在其《台城》诗中这样写道:"江雨霏霏江草齐,六朝如梦鸟空啼。无情最是台城柳,依旧烟笼十里堤。"

2021年春日于南京

绿樱花

妩媚妖娆绿晚樱(韵),脱俗靓丽色青青(韵)。

怜香惜玉清新韵,带怯含羞淡雅情(韵)。

不爱浮华脂粉气,偏留蕴藉美人风(韵)。

百花园里添娇客,惊艳群芳一梦中(韵)。

1. 绿樱花:罕见的绿樱花是晚樱的一个稀有品种,常见的绿樱花主要有"郁金樱"和"御衣黄"两个品种。而且御衣黄是由郁金变异而来,两者极难分辨。这种山樱花原产于日本,花色浅碧,玲珑剔透,宛如翡翠雕出,碧玉妆成,淡雅宜人,十分惹人怜爱。

2. 蕴藉:含蓄而不显露。

2021年春日于南京

春行钟山道

林泉烟漠漠，空谷鸟传声㈨。

春草茸茸碧，山花烁烁红㈨。

晴岚浮水榭，薄雾绕方城㈨。

遥望凌云塔，霞光映孝陵㈨。

1. 林泉：山林与泉石。指群山与树林相映生辉，泉水与石头环抱的秀美景色。也指文人雅士的隐居之地。

2. 水榭、方城：水榭指的是"流徽榭"。方城指的是"四方城"。紫金山是南京名胜荟萃之地，名胜古迹甚多，这里用流徽榭和四方城代指紫金山众多的名胜古迹。

3. 凌云塔：灵谷寺灵谷塔。

2021年春日于南京

观　　星

朗朗苍穹下，流光照夜明㉑。

彩云托皓月，银汉挂长空㉑。

狮子金牛座，天狼毕宿星㉑。

童心观宇宙，奥妙探无穷㉑。

1. 观星：春夜，与小外孙在晴朗的星空下观星象图。小外孙三四岁就喜观星象，现在七岁，已能准确地辨认各星座的位置，正确地指出天空中主要的恒星和行星的名称，比较准确地画出夜空中的星象图，令人欣喜。

2. 朗朗：明亮清澈的样子。

3. 银汉：银河。

4. 狮子金牛座：天空中的星座名。以狮子座、金牛座代指天空中的各星座。

5. 天狼星：天狼星，即大犬座α星A，位于大犬座。天狼星是天空中除太阳外全天最亮的恒星，距离地球约为8.6光年。在古代中国的天文体系中，天狼星属于二十八星宿中的井宿。在过去，这颗星指代入侵的异族，它的明暗变化预示着边疆的安危。因此，为了疆土的安宁，古人在"狼星"的东南方设立了一把射天狼的弯弓——"弧矢"，这9颗星组成的弓箭十分形象，箭在弦上，弓已拉圆，箭头直指西北方向的"狼星"。苏轼曾作词对此进行了形象的描述，在其词《江城子·密州出猎》中写道："会挽雕弓如满月，西北望，射天狼。"

6. 毕宿(xiù)：毕宿星，金牛座里的恒星名。为中国神话中二十八宿之一，又称毕月乌，为西方白虎第五宿。这里的毕宿指的是毕宿五，为金牛座里最亮的恒星，距离地球约68光年。

2021年春日于南京

布　谷

布谷声声叫，怜春又送春。

林泉烟漠漠，溪路雨纷纷。

玉树藏啼鸟，红花衬绿茵。

韶光容易逝，迟暮不由人。

1. 布谷声声叫，怜春又送春：春天，布谷鸟在不停地叫着，它是怜惜春天，怕春离去而鸣叫，而人们却说是布谷鸟的叫声把春天给送走了。布谷鸟，即杜鹃鸟，古时子规、子鹃、伯劳、杜宇、杜鹃等都是指这种鸟。布谷鸟的体形大小和鸽子相仿，但较细长，上体暗灰色，腹部布满横斑。杜鹃的称呼源于古蜀国一个美丽而忧伤的传说。相传古蜀帝杜宇，号望帝，勤政爱民。他的最大功绩是"教民务农"。蜀王杜宇的宰相鳖灵，曾开通三峡，根治了蜀中水患，杜宇遂将王位相让。杜宇"仙去"后化为杜鹃鸟，每到春天来临便啼叫不止，催民春耕春种，其鸣叫声似呼唤人们"快快布谷"，因此人们又称其为布谷鸟。由于其啼鸣不止，以致常常啼出血来，滴下的血就化成了火红的杜鹃花，故有"杜宇啼春""杜宇留春"和"啼血留春"之说。唐代诗人李商隐在他那凄怨的《锦瑟》诗中写道："庄生晓梦迷蝴蝶，望帝春心托杜鹃"，即指此事。当然这只是一个神话传说，正如宋代诗人杨万里一句诗说的，不过是杜鹃花"开时正值杜鹃声"而已。

2021年春日于南京

清明感怀（之一）

蒙蒙细雨浥清明韵，谁解乡愁日日浓韵？

陌上薰风杨柳绿，城头晓月杏花红韵。

一生坎坷相思泪，半世漂泊离恨情韵。

怙恃音容难入梦，故园从此阻归程韵！

1. 浥：湿润。
2. 怙恃：依仗；凭借。《诗经·小雅·蓼莪》："无父何怙，无母何恃！"后用"怙恃"借指父母。

2021年清明时节于南京

清明感怀（之二）

光阴似箭寒食近，思念亲人亦感伤。

往事盘旋空慨叹，音容萦绕转凄凉。

年年沦落家山远，岁岁飘零世路长。

我以心香寄明月，乡愁一缕到天堂。

1. 寒食：古代节名。在清明前一天，是春秋时期晋文公重耳为纪念介子推而定立的节日。古人从这天起，三天不生火做饭，故名寒食。

2021年清明时节于南京

清明感怀（之三）

风雨凄凄夜不眠，思亲音貌泪泫然。

故园梦断伤心地，桑梓魂归遗恨天。

颠沛流离经世患，含辛茹苦度时艰。

哪堪迟暮空回首，谁料人生百事难！

1. 桑梓：古代住宅旁常栽种桑树和梓树，后就用桑梓作为家乡的代称。

2021年清明时节于南京

杜鹃啼春

三月三春春意浓㊉,漫山遍野映山红㊉。

谁家布谷声声叫,何处子鹃阵阵鸣㊉?

啼破愁思怀故土,唤回离恨动乡情㊉。

怜他善解人间事,古往今来一梦同㊉。

1. 映山红:即杜鹃花。

2021年暮春于南京

琼　花

琼花娇媚似含愁㊻，清丽脱俗淡雅柔㊻。

艳魄香魂出阆苑，神姿仙态落扬州㊻。

唐昌观里芳容秀，后土祠前玉蕊羞㊻。

骑鹤腰缠当日事，江南无处不风流㊻。

1. 琼花：在古代，琼树被认为是仙界之树，在中国古代文人眼中，琼花是美的象征，被视为珍贵的花卉。其叶柔而莹泽，花色微黄而有香气。琼花在一些古诗文中也被引申为雪花。相传，扬州琼花观里有一棵琼花仙树，花瓣雪白，花蕊微黄，花大如盘，有异香，曾引得隋炀帝三下扬州观琼花。此花早已灭绝，但琼花的家乡扬州，早在七八百年前就将与琼花相似的聚八仙认作琼花。现在，又将聚八仙定为扬州市的市花。

2. 唐昌观：唐代道观名。在唐长安安业坊南，以唐玄宗女唐昌公主而得名。观中有玉蕊花，传为唐昌公主手植。唐、宋诗人多有吟咏。

3. 后土祠：古时扬州土地祠。祠前有玉蕊花，相传玉蕊花即琼花。

4. 骑鹤腰缠：扬州在古代是大都会，隋唐时期是中国最繁华的都市，曾有"腰缠十万贯，骑鹤上扬州"之说。

2021年暮春于南京

临江仙
春醉

三月三春春烂漫,琼花玉树连云㊀。

清溪流碧野无垠㊀。

青山凝远黛,瑶草绿如茵㊀。

鸟雀啼鸣惊残梦,蜂飞蝶舞芳芬㊀。

江南无处不销魂㊀。

香醇如美酒,不醉不归人㊀。

1. 临江仙:词牌名,又名《临江山》《鸳鸯梦》《画屏春》《采莲回》《玉连环》《庭院深深》等。调名本意即咏临江凭吊水仙水神,但中国历代所祭的水仙水神并不确定,比较有名的是湘江水神娥皇女英和洛水水神洛神。该调名原为唐教坊曲名,后用作词调名。双调,字数有六十字、五十八字以及五十二字、五十四字、五十九字、六十二字等多种格体。上、下片各五句、三平韵。此调唱时音节需流丽谐婉,声情掩抑。至今影响最大的《临江仙》词,是明代才子状元杨慎所作《廿一史弹词》的第三段《说秦汉》的开场词《临江仙·滚滚长江东逝水》:"滚滚长江东逝水,浪花淘尽英雄。是非成败转头空。青山依旧在,几度夕阳红。白发渔樵江渚上,惯看秋月春风。一壶浊酒喜相逢。古今多少事,都付笑谈中。"毛宗岗父子评刻《三国演义》时将其放在卷首,后来的电视连续剧《三国演义》的片头曲唱的即为这首《临江仙·滚滚长江东逝水》。气势雄浑,豪情激荡。余的这五首《临江仙》俱为六十字体,为写江南暮春景象而作。

2021年暮春于南京

临江仙
春梦

昨夜丝丝春雨细,今朝薄雾朦胧。

画眉布谷乱啼鸣。

思乡游子梦,却被鸟儿惊。

残梦依稀心惆怅,奈何一段乡情。

凄凉萧瑟过清明。

风吹花影动,花落水流红。

2021年暮春于南京

临江仙
春暮

碧野青山春水绿,云光塔影清幽(韵)。

风吹杨柳弄轻柔(韵)。

长堤花影里,湖上泛兰舟(韵)。

烟雨江南春将去,光阴似箭难留(韵)。

莺飞草长画中游(韵)。

年年听杜宇,谁解个中愁(韵)?

1. 年年听杜宇,谁解个中愁:杜宇,杜鹃鸟的别称。暮春时节,杜鹃鸟不停地啼叫,其啼声似"不如归去",后来人们就用杜鹃鸟的啼叫声寓意思归或催人返乡之意。

2021年暮春于南京

临江仙
春愁

三月江南烟漠漠,蓝天碧野芳洲㊿。

琼花瑶草异香流㊿。

黄莺啼玉树,紫燕绕云楼㊿。

谁料匆匆春已暮,人生何去何求㊿?

江河湖海任遨游㊿。

扁舟常载酒,一醉解千愁㊿!

2021年暮春于南京

临江仙

春怜

烟雨蒙蒙山野绿,暮春时节江南(韵)。

花开花落百花残(韵)。

莺啼声渐老,燕剪水潺湲(韵)。

莫道春归无觅处,四时更替依然(韵)。

古人常把子规怜(韵)。

今年春去后,相会待明年(韵)。

1. 燕剪水潺湲:阳春丽日,春风和煦,莺歌燕舞,鸟语花香。燕子贴着湖面飞翔,碧绿的湖水像是被燕子的尾巴剪出了细细的涟漪,故有"燕尾剪波绿皱"之说。潺湲:形容水慢慢地流。

2021年暮春于南京

上巳游春

丽日阳和三月三,游春闲步大江边。

兰汤沐浴身心健,袚禊郊游病体痊。

烁烁桃花花烂漫,青青杨柳柳含烟。

古人每每出新意,曲水流觞雅韵传。

1. 上巳:上巳节,俗称三月三,是汉民族的传统节日,该节日在汉代以前定为三月上旬的巳日,魏晋以后固定在夏历三月初三。上巳节是古代举行"祓除畔浴"活动中最重要的节日,人们结伴去水边沐浴,称为"祓禊(fú xì)",后来又增加了祭祀宴饮、曲水流觞、郊外游春等内容。还有认为上巳节起源于纪念轩辕黄帝的节日,相传三月三是黄帝的诞辰。还有一说,三月三是西王母的诞辰,这一天瑶台开盛宴,众神仙齐聚瑶池蟠桃盛会为王母娘娘祝寿。

2. 兰汤沐浴:三月三上巳节,古人祭神斋戒,用香薰草药沐浴,沐浴用兰汤,于是兰汤、兰草便与神灵有了联系。

3. 袚禊:就是到水滨去洗涤污浊,以流水洁净身体,去除宿垢,让灾厄与疾病随水同去的一种风俗。袚:去除;扫除。禊:古代春、秋两季为消除不祥而在水边举行的祭祀。

4. 曲水流觞:曲水流觞又称之为"流杯曲水之饮"。即众人坐于环曲的水边,把盛酒的觞置于流水之上,任其顺流漂下,停在谁的面前,谁就要将杯中酒一饮而尽,并赋诗一首,否则罚酒三杯。这是魏晋时期士大夫阶层和文人雅士的一种风雅活动,最著名的当数大书法家王羲之在其《兰亭集序》中所记述的一次文人雅士的修禊活动,历来为世人所称道,更助推了后世的踏青禊饮之盛。

2021年农历三月三(上巳节)于南京

上巳感怀

清明上巳紧相连㈭,三月春光亦可怜㈭。

郊外湔裙佳丽戏,水边宴饮众人欢㈭。

数年做客谁家地,半世飘零何处天㈭?

最怕晨昏听杜宇,惊回残梦意悬悬㈭。

1. 可怜:可爱;值得怜惜。

2. 湔(jiān)裙:三月三又叫"女儿节",也叫"桃花节",是一种古代汉族少女的成人礼,一般都在三月三这天举行少女的成人礼"笄(jī)礼"。女儿们"上巳春嬉",穿上漂亮的衣服,临水而行,踏歌起舞,以驱除邪气。这天,女孩子们也可以在水边洗涤衣裙,戏水游玩,称为"湔裙"。湔:洗。

3. 悬悬:遥远,惦念,心情不安意。

2021年农历三月三(上巳节)于南京

谷　雨

雨生百谷润桑田㈠，谷雨时节看牡丹㈡。

燕剪盈波春日暮，莺啼玉树百花残㈠。

青山隐隐云光动，沃野茫茫草色鲜㈠。

柳絮因风空自舞，芳菲落尽养新蚕㈠。

1. 谷雨：节气名。是二十四节气之第六个节气，春季最后一个节气。在每年公历4月20日前后。谷雨，谷得雨而生，雨生百谷之意。谷雨时节，中国大部分地区雨量增加，有利于春作物的播种生长。

2. 谷雨时节看牡丹：谷雨时节的南方地区，"杨花落尽子规啼"，柳絮翩飞，杜鹃夜啼，牡丹吐蕊，樱桃红熟，自然景物告示人们：时至暮春了。"谷雨三朝看牡丹"，牡丹花被称为谷雨花、富贵花，谷雨时节赏牡丹在我国已绵延上千年。至今，山东菏泽、河南洛阳都会在谷雨时节举行牡丹花会，供人们观赏游玩。

2021年4月20日（谷雨）于南京

天净沙

春

杏花春雨江南平(韵),

青山绿水云烟平(韵)。

姹紫嫣红醉眼仄(韵)。

断魂莺燕仄(韵),

惊回残梦啼鹃平(韵)。

1.天净沙:词牌名,又名《塞上秋》。单调,二十八字。五句、三平韵,叶二仄韵。又有五句、四平韵,叶一仄韵者。其句式为"六六六四六"。《天净沙》既是词牌名,又是曲牌名,作为散曲,《天净沙》的知名度更要大得多。作为词,其格律可以只分平仄,仄声字中一般不再分上声和去声。而作为散曲,其格律不但要分平仄,仄声字中,往往还要分上声和去声。(散曲中,入声字已经派入了平、上、去三声。)清代曲论家黄周星《制曲枝语》说:"诗律宽而词律严,而曲则倍严矣。"作曲特别讲究阴、阳、上、去,是因为歌唱对音律的要求。如果在格律上用字不规范,唱起来就要走调,此乃曲之大忌。散曲《天净沙》以元代马致远的《天净沙·秋思》最为有名,几乎无人不知,无人不晓。这首散曲小令甚至被称作"秋思之祖":"枯藤老树昏鸦,小桥流水人家,古道西风瘦马。夕阳西下,断肠人在天涯。"余这四首小令《天净沙》均为五句、三平韵,叶二仄韵,二仄韵处又分上声和去声,实应为散曲。

2021年暮春于南京

天净沙
夏

小池一鉴清波(平韵),

泠泠骤雨新荷(平韵)。

绿树浓荫硕果(仄韵)。

夜风吹过(仄韵),

频传蛙韵蝉歌(平韵)。

1. 泠泠:形容清凉。也形容声音清脆。

2021年暮春于南京

天净沙

秋

天高云淡凝眸(平韵),

塞鸿飞落汀洲(平韵)。

寂寞重阳醉酒(仄韵)。

梦魂依旧(仄韵),

黄花红叶清秋(平韵)。

2021年暮春于南京

天净沙
冬

寒风吹雪纷纷_{平(韵)},

漫天朔气彤云_{平(韵)}。

往事如烟细品_{仄(韵)}。

岁华将尽_{仄(韵)},

断肠人正销魂_{平(韵)}。

1. 朔气:寒气。
2. 彤云:下雪前密布的阴云。
3. 细品:细细品味。

2021年暮春于南京

行香子
碧野青青

碧野青青(韵),溪水盈盈(韵)。

鹧鸪飞、细雨蒙蒙(韵)。

柳丝拂面,春意融融(韵)。

正菜花黄,李花白,桃花红(韵)。

江山如画,脉脉情浓(韵)。

算流年、虚老空名(韵)。

沧桑阅尽,造化无凭(韵)。

伴杯中酒,云中月,卷中经(韵)。

1. 行香子:词牌名。据宋程大昌《演繁露》云,行香是拜佛仪式,即绕行道场烧香。词调名本于此。双调,共六十六字。前、后片各八句,前片第一、二、三、五、八句和后片第二、三、五、八句押韵,押平声韵。该词调音节流美,亦可略加衬字。这三首《行香子》写暮春景色及作者惜春怜春的情怀。

2. 卷中经:书卷中的文章典籍。不单指佛经。

2021年暮春于南京

行香子
黛影青山

黛影青山(韵),细雨绵绵(韵)。

草连空、碧野云烟(韵)。

松林竹海,丘壑鸣泉(韵)。

看柳摇风,花争艳,月婵娟(韵)。

莺声渐老,紫燕流连(韵)。

子规啼、春已阑珊(韵)。

绿肥红瘦,一任天然(韵)。

念水流东,涯无际,远行船(韵)。

1. 阑珊:衰落,将尽。
2. 绿肥红瘦:寓时已至暮春。
3. 念水流东,涯无际,远行船:浪迹天涯之人在这暮春时节感念时光逝去如流水,心中泛起丝丝哀愁。

2021年暮春于南京

行香子
时至三春

时至三春(韵),如箭光阴(韵)。

夜清凉、玉宇无尘(韵)。

窗前明月,偏照离人(韵)。

叹雨中花,风中柳,病中身(韵)。

奔波劳碌,名利酸辛(韵)。

忆当年、苦乐伤神(韵)。

而今迟暮,何处寻根(韵)?

愿知天命,尽人事,守清淳(韵)。

1. 清淳:品德高洁而纯朴。又指清洁淳正。

2021年暮春于南京

鹧鸪天

江南三月

烟雨江南三月间(韵),春光烂漫惹人怜(韵)。

花开花落风流地,云卷云舒自在天(韵)。

山隐隐,水潺潺(韵),丘峦涧壑涌清泉(韵)。

松林竹海茶田绿,紫燕黄莺啼杜鹃(韵)。

1. 鹧鸪天:词牌名,又名《鹧鸪引》《千叶莲》《于中好》《思佳客》《剪朝霞》等。一说调名取自唐郑嵎"春游鸡鹿塞,家在鹧鸪天"诗句。双调,共五十五字。上、下片不同调,上片四句,下片五句。上片第一、二、四句和下片第二、三、五句押韵,押平声韵。此调很像两首仄起式七绝,上片完全是七绝形式,下片只是把第一句拆成两个三字句。这一组小令《鹧鸪天》共十首,俱写江南三月的暮春景色及作者惜春怜春之情怀。

2021年暮春于南京

鹧鸪天

三月农家

迟暮黄昏洒落霞㊙,轻风戏柳月初华㊙。

青山隐隐迷烟树,绿水迢迢隔岸花㊙。

三月半,试新茶㊙,秧苗茁壮乐农家㊙。

可怜杜宇声声唤,才了桑蚕又种瓜㊙。

2021年暮春于南京

鹧鸪天
一叶扁舟

一叶扁舟梦里游,可怜玉鉴似平畴。

汀洲芳草连云去,蓼岸花香逐水流。

风淡淡,夜柔柔,湖光山色月当头。

浮生自有逍遥处,只在人心一点收。

1. 玉鉴:镜子。比喻平静的湖面。
2. 平畴:畴,田地。平畴,一望无际的原野、田地。
3. 蓼岸:长满鲜花水草的湖岸、江岸。蓼:一年生或多年生草本植物。种类很多,多开白色或浅红色花。
4. 浮生自有逍遥处,只在人心一点收:人累累在心上,把心放下,看淡得失,看淡成败,就能生活得逍遥自在。看淡现实,豁然开朗;看淡成败,知足常乐;看淡离别,顺其自然;看淡过往,聚散随心;看淡红尘,珍惜当下;看淡生死,豁达坦然。人生苦短,生命短暂,将凡尘俗世看淡看开,不要再给自己的心增加负担,一切看淡,一切随缘。珍惜现在拥有的,看淡以前错过的,怀着一颗感恩的心来面对人生、面对生活、面对大千世界。放下得失心,便是自在人!

2021年暮春于南京

鹧鸪天

晨游玄武湖

玄武波光映五洲,长堤十里翠华流。

青山黛影晴岚动,古寺晨钟细雨收。

湖水碧,泛兰舟,台城烟柳弄轻柔。

子规啼得春将去,为问东君何处游?

1. 五洲:玄武湖中有五个岛屿,称为"五洲"。洲洲堤桥相连,岛上花木扶疏,风景秀美。
2. 为问东君何处游:春天就要过去了,东君你要到哪里去呢?

2021年暮春于南京

鹧鸪天
夜闻布谷啼

玉鉴盈盈半亩塘，莺歌燕舞乱春光。
嫣红姹紫芳菲处，瑶草琼花夹岸香。

春夜半，月当窗，悠悠往事亦堪伤。
今宵游子空兴叹，布谷声声摧断肠。

2021年暮春于南京

鹧鸪天

江南客路长

虎踞龙蟠客路长㉑江南烟雨惜流芳㉑。

六朝金粉笙歌地，十代温柔富贵乡㉑。

观世海，叹沧桑㉑，浮生如梦笑荒唐㉑。

悠悠往事成追忆，一似清都山水郎㉑。

1. 一似清都山水郎：宋代词人朱敦儒的词《鹧鸪天·西都作》里有"我是清都山水郎，天教分付与疏狂"句。"清都山水郎"为天上管理山水的郎官，朱敦儒以此来表示自己爱好山水是出于天性。清都，神话传说中天帝的宫阙。作者将此句借用到词里，表示自己爱好山水也和古人一样是出于天性。附朱敦儒词《鹧鸪天·西都作》："我是清都山水郎，天教分付与疏狂。曾批给雨支风券，累上留云借月章。诗万首，酒千觞，几曾着眼看侯王？玉楼金阙慵归去，且插梅花醉洛阳。"

2021年暮春于南京

鹧鸪天
寄寓江南

寄寓江南山水间,尘寰俗务不相干。

晨开薄雾穿花径,晚沐清风步月天。

春已暮,百花残,烟霞沉醉任流连。

人言造物心肠别,我道无私天地宽。

1. 尘寰:指现实世界。

2. 人言造物心肠别:宋代大诗人陆游有一首《鹧鸪天》词,其结尾两句是:"元知造物心肠别,老却英雄似等闲。"造物心肠别,是说造物主也有不公正的时候,处理事情也有不合理的地方。造物:造物主,又称造化,指自然界的主宰者,也指自然。

2021年暮春于南京

鹧鸪天

旧游如梦

三月青青杨柳堤(韵),春风拂面草萋萋(韵)。

云光塔影连朱阙,玉树瑶花绕碧溪(韵)。

莺渐老,子规啼(韵),旧游如梦总依依(韵)。

而今迟暮天涯客,犹忆飞鸿踏雪泥(韵)。

1. 萋萋:草茂盛的样子。
2. 依依:留恋,不忍分离。
3. 飞鸿踏雪泥:大雁在雪泥上踏过留下的爪痕。比喻往事留下的痕迹。在这里用飞鸿踏雪泥比喻往事和对往事的回忆。出自苏轼《和子由渑池怀旧》诗:"人生到处知何似,应似飞鸿踏雪泥。"雪泥:融化着雪水的泥土。

2021年暮春于南京

鹧鸪天
世海沧桑

世海沧桑岁月流(韵),人生能有几春秋(韵)?

蝇头微利营营逐,蜗角虚名苟苟求(韵)。

山黛黛,水悠悠(韵),江山留与后人愁(韵)。

飘然一梦浮云去,莫笑扁舟载酒游(韵)。

1. 营营苟苟:形容人不顾廉耻,到处钻营。出自李大钊的《现在与未来》。分开来解释,营营:经营,营作,营求,钻营等。苟苟:苟且,苟安等。

2. 江山留与后人愁:借用宋代著名女词人李清照《题八咏楼》诗中的句子:"千古风流八咏楼,江山留与后人愁。水通南国三千里,气压江城十四州。"

2021年暮春于南京

鹧鸪天
迟暮吟

世海茫茫一梦中,光阴似箭浪萍踪。
韶华久负凌云志,迟暮常悲落拓行。

追往事,尽成空,少年已是白头翁。
年年岁岁花相似,岁岁年年人不同。

1. 年年岁岁花相似,岁岁年年人不同:这两句是唐代诗人刘希夷《代悲白头翁》(或称《白头吟》)中的著名诗句。年年岁岁,繁花依旧;岁岁年年,看花之人却不相同。"年年岁岁,岁岁年年"颠倒重复,不仅排沓回荡,音韵优美,更在于强调了时光流逝的无情和听天由命的无奈,真实而动情。"花相似""人不同"的形象比喻,突出了花卉盛衰有时而人生青春不再的对比,耐人寻味。

2021年暮春于南京

唐多令
春醉江南

燕绕玉楼前(韵),莺藏翠叶间(韵)。

鹧鸪飞、烟雨江南(韵)。

岸柳临风轻拂面,湖水碧,映云山(韵)。

次第百花妍(韵),芳菲三月天(韵)。

子规啼、春意阑珊(韵)。

可叹人生悲寂寞,谁共我,醉流连(韵)?

1. 唐多令:词牌名,又名《南楼令》《箜篌曲》等。双调,共六十字。上、下片同调,各六句、四平韵。第三句一般为上三下四句式。最著名的《唐多令》词,当属南宋刘过的《唐多令·重过武昌》,因其词中有"重过南楼"句,故该词调又名《南楼令》。附刘过词《唐多令·重过武昌》:"芦叶满汀洲,寒沙带浅流。二十年、重过南楼。柳下系船犹未稳,能几日,又中秋。黄鹤断矶头,故人曾到否?旧江山、浑是新愁。欲买桂花同载酒,终不似,少年游。"这一组小词《唐多令》共五首,为写江南暮春景色之作。

2. 次第百花妍:百花依照着时令依次开放。妍:美丽。

3. 流连:留恋,舍不得离开。

2021年暮春于南京

唐多令
梦醉烟霞

一碧水长流,花开古渡头。

画桥边、迤逦兰舟。

春雨丝丝杨柳绿,风未住,弄轻柔。

绮户映朱楼,有人楼上愁。

数年来、寂寞淹留。

野鹤闲云天际客,烟霞醉,梦中游。

1. 淹留:长期停留。

2021年暮春于南京

唐多令
春归迟暮

新月挂吴钩(韵),浮云天际游(韵)。

夜清凉、寒意悠悠(韵)。

阵阵薰风吹送处,杨柳岸,百花洲(韵)。

烟雨古城头(韵),沧桑岁月流(韵)。

叹人生、一梦还休(韵)。

已是春归迟暮里,听杜宇,莫言愁(韵)。

2021年暮春于南京

唐多令
风雨烟霞

风雨隔烟霞(韵),晨昏看落花(韵)。

子规啼、声透窗纱(韵)。

春尽柳绵飞似雪,凭尔去,影无涯(韵)。

四海久为家(韵),凄凄如暮鸦(韵)。

数年来、梦远魂遐(韵)。

流寓江南佳丽地,诗赋里,度年华(韵)。

1. 风雨隔烟霞:风雨阻隔了美好的山水风光。
2. 尔:文言人称代词,你。
3. 凄凄:寒冷,冷落。

2021年暮春于南京

唐多令
烟雨台城

烟雨锁台城(韵)巍巍似画屏(韵)。

越千年、一梦成空(韵)。

玄武碧波云度影,皇家苑,六朝风(韵)。

塔影入苍穹(韵),钟传玄妙声(韵)。

算而今、佛脉禅宗(韵)。

山色湖光堤岸柳,依旧是,雾朦胧(韵)。

1. 巍巍似画屏:玄武湖畔的古台城,高耸挺拔,巍巍然似一幅巨大的画屏风。巍巍:高大的样子。也形容山或建筑物的高峻。

2. 玄武碧波云度影:蓝天上悠悠飘荡的朵朵白云倒映在玄武湖的碧波里。

3. 塔影入苍穹:玄武湖畔小九华山玄奘寺三藏塔和鸡鸣寺药师佛塔美丽的塔影直刺云天。

4. 钟传玄妙声:古鸡鸣寺的钟声,悠远绵长,浑厚玄妙,空灵飘逸,荡涤心灵。

2021年暮春于南京

浣溪沙
烟霞沉醉

溪柳含烟夹岸生(韵),枝头莺雀乱啼鸣(韵)。

潇潇暮雨晚来风(韵)。

岁月无私人渐老,光阴虚度水流东(韵)。

烟霞沉醉与谁同(韵)?

1. 浣溪沙:词牌名,又名《浣溪纱》《浣纱溪》《小庭花》《满院春》《东风寒》《减字浣溪沙》等。原唐教坊曲名,后用作词调名。此调有平、仄两体,此为平韵体。双调,上、下片不同调。上、下片各三句,共四十二字。上片第一、二、三句和下片第二、三句押韵,押平声韵。下片第一、二句往往用对仗。

2021年初夏于南京

浣溪沙
春去无言

春去无言布谷啼，夕阳残照柳烟堤。

百花凋落草萋萋。

世海沧桑流岁月，光阴荏苒看云泥。

不堪回首梦依稀。

1. 云泥：天上地下。喻天壤之别。这里用以代指人生的起伏变化。

2021年初夏于南京

浣溪沙
子规啼春

昨夜风吹雨打窗(韵),子规啼得客愁长(韵)。

春归何处惜流芳(韵)。

人道江南春色好,我怜故国百花香(韵)。

悠悠岁月伴行藏(韵)。

1. 行藏:对有关名节的事情有所为有所不为的态度。语出《论语·述而》:"用之则行,舍之则藏。"后用来指出处或行止。这里用来指人的生活轨迹。

2021年初夏于南京

摊破浣溪沙
如画江山

如画江山一梦游(韵),嫣红姹紫百花羞(韵)。
玉鉴平湖云度影,泛兰舟(韵)。

碧野朱桥杨柳陌,霞光塔影古城头(韵)。
满眼春光今又是,岁华流(韵)。

  1. 摊破浣溪沙:词牌名,又名《添字浣溪沙》《感恩多令》《山花子》等。"破"指把一句破为两句,"摊"指字数略有增加。此调将《浣溪沙》的前、后片结句破为两句,把原来的七字句摊为十字,全词从四十二字变为四十八字,故名《摊破浣溪沙》。双调,上、下片不同调。上、下片各四句,共四十八字。上片第一、二、四句和下片第二、四句押韵,押平声韵。

  2. 岁华:岁月;光阴。

2021年初夏于南京

摊破浣溪沙

夏夜星空

夏日初临花信终[韵]，楝花香气醉临风[韵]。
鸟雀不知春已去，乱啼鸣[韵]。

光耀银河连玉宇，云流残月伴寒星[韵]。
想得琼楼瑶殿影，照归程[韵]。

1. 夏日初临花信终，楝花香气醉临风：楝花谢尽，花信风止，以立夏为起点的炎炎夏季便来临了。楝花：楝树花，每年春末夏初开淡紫色的星形小花，簇生，有芳香。

2. 琼楼瑶殿影：指月宫。代指月光。

2021年初夏于南京

采桑子

落拓江湖

天涯海角飘零客，南北西东[韵]。
南北西东[韵]，落拓江湖载酒行[韵]。

风花雪月年年是，误了归程[韵]。
误了归程[韵]，谁解云天万里情[韵]？

1. 采桑子：词牌名，又名《丑奴儿》《丑奴儿令》《伴登临》《忍泪吟》《罗敷歌》等。唐教坊曲有《杨下采桑》，调名本于此。双调，上、下片同调，各四句，共四十四字。第二、三、四句押韵，押平声韵。上、下片第二、三句有的用叠句。

2021年夏日于南京

采桑子
层楼极目

少年极目层楼上,豪气千重。

豪气千重,指点江山万里行。

老来极目层楼上,云淡风轻。

云淡风轻,世事无常一梦中。

1. 极目:极目远眺,极目远望。尽眼力之所及眺望远方。
2. 层楼:高楼。

2021年夏日于南京

采桑子
早荷呈艳

荷塘如鉴盈盈碧,出水芙蓉(韵)。

玉立亭亭(韵),妩媚娇羞映日红(韵)。

清新淡雅无双地,仙子临风(韵)。

君子之名(韵),溢彩流光丰韵浓(韵)。

1. 仙子:荷花仙子。
2. 君子之名:荷花为中国十大名花之一,被称为君子之花。
3. 丰韵:同风韵。

2021年夏日于南京

促拍采桑子

荷塘月色

波碧嫩荷新[韵],夜鸣蝉、归鸟藏林[韵]。

薰风袅袅,星河淡淡,孤月如银[韵]。

又见清光流万里,照无眠、思绪纷纭[韵]。

年年岁岁,心心念念,梦里销魂[韵]。

1. 促拍采桑子:词牌名,又名《促拍丑奴儿》。调见宋朱敦儒《樵歌》。促拍,即促节繁声。《中原音韵》所谓“急曲子”也。又言促拍为添字,与减字相反。小令《采桑子》本为四十四字,《促拍采桑子》添为五十字。此调为双调。前、后片各五句。前片第一、二、五句和后片第二、五句押韵,押平声韵。

2021年夏日于南京

促拍采桑子
愁损年华

风雨隔烟霞_(韵),是何人、流落天涯_(韵)?

长城内外,江南塞北,愁损年华_(韵)。

最是人生悲寂寞,念三山、遥望云槎_(韵)。

飘然欲去,青冥浩荡,梦远魂遐_(韵)。

1. 风雨隔烟霞:风雨阻隔了美好的山水风光。

2. 三山:神话传说中的海上三座神山:蓬莱、方丈、瀛洲。泛指神仙居住的地方。

3. 云槎:远行在天边水云交接处的船只。

2021年夏日于南京

木兰花

小院荷塘

美景醉人何处见㈭？小院荷塘佳趣现㈭。

花烁烁，叶田田，更有蜻蜓莲上站㈭。

几点雨丝飘落地㈭，吹皱碧波风细细㈭。

谁家紫燕绕庭飞，鸟雀乱啼蝉声继㈭。

1. 木兰花：词牌名。原为唐教坊曲名，后用作词调名。宋人的《木兰花》词皆为《玉楼春》体，唯有韦庄、魏承班、毛熙震的三首《木兰花》词乃《木兰花》正体。该三首词收录在《花间集》里，其格式也互有出入。韦庄的《木兰花》前、后片换韵，魏承班、毛熙震二人的《木兰花》前、后片不换韵。这首《木兰花·小院荷塘》依韦庄体，写余在南京所居小院夏日荷塘的佳趣。双调，前片五句，后片四句，共五十五字。前片第一、二、五句和后片第一、二、四句押韵，押仄声韵。前、后片换韵。

2021年夏日于南京

木兰花
咏玄武湖

后湖塘,连禁苑,五岛苍苍浮玉鉴。
山顾影,塔玲珑,柳堤花陌游人遍。

风云际会沧桑变,霸业干戈如梦幻。
台城南望是吴宫,后庭一曲终飘散。

1. 这首《木兰花·咏玄武湖》依魏承班体。双调,共五十四字。前片六句,三仄韵;后片四句,三仄韵。

2. 后湖塘,连禁苑:南京玄武湖在六朝时期为皇家园林,明朝时为国家户籍档案——黄册库所在地,系皇家禁苑。因玄武湖位于燕雀湖和宫城以北,故又名"后湖"或"北湖"。

3. 山顾影:钟山顾影,玄武湖里的一大胜景。

2021年夏日于南京

木兰花

秦淮人家

泮池前,桃叶渡㈭,岁月悠悠河畔住㈭。
浮画舫,泛兰舟,迤逦碧溪花满路㈭。

月当窗,风入户㈭,廊绕阁幽连玉树㈭。
庭院静,夜阑珊,一曲骊歌肠断处㈭。

1. 这首《木兰花·秦淮人家》依毛熙震体。双调,共五十二字。前、后片各六句,三仄韵。这首小词写的是居住在秦淮河畔人家的生活场景。
2. 泮池:"泮池"又称"泮宫",是古代位于学宫大成门正前方的半月形水池,意即"泮宫之池",是官学的标志。泮池上一般有石桥,称为"泮桥"。科举考试时,学生过桥去拜孔子,称为"入泮"。这里的泮池是指南京夫子庙前的泮池,与内秦淮河相连。是南京秦淮风光带最繁华的地段。
3. 骊歌:告别之歌称之为骊歌。

2021年夏日于南京

减字木兰花

咏莫愁湖

晴光满苑[韵],玉鉴临风云影现[韵]。
梦里横塘[韵],十顷荷花夹岸香[韵]。

湖天月落[韵],水阁亭台烟漠漠[韵]。
何事风流[韵],乐府新词唱莫愁[韵]。

1. 减字木兰花:词牌名,又名《减兰》《木兰香》《天下乐令》《金莲出玉花》等。此调本于《木兰花》。即将《木兰花》(韦庄体)前、后片第一、三句各减去三字而成。双调。上、下片同调,各四句,共四十四字。逢一、二句押仄声韵,逢三、四句押平声韵。

2. 横塘:南京莫愁湖一带在六朝时称横塘。

3. 何事风流,乐府新词唱莫愁:莫愁湖在宋元时即负盛名,明朝定都南京后更是盛极一时。清乾隆年间,更有"江南第一名湖""金陵第一名胜""金陵四十八景之首"等美誉。乾隆皇帝曾有诗句赞道:"南邦何事最风流,乐府新词唱莫愁。"这里是将乾隆皇帝的诗句借用在词中。

2021年夏日于南京

减字木兰花

晨游小园

晨光欲吐(韵),宁静小园塘半亩(韵)。

绿树浓荫(韵),曲径通幽鸟啭频(韵)。

朝霞绚烂(韵),冉冉生机浮汗漫(韵)。

蒲苇清风(韵),出水芙蓉映日红(韵)。

1. 汗漫:广大,漫无边际。这里用以代指广袤的大地或浩瀚的宇宙。

2021年夏日于南京

偷声木兰花

夏日黄昏登阅江楼

层楼高阁登临处,百舸争流江上渡。
鸥鹭翩飞,红日西沉洒落晖。

阑干独倚销魂魄,老迈茕茕愁病弱。
华发苍颜,阅尽人生思少年。

1. 偷声木兰花:词牌名。此调本于《木兰花》。即将《木兰花》(韦庄体)前、后片第三句各减去三字,另偷平声,故云"偷声"。双调。上、下片各四句,共五十字。逢一、二句押仄声韵,逢三、四句押平声韵。

2021年夏日于南京

偷声木兰花
夏日晚行钟山道

浓荫蔽日钟山道(韵),鸟雀啼鸣怜晚照(韵)。
一抹残霞(韵),暮霭沉沉何处家(韵)?

浮云塔影常相伴(韵),绿瓦红墙萧寺畔(韵)。
闪烁星光(韵),醉在清风明月乡(韵)。

2021年夏日于南京

折花令
长堤夜游

玉鉴滢波,长堤漫漫花香陌(韵)。

夜幕下、星光烁(韵)。

何处起笙歌,乱人心魄(韵)。

寄寓南国,天涯海角伤漂泊(韵)。

思往事、今非昨(韵)。

叹聚散无凭,闲云野鹤(韵)。

1. 折花令:词牌名。调见《高丽史·乐志》,乃高丽抛球乐舞队曲,所用为唐乐。双调小令,共五十二字。前、后片各五句,三仄韵。

2021年夏日于南京

东坡引
夜泊秦淮

舟摇桃叶渡㈠,风吹过南浦㈠。
蓝桥迤逦灯无数㈠,笙歌飘一路㈠。

星光月色,轻岚薄雾㈠。追往昔、伤迟暮㈠。
酒杯暂引情何诉㈠?秦淮佳丽处㈠。

1. 东坡引:词牌名。以宋曹冠《东坡引·九日》为正体。双调,共四十八字。前片四句,四仄韵;后片五句,四仄韵。另有四十九字、五十八字、五十九字等变格体。此调前、后片两结句,宋人类用叠句。即五十八字体、五十九字体为前、后片两结句用叠者。代表作有赵师侠的《东坡引·相看情未足》和辛弃疾的《东坡引·玉纤弹旧怨》等。这首《东坡引·夜泊秦淮》为四十八字体。东坡:地名。今湖北黄冈东。北宋元丰(公元1078—1085年)年间,苏轼被贬官为黄州团练副使,筑堂于此,自号东坡居士。引:唐宋杂曲的一种体制。在唐宋杂曲中有前奏、序曲的意思。后来成为词调的一种类别,其多数由大曲摘遍翻演而成,个别来自杂曲。词调的体制有"令、引、近、慢"之说,"引"一般比"令"长,而比"近""慢"短。《东坡引》调名的本意即以引曲的形式来歌咏苏轼贬黄冈之事。

2. 桃叶渡:这里用桃叶渡、南浦代指秦淮河沿岸众多的古名胜。

3. 蓝桥迤逦灯无数:十里秦淮河上,有众多精美的画桥迤逦绵延,一河红纱宫灯梦幻迷离。

2021年夏日于南京

东坡引
梦家山

悠悠魂梦断(韵),家山似曾见(韵)。

滹沱水碧波光潋(韵),孤城高塔现(韵),孤城高塔现(韵)。

孩提记忆,思绪凌乱(韵)。却也是、情无限(韵)。

清风细雨深深院(韵),愁心怜一片(韵),愁心怜一片(韵)。

1. 这首《东坡引·梦家山》依赵师侠体。双调,共五十八字。前片五句,四仄韵,一叠韵;后片六句,四仄韵,一叠韵。
2. 潋:潋滟。形容水波流动。如湖光潋滟。
3. 愁心怜一片:怜我愁心一片意。

2021年夏日于南京

西北行杂诗十首（之一）
敦煌莫高窟

鸣沙山麓宕泉幽，东向祁连一望收。

崖壁洞窟呈百态，画廊彩塑逾千秋。

空灵飘逸飞天在，精美绝伦圣像留。

丝路迢迢蕴瑰宝，明珠闪烁耀神州。

1. 西北行杂诗：数年前，余曾做西北行，游新疆、甘肃，游览西北边陲的广袤土地、自然风光、历史文化名胜，领略不一样的风情，今日想来仍历历在目，故作西北行杂诗以记之。

2. 莫高窟：俗称千佛洞，坐落在河西走廊西端的敦煌。它始建于前秦宣昭帝苻坚时期，后历经北凉、北魏、西魏、北周、隋朝、唐朝、五代、宋、回鹘、西夏、元朝等11个时代的兴建，形成巨大的规模。现存洞窟492个，壁画4.5万平方米，彩塑三千余身，是世界上现存规模最大、内容最丰富的佛教石窟群。1961年，莫高窟被列为第一批全国重点文物保护单位。1987年，莫高窟被列入"世界文化遗产名录"。莫高窟与河南洛阳龙门石窟、山西大同云冈石窟并称中国三大石窟，后加甘肃天水麦积山石窟合称中国四大石窟。

3. 鸣沙山麓宕泉幽，东向祁连一望收：莫高窟开凿于敦煌市东南25公里的鸣沙山东麓的崖壁上，前临宕泉，东向祁连山支脉三危山。

4. 飞天：这里指的是画在敦煌石窟中的飞神，灵动飘逸，千姿百态。

2021年秋日于石家庄

西北行杂诗十首（之二）
鸣沙山月牙泉

朦胧新月映沙山①，幻影清辉笼药泉①。

怡性通灵鸣胜境，洗心蕴秀作奇观①。

古河残道涵潜水，戈壁断层涌碧潭①。

阵阵驼铃传塞外，一条丝路走千年①。

1. 鸣沙山月牙泉：月牙泉古称沙井，俗名药泉，位于甘肃省敦煌市西南5公里鸣沙山。月牙泉南北长近100米，东西宽约25米，泉水东深西浅，最深处约5米。月牙泉弯曲如新月，因而得名，有"沙漠第一泉"之称，自汉朝起即为"敦煌八景"之一，1994年列入国家级风景名胜区。月牙泉因"泉映月而无尘""亘古沙不填泉，泉不涸竭"而成为奇观，被誉为"塞外风光之一绝"。鸣沙山和月牙泉是大漠戈壁中的一对孪生姐妹，"山以灵而故鸣，水以神而益秀"。有"鸣沙山怡性，月牙泉洗心"之感。

2. 古河残道涵潜水，戈壁断层涌碧潭：这两句是说月牙泉的成因。关于月牙泉的成因有四种解释，而主要的解释为两种，即古河道残留湖和断层渗泉。古河道残留湖的说法认为月牙泉是附近党河的一段古河道，很久以前党河改道，大部分古河道被流沙掩埋，仅月牙泉一段地势较低，地下潜流出露而汇集成湖。断层渗泉的说法认为月牙泉南侧有一东西向的断层，断层上盘抬高了地下含水层，下盘降到附近潜水面时，潜流涌出而成泉。还有风蚀湖、人工挖掘等说法。

2021年秋日于石家庄

西北行杂诗十首（之三）
麦积山石窟

遥望孤峰峭壁悬㊉，凌空栈道万窟连㊉。

形如麦垛祥云绕，密似蜂房紫气环㊉。

像像雄奇呈百态，龛龛精妙越千年㊉。

惊魂不定攀缘处，疑是佛国极乐天㊉。

1. 麦积山石窟：麦积山位于甘肃省天水市市区东南方向，是小陇山中的一座孤峰，高142米，因山形酷似麦垛而得名。麦积山石窟始建于公元384—417年，存有221座洞窟、10632身泥塑石雕、1300余平方米壁画，以其精美的泥塑艺术闻名世界，被誉为东方雕塑艺术陈列馆。麦积山石窟为世界文化遗产，国家5A级旅游景区，国家重点风景名胜区，国家森林公园，国家地质公园，全国重点文物保护单位，中国四大石窟之一。

2. 遥望孤峰峭壁悬，凌空栈道万窟连：麦积山石窟开凿在孤峰麦积山的悬崖峭壁之上，洞窟密如蜂房，栈道凌空飞架，层层叠叠，形成了一个由数百个洞窟组成的宏伟壮观的立体建筑群，其惊险陡峻之状世所罕见。"万窟"，是夸张的说法。

2021年秋日于石家庄

西北行杂诗十首（之四）
七彩丹霞

上古打翻调色盘，丹霞七彩落人间。

造型奇特峰峦峭，气势磅礴崖壁悬。

银雾飘忽山烂漫，红纱涌动地斑斓。

缤纷艳丽美如画，鬼斧神工出自然。

　　1.七彩丹霞：七彩丹霞地貌群位于甘肃省张掖市，平均海拔1820米，分布面积为50平方公里。该丹霞地貌群以其面积大、集中、层理交错、岩壁陡峭、造型奇特、色彩斑斓、气势磅礴而称奇。颜色有红色、黄色、白色、绿蓝色等，色调有顺山势起伏的波浪状，也有从山顶斜插山根的，犹如斜铺的彩布，在阳光的照射下，像披上了一层红色的轻纱，熠熠泛光，色彩异常艳丽，让人惊叹不已。张掖七彩丹霞是我国北方干旱半干旱地区发育最典型的丹霞地貌，是国内唯一的丹霞地貌与彩色丘陵景观的复合区，色彩之缤纷、观赏性之强、面积之大冠绝全国，集雄、险、奇、幽、美于一身。现为国家5A级旅游景区，世界地质公园，具有很高的旅游观赏价值和地质科考价值。

2021年秋日于石家庄

西北行杂诗十首（之五）
嘉峪关

茫茫戈壁起雄关㊻，丝路要冲谷隘间㊻。

北走黑山悬臂在，南接赖水一墩连㊻。

汉家开业常征战，明代守成久戍边㊻。

遥望城楼残照里，黄沙滚滚入云天㊻。

1.嘉峪关：嘉峪关位于甘肃省嘉峪关市市区西南6公里处，是明代万里长城的西端起点，明长城西端第一重关，也是古代"丝绸之路"的交通要冲。嘉峪关始建于明洪武五年（1372年），先后经过168年时间的修建，是明代长城沿线九镇所辖千余个关隘中最为雄险的一座，且至今保存完好。嘉峪关关城位于嘉峪关最狭窄的山谷中部、地势最高的嘉峪山上，城关两翼的城墙横穿戈壁沙漠，向北8公里连黑山悬臂长城，向南7公里接天下第一墩（天下第一墩是明代万里长城从西向东的第一座墩台），自古为河西第一隘口。嘉峪关由内城、外城、城壕三道防线形成重叠并守之势，壁垒森严，与长城连为一体。嘉峪关有三个大城楼：光化楼、柔远楼和嘉峪关楼。两个瓮城：东瓮城、西瓮城。内城墙上还建有箭楼、敌楼、角楼、阁楼、闸门楼等共14座。关城内建有游击将军府、文昌阁、关帝庙、井亭、牌楼、戏楼等。整个建筑布局精巧，气势雄浑，与远隔万里的"天下第一关"山海关遥相呼应。城墙外，戈壁、草原泾渭分明，荒废的古长城绵延千里。嘉峪关自建造以来，屡有战事。直到公元1539年嘉峪关建成为一座完整的军事防御工程后，才真正成为固若金汤的天下第一关。嘉峪关是世界文化遗产，国家5A级旅游景区，全国重点文物保护单位。

2. 北走黑山悬臂在,南接赖水一墩连:黑山悬壁,黑山悬壁长城。一墩,即讨赖河墩,墩台矗立于讨赖河边80米高的悬崖之上。赖水即讨赖河。

2021年秋日于石家庄

西北行杂诗十首（之六）
喀纳斯

喀纳斯湖九道湾，一条峡谷碧波潺。

蓝天映日白云动，绿水穿山紫雾悬。

林海茫茫连草甸，毡房袅袅起炊烟。

观鱼台上登高望，秋色无边美景环。

1. 喀纳斯："喀纳斯"是蒙古语，意为"美丽而神秘的湖"。喀纳斯湖位于新疆维吾尔自治区阿勒泰地区布尔津县北部，湖面面积45.73平方千米，湖深188.5米左右，蓄水量达53.8亿立方米，是中国最深的冰碛堰塞湖，是一个坐落在阿尔泰深山密林中的高山湖泊，内陆淡水湖。喀纳斯湖景区有高山、河流、森林、湖泊、草原等奇异的自然景观，有成吉思汗西征军点将台、古代岩画等历史文化遗迹，有蒙古族图瓦人独特的民俗风情，有驼颈湾、变色湖、卧龙湾、观鱼台等主要景点，具有极高的旅游观光、自然保护、科学考察和历史文化价值。喀纳斯湖有几大奇观，一是千米枯木长堤，是因喀纳斯湖中的浮木被强劲谷风吹着逆水上漂，在湖上游堆聚而成；二是湖中巨型"水怪"，给喀纳斯平添了几分神秘色彩，也有人认为是当地特产的一种大红鱼（哲罗鲑）在作怪；三是雨过天晴时才有的奇景——喀纳斯云海佛光。喀纳斯风景区是国家5A级旅游景区、国家地质公园、国家森林公园、国家自然遗产、中国自然保护区。喀纳斯湖雪峰耸峙、绿坡墨林、湖光山色、美不胜收，被誉为"中国最美湖泊"之一、"人间仙境、神的花园"。

2021年秋日于石家庄

西北行杂诗十首（之七）
乌尔禾魔鬼城

黄沙遍地乱石丛(韵)，寸草不生魔鬼城(韵)。

呼啸狂风穿巨阵，迷离怪影伴奇形(韵)。

楼阁错落危台峭，佛塔参差古堡雄(韵)。

卧虎藏龙怜造化，千姿百态现真容(韵)。

    1. 乌尔禾魔鬼城：又称乌尔禾风城。位于新疆维吾尔自治区准噶尔盆地西北边缘的佳木河下游乌尔禾矿区，西南距克拉玛依市100公里。这里是典型的雅丹地貌区域，雅丹地貌以新疆塔里木盆地罗布泊附近的雅丹地区最为典型而得名，是在干旱、大风环境下形成的一种风蚀地貌类型。乌尔禾魔鬼城长、宽约在5公里以上，地面海拔350米左右。在大自然鬼斧神工长期作用下形成密集而又错落有致的砂岩奇异形体，举目眺望，俨然是一座城堡巍然屹立于戈壁苍茫大漠之中。这座"城堡"，似亭台楼阁，似城廊街道，似罗刹宝殿。有突兀拔地的"富士山"、佛塔林立的"吴哥窟"、高耸入云的"布达拉宫"、雄伟壮观的"罗马斗兽场"、乱石穿空的"路南石林"，有的像北京的天坛，有的像杭州钱塘江畔的六和塔，有的像埃及金字塔，等等，不胜枚举，中外的名山胜迹这里应有尽有。"石猴观海""黄牛耕耘""雄狮横卧""小猴摆尾""大鹏展翅"等各种各样的造景地貌琳琅满目，惟妙惟肖。各种景象，真可谓千姿百态，绚丽多彩，形成了一个梦幻般的迷宫世界。这里气候恶劣，狂风不断，最大风力可达10~12级，风声响处，鬼哭狼嚎。这里遍地黄沙，土地干裂，寸草不生，极度荒凉。由于这里景致独特，许多电影都把魔鬼城当作外景拍摄地，如影片《卧虎藏龙》《七剑下天山》等。

2021年秋日于石家庄

西北行杂诗十首(之八)
吐鲁番坎儿井

沙漠绿洲吐鲁番[韵],天山脚下井渠连[韵]。
绵延戈壁出潜水,迤逦洪荒引暗源[韵]。
灌溉良田超万顷,造福百姓越千年[韵]。
古人智慧今人叹,华夏文明一脉传[韵]。

1. 坎儿井:又称“井渠”,是干旱荒漠地区利用开发地下水,通过地下渠道自流将地下水引导至地面,进行灌溉和生活用水的无动力吸水设施。坎儿井在吐鲁番盆地历史悠久,分布很广,长期以来是吐鲁番各族人民进行农牧业生产和人畜饮水的主要水源之一。坎儿井的结构,大体上由竖井、暗渠、明渠和“涝坝”(小型蓄水池)四部分组成。吐鲁番盆地北部的博格达山和西部的喀拉乌成山,春夏时节有大量积雪和雨水流下山谷,潜入戈壁滩下。人们利用山的坡度,巧妙地创造了坎儿井,引地下潜流灌溉农田。坎儿井不因炎热、狂风而使水分大量蒸发,因而流量稳定,保证了自流灌溉。根据1962年统计资料显示,中国新疆共有坎儿井约1700多条,灌溉面积约50多万亩。其中大多数坎儿井分布在吐鲁番和哈密盆地,如吐鲁番盆地共有坎儿井约1100多条,全长约5000公里,灌溉面积47万亩,占该盆地总耕地面积70万亩的67%,对发展当地农业生产和满足居民生活需要等都具有很重要的意义。坎儿井与万里长城、京杭大运河并称为中国古代三大工程。

2021年秋日于石家庄

西北行杂诗十首（之九）

火焰山

寸草不生绝鸟踪㈠，红岩焦土日当空㈠。

火流滚滚浓烟漫，烈焰熊熊炽热腾㈠。

裂隙纵横积暑气，煤层裸露酿灾星㈡。

炎氛蒸塞何时了，铁扇原为造化功㈠。

1. 火焰山：火焰山古称赤石山，是吐鲁番最著名的景点之一。其位于吐鲁番盆地的北缘，古丝绸之路北道，山呈东西走向，长100多公里，最宽处达10公里。火焰山，维吾尔语称"克孜勒塔格"，意为"红山"，唐人以其炎热曾名为"火山"。火焰山童山秃岭，裂隙纵横，寸草不生，飞鸟绝踪。每当盛夏，红日当空，赤褐色的山体在烈日照射下，砂岩灼灼闪光，炽热的气流翻滚上升，就像烈焰熊熊，火舌燎天，故名火焰山。火焰山是中国最热的地方，夏季最高气温高达47.8℃，地表最高温度高达70℃以上，沙窝里可烤熟鸡蛋。吐鲁番属典型的大陆性干旱荒漠气候。全年超过35℃以上的日数在100天以上，甚至38℃以上的酷热天气也有38天之多。多年测得的绝对最高气温为49.6℃（1975年7月13日），而地表温度最高甚至能达到89℃，是名副其实的"中国热极"。火焰山多年平均降水只有16毫米，终年不雨或雨而未觉亦不足为奇，可算是"中国干极"。

2. 裂隙纵横积暑气，煤层裸露酿灾星：这两句是说火焰山炽热的原因。火焰山山体裂隙纵横，终年干旱无雨，夏季烈日当空积热难散，形成高温。另外，埋在地层中的水平煤层经过多次地质运动大多变为倾斜煤层，煤层裸露后与空气接触，氧化后积热增温，引发自燃，酿成大火，常年不息。

3.炎氛蒸塞何时了,铁扇原为造化功:古典小说《西游记》里,唐僧师徒取经路经火焰山受阻,孙悟空向铁扇公主三借芭蕉扇,扇灭了火焰山的熊熊烈火。这一故事使得火焰山神奇色彩浓郁,成为天下奇山。其实,这只是大自然的神奇造化罢了。炎氛蒸塞:古人对火焰山一带酷热的形容。

2021年秋日于石家庄

西北行杂诗十首（之十）
葡萄沟

葡萄沟里果香浓，串串珍珠坠玉藤。

鲜艳欲滴凝姹紫，晶莹正露斗嫣红。

火洲酷热炎炎地，峡谷清凉淡淡风。

目不暇接歌舞罢，长廊深邃傍溪行。

1. 葡萄沟：葡萄沟是火焰山山谷中最大的一个沟谷，位于新疆吐鲁番市区东北11公里处，南北长约8公里、东西宽约2公里。沟内有布依鲁克河，主要水源为高山融雪。葡萄沟是火洲的桃花源，它像一条绿色的丝带，飘逸在盆地中央。葡萄沟因盛产优质葡萄而闻名中外，是新疆吐鲁番市的旅游胜地，国家5A级风景名胜区，是一处幽静的避暑、观光、旅游胜地。

2. 火洲酷热炎炎地，峡谷清凉淡淡风：火焰山和葡萄沟虽然距离很近，但景观和温差却大相径庭，形成了鲜明的对比和巨大的反差，不由得不让人感叹大自然的造化和神奇。

3. 长廊深邃傍溪行：葡萄沟里一眼望不到头长长的葡萄架沿着布依鲁克河伸向远方。

2021年秋日于石家庄

秋吟杂诗十首（之一）

中秋

秋雨连绵初转晴[韵]，云光万里落霞红[韵]。
远山隐隐千峰秀，溪水潺潺百鸟鸣[韵]。
丹桂飘香华殿月，梧桐凝碧玉堂风[韵]。
笙歌不夜来天外，共祝家国一梦成[韵]。

2021年中秋于北京

秋吟杂诗十首(之二)
秋分

西风飒飒正秋分㈣,满院香飘桂子魂㈣。

菊蕊凌寒花带露,梧桐凝碧月行云㈣。

蛩鸣阶下声声碎,鸟乱窗前阵阵频㈣。

今夜清光怜倦客,一壶浊酒醉离人㈣。

1. 秋分:秋分是二十四节气的第十六个节气,秋季第四个节气。于每年的公历9月22日—24日交节。秋分这天太阳几乎直射地球赤道,全球各地昼夜等长,昼夜平分,阴阳相半,昼夜均而寒暑平。秋分也指平分了秋季,有平分秋色之意,所以叫"秋分"。秋分日后,太阳光直射位置南移,北半球昼短夜长,昼夜温差加大,气温逐日下降。秋分是传统的"祭月节",现在的中秋节则由传统的"秋分祭月"而来。自2018年起,我国将每年的秋分设立为"中国农民丰收节"。

2021年秋分于北京

秋吟杂诗十首（之三）
寒露

露水先白而后寒㈠，蛩声瑟瑟惹人怜㈦。

清风正送初归雁，细雨才收早噤蝉㈦。

红叶满山山似火，黄花遍地地如烟㈦。

休言迟暮桑榆晚，保健养生秋月间㈦。

1. 寒露：寒露是二十四节气的第十七个节气，秋季第五个节气。于每年的公历10月7日—9日交节。寒露是深秋的节令，是一个反映气候变化特征的节气。进入寒露，时有冷空气南下，昼夜温差较大，秋燥明显。寒露时节，南方秋意渐浓，气爽风凉，少雨干燥；北方广大地区已从深秋进入或即将进入冬季。寒露与白露节气时相比，气温更低，露水更多也更冷了，很可能成为冻露，日带寒意，故而称为"寒露"。

2. 露水先白而后寒：其意为经过白露节气后，露水从初秋泛着一丝凉意转为深秋透着几分寒冷的"白露欲霜"，从洁白晶莹的露珠转为寒冷欲凝，生动地反映出气温的不断下降。

3. 初归雁：寒露时节，偶尔能看到最早从塞外飞回来的大雁。

4. 早噤蝉：寒露时节，就连秋蝉也早已经噤声。

2021年寒露于北京

秋吟杂诗十首（之四）
重阳

竹影婆娑秋草黄㊵，风和日丽醉重阳㊵。

韶华易逝容颜老，世海沧桑岁月长㊵。

极目蓝天归塞雁，回眸碧水入云乡㊵。

无端又做登高望，犹是亲朋各一方㊵。

2021年重阳于北京

秋吟杂诗十首（之五）

霜降

落木萧萧百草黄(韵)，风吹竹影影摇窗(韵)。

东篱玉蕊朝含露，西苑金英晚带霜(韵)。

碧野苍茫岚气动，青冥浩荡塞鸿翔(韵)。

漫山红遍层林染，沉醉秋光入画廊(韵)。

1. 霜降：霜降是二十四节气的第十八个节气，秋季的最后一个节气。于每年的公历10月23日—24日交节。进入霜降节气后深秋景象明显，冷空气南下越来越频繁。霜降不是表示"降霜"，而是表示气温骤降、昼夜温差大。就全国平均而言，霜降是一年中昼夜温差最大的时节。"霜降"节气与"降霜"无关。

2. 落木萧萧：晚秋，风吹落叶萧萧下，树木的枝叶变得稀疏萧条。落木：落叶。

3. 玉蕊、金英：均代指菊花。

2021年霜降于北京

秋吟杂诗十首（之六）
夜吟

金风送爽桂花香㉑，秋月泠泠秋夜凉㉑。

阶下寒蛩声断续，枝头宿鸟梦流长㉑。

韶光易逝容颜老，世事无常两鬓苍㉑。

谁料桑榆迟暮里，愁思离恨也茫茫㉑。

1. 桑榆迟暮：或称"桑榆暮景"。落日的余晖照在桑树、榆树的树梢上。比喻老年时光。

2021年秋日于北京

秋吟杂诗十首（之七）
秋游

阴雨连绵一霎收，青冥浩荡洗清秋。

人行山路峰云动，雾锁兰溪涧水流。

古寺听经传妙谛，林泉观景醉心头。

烟霞有意常相伴，任我逍遥自在游。

1. 一霎：一会儿。形容时间短。
2. 林泉：林木山泉。借指隐居的地方。这里指风景优美而幽静的地方。

2021年秋日于北京

秋吟杂诗十首（之八）
晚秋

枯树寒鸦栖暮枝,竹篁飒飒傍秋池。

残荷难觅青青盖,败柳仍垂袅袅丝。

细雨几番花落早,清风一缕叶凋迟。

茕茕寂寞情何限？更在层楼月夜时。

1. 竹篁：竹林。也指竹子。
2. 何限：多少，几何；无限，无边。

2021年秋日于北京

秋吟杂诗十首（之九）
秋游西山八大处

遐迩闻名八大处，名蓝古刹隐西山㊀。

星罗棋布清幽地，雾锁云流自在天㊁。

日耀灵光环宝塔，风吹香界傍龙泉㊂。

经霜岭树呈秋艳，尽在红黄绿紫间㊃。

1. 八大处：八大处位于北京西山风景区南麓，距市中心16公里，因山中有八座古刹而得名。这八座古刹是：一处长安寺、二处灵光寺、三处三山庵、四处大悲寺、五处龙泉庵、六处香界寺、七处宝珠洞、八处证果寺，分别建于唐宋元明各朝。八大处由西山余脉翠微山、虎头山、卢师山所环抱，三山形似座椅，八座古刹星罗棋布分布在三山之中，自然天成的"十二景观"更是闻名遐迩。古人赞曰："三山如华屋，八刹如屋中古董，十二景则如屋外花园。"又有云："香山之美在于人工，八大处之美在于天然，其天然之美又有过于西山诸胜。"八大处中以二处灵光寺和六处香界寺最为有名。

2. 日耀灵光环宝塔，风吹香界傍龙泉：灵光寺的佛光环绕着佛塔，在风吹花香浮动的香界寺不远处的龙泉水日夜不息地在汩汩流淌。这里的灵光指二处灵光寺，宝塔指灵光寺里的佛牙舍利塔，香界指六处香界寺，龙泉指五处龙泉庵。二处灵光寺因供奉世间罕存的释迦牟尼佛灵牙舍利而驰名海内外。六处香界寺为八大处的主寺，过去是帝王游山休息之地。正殿供奉大佛三尊，为三世佛，两侧排列着十八罗汉彩塑。西院为乾隆皇帝的避暑行宫及花园。

2021年秋日于北京

秋吟杂诗十首(之十)
夜登西山望京华

山环水绕路重重(韵),秋色秋声秋韵浓(韵)。

星闪青冥云浩荡,风吹岭树月朦胧(韵)。

万家灯火流天际,一片华光耀太空(韵)。

大气磅礴心震撼,花团锦簇夜京城(韵)。

1. 在国庆节深秋晴朗的夜晚,阖家登西山鬼笑石回望北京夜景。但见:秋空如洗,月朗星灿;万家灯火,流动天际;一片华光,映照太空;大气磅礴,心灵震撼;花团锦簇,梦幻迷离。好一派盛世华都璀璨秋夜之壮美景象也!

2021年10月1日夜于北京西山鬼笑石

秋风清
秋夜思

秋风凉(韵)，秋夜长(韵)。

万里照明月，离人空断肠(韵)。

天涯何处思乡望，梦魂不到心彷徨(韵)。

1. 秋风清：词牌名。本为三、五、七言诗，后人采入词中。该词传首创自李白，一名《秋风引》。寇准也有《秋风清》词名《江南春》，而刘长卿的秋风清词为仄韵体，名《新安路》。均为李白《秋风清》词的变格体。这首《秋风清·秋夜思》依李白体。单调小令，六句，三十字，四平韵，不换韵。附李白的《秋风清》："秋风清，秋月明。落叶聚还散，寒鸦栖复惊。相思相见知何日，此时此夜难为情。"

2021年秋夜于北京

江南春
秋菊艳

秋菊艳,露华浓(韵)。

东篱开玉蕊,西苑吐金英(韵)。

秋光秋韵知多少,谁念人生迟暮情(韵)?

1. 江南春:词牌名,即《秋风清》。寇准的秋风清词名《江南春》。这首《江南春·秋菊艳》依寇准体。单调小令,六句,三十字,三平韵,其首句为仄声尾不入韵。附寇准的《江南春》:"波渺渺,柳依依。孤村芳草远,斜日杏花飞。江南春尽离肠断,萍满汀洲人未归。"

2021年秋日于北京

新安路

秋雁归

流光误[韵]，沧桑度[韵]。

一生浪迹游，谁料人迟暮[韵]。

寥廓云天塞雁归，月光如水天涯路[韵]。

1. 新安路：词牌名，即《秋风清》。刘长卿的秋风清词为仄韵体，名《新安路》。这首《新安路·秋雁归》依刘长卿体。单调小令，六句，三十字，四仄韵。附刘长卿的《新安路》：“新安路，人来去。早潮复晚潮，明日知何处？潮水无情亦解归，自怜长在新安住。”

2021年秋日于北京

秋夜雨
秋将暮

梧桐叶落秋将暮㈠,东篱菊蕊凝露㈠。

轻寒烟漠漠,满眼见、黄芦飘絮㈡。

风吹竹影沙沙响,小院深、门掩朱户㈠。

无奈听夜雨㈠,恰正是、愁思如故㈠。

1. 秋夜雨:词牌名。调见宋蒋捷《竹山乐府》,蒋词题咏秋夜雨,因以为词调名。双调,前、后片各四句,共五十一字。前片第一、二、四句和后片第二、三、四句押韵,押仄声韵。

2. 黄芦飘絮:晚秋,芦苇枯萎变黄,芦絮随风飘飞。

2021 年秋日于北京

秋夜雨

更漏深

泠泠夜雨频来骤㈲,寒侵衾簟衣袖㈲。

西风吹落叶,更有那、沙沙声透㈲。

离人枕上相思泪,梦不成、迢递更漏㈲。

岁月飘泊久㈲,醉落魄、孤芳清瘦㈲。

1.更漏深:寓意夜已深。更,古时一夜分成五更,每更大约两小时。如:打更;三更半夜。漏,古代计时器漏壶的简称,借指时刻。如:漏尽更深。漏壶有沙漏、玉漏、铜壶滴漏等。

2.衾簟:衾,被子。簟;竹席;席子。

3.迢递:形容遥远。这里用来形容夜里钟表的走动声。暗喻因思念而夜不能眠。

2021年秋日于北京

阮郎归
听秋声

风吹落叶动秋声,寒蛩瑟瑟鸣。

更残漏断倚窗听,帘帏照月明。

思路远,阻归程,萍踪浪迹行。

烟霞沉醉与谁同?浮生一梦中。

1. 阮郎归:词牌名,又名《碧桃春》《醉桃园》《宴桃源》等。双调,共四十七字。前片四句、四平韵,后片五句、四平韵。此调以李煜《阮郎归·呈郑王十二弟》为正体,另有变格体。阮郎,指阮肇。相传东汉永平年间,浙江剡县人刘晨和阮肇到天台山采药迷路,遇到两个仙女,被邀至家中,留住半年。既归,则乡邑零落,子孙已过七代。他们重入天台寻访仙女,却杳无踪迹。事见《太平广记》卷六十一。

2. 更残漏断:指夜已深。

2021年秋日于北京

阮郎归

迟暮吟

秋风秋雨落花残,秋霜秋露寒。

远山远水渺云烟,长空塞雁还。

流光度,误华年,悠悠岁月间。

黄昏迟暮惜苍颜,飘零独自怜。

2021年秋日于北京

眉峰碧

菊蕊花香陌

菊蕊花香陌(韵),一任销魂魄(韵)。

岂奈梧桐叶落时,满院里、添萧索(韵)。

人在凄凉国(韵),世海烟尘隔(韵)。

落日楼头听断鸿,悲秋万里飘零客(韵)。

  1. 眉峰碧:词牌名。双调小令,前、后片各四句,共四十七字。前片和后片第一、二、四句押韵,押仄声韵。

  2. 断鸿:孤雁;孤雁的悲鸣声。

2021年秋日于北京

眉峰碧

秋雨梧桐落

秋雨梧桐落,枯木添萧索。

暮霭沉沉塞雁归,却正是、伤漂泊。

莫道人情薄,世事今非昨。

载酒扁舟入醉乡,依稀梦断云中鹤。

2021年秋日于北京

眼儿媚

菊蕊芬芳

朝暮晨昏沐寒凉[韵]，叶落草凝霜[韵]。
金风玉露，东篱西苑，菊蕊芬芳[韵]。

碧天空阔楼头望，思绪正茫茫[韵]。
青山隐隐，波光渺渺，一任彷徨[韵]。

1. 眼儿媚：词牌名，即《秋波媚》，又名《小阑干》《东风寒》等。此调调名来自于宋人左誉赞美钱塘乐籍名姝张秾丰姿妩媚的词语，如“盈盈秋水”“淡淡青山”“帏云剪水”“滴粉搓酥”等。当时都城临安有“晓风残月柳三变，滴粉搓酥左与言”之对。该调为双调，前、后片不同调，前、后片各五句，共四十八字。前片第一、二、五句和后片第二、五句押韵，押平声韵。

2021年秋日于北京

眼儿媚
黄昏极目

迟暮黄昏倚阑干,小雨一番寒。
秋风瑟瑟,梧桐叶落,绿水潺潺。

闲登高阁观流景,极目览风烟。
晚霞呈艳,峰峦凝黛,美景流连。

2021年秋日于北京

眼儿媚

小院秋韵

金蕊凌霜小庭空(韵),辜负菊香浓(韵)。

荷塘凝碧,竹篁幽径,飒飒西风(韵)。

夜来秋雨梧桐落,漠漠觉寒轻(韵)。

年年岁岁,飘飘零落,孤雁飞蓬(韵)。

1. 金蕊:黄花;菊花。

2021年秋日于北京

花前饮
菊苑秋

蓼花萍叶小池畔(韵),望垂影、波光凌乱(韵)。

老树栖暮鸦,却又被、人惊散(韵)。

月照泠泠菊香苑(韵),笛声袅、愁思无限(韵)。

正是秋尽时,怕见那、塞上雁(韵)。

1. 花前饮:词牌名。双调小令,前、后片各四句,共五十字。前、后片第一、二、四句押韵,押仄声韵。

2. 蓼:一年生或多年生草本植物。有多种。多开白色或浅红色花。如蓼蓝、红蓼、水蓼等。这里代指水草。

2021年秋日于北京

城头月
芭蕉秋雨

芭蕉叶上听秋雨㉠,瑟瑟频来顾㉠。

枯草萎黄,风吹叶落,满目凄凉处㉠。

夜来梦断三山路㉠,海浪惊魂渡㉠。

造化无凭,沧桑岁月,谁解伤迟暮㉠?

1. 城头月:词牌名。双调,共五十字,上、下片各五句、三仄韵。
2. 造化无凭:有时候造物主也不可信。

2021年秋日于北京

城头月

旧游如梦

梧桐细雨沙沙落,尽日添萧索。

荻草芦花,残荷败柳,久负烟霞约。

旧游如梦花香陌,慨叹人成各。

绿鬓苍颜,青丝白发,无奈销魂魄。

1. 久负烟霞约:很久没有亲近大自然了,辜负了与山水风光的约定。

2. 绿鬓苍颜,青丝白发:绿鬓变苍颜,青丝换白发。指人由青少年一下子就变成了迟暮老人。

2021年秋日于北京

忆汉月

暮秋清晓

明月照人清晓(韵),一夜愁思多少(韵)?

竹篁幽径洒新寒,菊蕊傲霜开早(韵)。

匆匆秋已暮,今又见、落红衰草(韵)。

年光偷换梦成空,应念古稀人老(韵)。

1. 忆汉月:词牌名,又名《望汉月》。原唐教坊曲名,后用作词调名。双调小令,前、后片各四句,共五十字。前片第一、二、四句和后片第二、四句押韵,押仄声韵。

2021年秋日于北京

惜分飞

悠悠湖水畔

忆昔悠悠湖水畔㉄,花径往来不断㉄。
夜幕星光淡㉄,却怜桥堍惊鸿现㉄。

岁月沧桑空眷念㉄,谁解愁思无限㉄?
寂寞常相伴㉄,梦云萦绕丝丝乱㉄。

1. 惜分飞:词牌名,又名《惜芳菲》《惜双双》等。双调,上、下片同调。上、下片各四句,共五十字。每句都押韵,押仄声韵。该词调以北宋毛滂词《惜分飞·泪湿阑干花着露》为正体。该词调变体很多,有五十二字、五十四字、五十六字等多种变格体。以下这三首《惜分飞》均依毛滂体。

2. 桥堍:桥两头靠近平地的地方。

2021年秋日于北京

惜分飞
沧桑流年度

劳燕分飞肠断处㉔,荏苒光阴无数㉔。
夜梦频来顾㉔,断魂难到天涯路㉔。

阅尽沧桑流年度㉔,岂奈人生多误㉔。
半世经风雨㉔,夕阳残照悲迟暮㉔。

  1. 劳燕分飞：《乐府诗集》中有南朝梁武帝萧衍的《东飞伯劳歌》，其开头两句是："东飞伯劳西飞燕，黄姑织女时相见。"世人遂以"劳燕分飞"为别离之词。劳：伯劳，亦称"博劳"，鸟名。黄姑：牛郎，牵牛星。附梁武帝萧衍的《东飞伯劳歌》："东飞伯劳西飞燕，黄姑织女时相见。谁家女儿对门居，开颜发艳照里闾。南窗北牖挂明光，罗帏绮箔脂粉香。女儿年几十五六，窈窕无双颜如玉。三春已暮花从风，空留可怜与谁同。"

2021年秋日于北京

惜分飞
秋暮塞雁归

苦雨凄风凋碧树,漠漠轻寒频顾。

衰草连云处,海天空阔关山路。

塞雁归时秋已暮,别绪离怀谁诉?

岁月难留住,奈何愁损流年误。

2021年秋日于北京

烛影摇红
细雨绵绵

细雨绵绵,小院深,寂寞里、愁心乱。

黄花凝露傲霜寒,谁似孤芳艳?

争奈柔情一片,梦难回、空怀眷念。

浪游无际,渺渺云天,茫茫秋雁。

---

1. 烛影摇红:词牌名,又名《忆故人》《归去曲》《秋色横空》等。宋吴曾《能改斋漫录》载,王诜有《忆故人》词,宋徽宗喜其词意但又觉得王词不够丰容婉转,遂令大晟乐府别撰新腔。周邦彦根据王词增损其意,取原词首句为名,谓之《烛影摇红》。这样,词调《烛影摇红》就有了王诜的令词和周邦彦的慢词两体。余这两首《烛影摇红》为令词。双调,共五十字。前、后片各五句,前片第三、五句和后片第一、二、五句押韵,押仄声韵。王诜原词为:"烛影摇红,向夜阑,乍酒醒、心情懒。尊前谁为唱阳关?离恨天涯远。无奈云沉雨散,凭阑干、东风泪眼。海棠开后,燕子来时,黄昏庭院。"

2021年秋日于北京

烛影摇红
落叶翩飞

落叶翩飞,沐晚秋,恰正是、风来骤㊌。

绵绵寒雨细如愁,无奈凄凉久㊌。

常念亲朋故旧㊌,远天涯、耽耽病酒㊌。

路遥心倦,泪眼观花,孤芳清瘦㊌。

1.常念亲朋故旧,远天涯、耽耽病酒:因怀念远离的亲朋故旧而时常借酒消愁。耽耽:沉溺。

2021年秋日于北京

望江东

南国情思

南国情思有多少[韵]？姹紫艳、嫣红好[韵]。
青山凝黛水波渺[韵]，夜雨细、晨风袅[韵]。

萍踪浪迹愁难了[韵]，却也是、无人晓[韵]。
依稀别梦梦颠倒[韵]，正秋暮、添烦恼[韵]。

1. 望江东：词牌名。该调为宋黄庭坚所制，取黄词中“望不见，江东路”句意作为词调名。双调小令，前、后片各四句，共五十二字。前、后片句句都押韵，押仄声韵。

2021年秋日于北京

醉红妆
秋夜凉

金风玉露夜生凉(韵),菊花开,吐暗香(韵)。

月华宁静照西窗(韵),人无寐,动忧伤(韵)。

年年漂泊水云乡(韵),浪游尽,惜流芳(韵)。

梦断魂销迟暮里,追往事,忘行藏(韵)。

1. 醉红妆:词调名。调见宋张先《张子野词》。因张词中有"一般妆样百般娇"及"郎未醉,有金貂"句,故取其意作词调名。此调为双调。前、后片各六句,共五十二字。前片第一、三、四、六句和后片第一、三、六句押韵,押平声韵。

2. 行藏:对有关名节的事情有所为有所不为的态度。《论语·述而》:"用之则行,舍之则藏。"后用来指出处或行止,又指来历。可理解为生活或行动的轨迹。

2021年秋日于北京

夜行船

岁月如流水

岁月一如流水㊼,鬓似雪、断魂憔悴㊼。
春花秋月几伤悲,看而今、落英飘坠㊼。

愁煞离人辛酸泪㊼,流光误、利名相累㊼。
苦雨凄风萧瑟处,叹浮生、哪堪回味㊼!

1. 夜行船:词牌名,又名《明月棹孤舟》。此调有五十五字、五十六字、五十八字等诸体。五十五字者以欧阳修词为正体,五十六字者以史达祖词为正体,五十八字者以赵长卿词为正体。其余或摊破句法,或句读参差,或添字,或添韵,均为变格。这首《夜行船·岁月如流水》依欧阳修体。双调,共五十五字。前、后片各四句、三仄韵。
2. 断魂:多形容哀伤、愁苦。有时也形容情深。
3. 落英:落花。

2021年秋日于北京

黄金缕

秋将暮

瑟瑟寒风吹碧树[韵]，枝叶凋零，恰是秋将暮[韵]。

望断人生漂泊路[韵]，天涯海角知何处[韵]？

凉月清光穿秀户[韵]，金兽兰香，脉脉琴音诉[韵]。

想得浪游离恨苦[韵]，暂凭杯酒流年度[韵]。

1. 黄金缕：词牌名，即《蝶恋花》。原为唐教坊曲，后用作词牌，本名《鹊踏枝》，后改为《蝶恋花》。又名《黄金缕》《凤栖梧》《卷珠帘》《明月生南浦》《细雨吹池沼》《鱼水同欢》《一箩金》《转调蝶恋花》等。此调为双调，前、后片同调。前、后片各五句，共六十字。前、后片除第二句不押韵外，其余各句都押韵，押仄声韵。此调以南唐冯延巳《蝶恋花·六曲阑干偎碧树》（一作晏殊词）为正体，另有变格体。该词调一般用来填写多愁善感和缠绵悱恻的内容，名篇颇多。代表作有李煜的《蝶恋花·遥夜亭皋闲信步》、晏殊的《蝶恋花·槛菊愁烟兰泣露》、欧阳修的《蝶恋花·庭院深深深几许》、柳永的《蝶恋花·伫倚危楼风细细》、苏轼的《蝶恋花·春景》、王国维的《蝶恋花·阅尽天涯离别苦》等。

2. 金兽兰香：兰麝的香气从兽形的铜香薰里悠悠地飘散出来。

2021年秋日于北京

黄金缕

魂断家山

忆昔悠悠沱水畔,抛别乡关,落拓情何限?
苦度人生如梦幻,从来未把身心念。

劳碌奔波归路远,风雨云烟,不管流年换。
又是月明秋暮晚,几回魂断家山恋。

2021年秋日于北京

一斛珠
久负烟霞

梧桐叶落,残荷败柳闲池阁。

秋风秋雨添萧索。

漠漠轻寒,惆怅销魂魄。

迟暮人生愁病弱,而今久负烟霞约。

旧游常忆花香陌。

岁月蹉跎,世海伤漂泊。

1. 一斛珠:词牌名。原唐教坊曲名,又名《醉落魄》《醉落拓》《怨春风》《章台月》等。《宋史·乐志》有《一斛夜明珠》。此为用旧曲另创新声。该调为双调,共五十七字,上、下片各五句、四仄韵。该调首句四字不能犯孤平,上、下片末句最后三字平仄要相同。此调以李煜词为正体,另有周邦彦、张先、黄庭坚、高观国、史达祖等诸体格式少异。《一斛珠》词调的来历故事:梅妃,姓江,名采萍,唐玄宗早期宠妃。由于江采萍非常喜爱梅花,玄宗赐名为"梅妃"。后因杨贵妃得宠而受到冷落,渐失宠。冬日,唐玄宗在赏雪之际看到满树梅花,想起梅妃,就命人给她送去一斛珍珠,梅妃作诗拒绝:"柳叶双眉久不描,残妆和泪污红绡。长门尽日无梳洗,何必珍珠慰寂寥。"唐玄宗看后,心中愧疚,便命人配曲演唱,后成为名动一时的歌曲《一斛珠》。梅妃后被贬入冷宫上阳东宫,据说其死于安史之乱,被人葬于宫中梅树下。民间传说其死后为梅花花神。这首《一斛珠·久负烟霞》依李煜体。

2021年秋日于北京

一斛珠
咏塞雁

天高云淡,月华宁静星光暗。

秋风吹送秋归雁。

岁岁年年,万里征程漫。

怜它飞鸟思高远,江南塞北连河汉。

翻山越岭心心念。

待到春来,列队苍穹现。

1. 这首《一斛珠·咏塞雁》依宋张先体。双调,共五十七字,上、下片各五句、四仄韵。

2. 漫:漫长。时间久或道路远。

2021年秋日于北京

越溪春
秋色无涯

飒飒西风凋碧树,秋色漫无涯(韵)。

远山笼黛苍茫处,看夕阳、天映云霞(韵)。

衰草寒烟,昏鸦数点,霜染黄花(韵)。

人生几许年华(韵)?纷乱亦如麻(韵)。

奈何愁损落拓倦客,谁知事事堪嗟(韵)。

三盏两杯清浊酒,明月照窗纱(韵)。

1. 越溪春:词牌名。调见宋欧阳修《六一居士词》。因其词中有"春色遍天涯,越溪阆苑繁华地"句,故取作词调名。盖意赋越溪春色。此调为双调,共七十五字。前片七句、三平韵,后片六句、四平韵。

2. 愁损落拓倦客:对于厌倦了四处漂泊、一生坎坷寥落之人来说,忧愁悲伤是会损伤精神和身体的。

2021年秋日于北京

越溪春
怀南国

九月十八霜降日，天气晚来秋㊎。

月华淡淡清风过，竹影动、人在高楼㊎。

兰麝飘香，琴音脉脉，余韵悠悠㊎。

天涯海角漂流㊎，何事惹新愁㊎？

眷怀南国一梦再梦，离情别绪难收㊎。

长夜幽思无寐，依依顾恋心头㊎。

1. 这首《越溪春·怀南国》依明代夏言体。欧阳修的《越溪春》下片最后两句为七字句和五字句，夏言的《越溪春》下片最后两句为两个六字句。
2. 九月十八霜降日：2021年农历九月十八是霜降。
3. 收：收拾；收起，结束。
4. 依依：留恋，不忍分离。

2021年霜降日于北京

看花回

小院秋光

淡淡花香菊蕊黄(韵),轻锁寒凉(韵)。

竹篁幽径梧桐落,小院深、玉露银霜(韵)。

清风吹细雨,寂寞彷徨(韵)。

碌碌无为百事忙(韵),坎坷行藏(韵)。

岁华如水流光去,负芳年、一梦黄粱(韵)。

赏心何处是?飞鹤云乡(韵)。

1. 看花回:词牌名。琴曲有《看花回》,调名本于此。此调有两体,六十八字者始自柳永,一百零一字者始自黄庭坚。这首《看花回·小院秋光》依柳永体。双调,共六十八字。前、后片各六句、四平韵。

2. 一梦黄粱:黄粱一梦。黄粱梦,唐沈既济《枕中记》叙述卢生在邯郸旅店中遇一道士吕翁,自叹穷困。吕翁给他一个枕头,让他睡觉。这个时候,店主人刚做上一锅黄米饭。卢生在睡梦中享尽了荣华富贵,一觉醒来,黄米饭还没熟。后用"黄粱一梦"这个成语比喻荣华富贵如梦一般,短促而虚幻。也比喻虚幻不能实现的梦想。黄粱梦,地名今尚在,在邯郸北郊。

2021年秋日于北京

风入松

江河湖海问行藏

残荷败柳小池塘㊙,菊蕊娇黄㊙。

云光度影楼头月,晚来秋、风竹摇窗㊙。

夜露偏凝衰草,朝霞正映清霜㊙。

江河湖海问行藏㊙,一任彷徨㊙。

酒朋诗侣文章客,尽飘零、几缕忧伤㊙。

可叹人生苦短,萍踪浪迹他乡㊙。

1. 风入松:词牌名,又名《风入松慢》《远山横》。古琴曲有《风入松》,传为晋嵇康所作,唐人释皎然有《风入松歌》,调名取于此。该词调以宋晏几道的七十四字体和吴文英的七十六字体为正体。七十二字、七十三字者为减字体。这首《风入松·江河湖海问行藏》为七十四字体,依晏几道的《风入松·柳阴庭院杏梢墙》而填。双调,前、后片各六句、四平韵。前、后片第二句为四字句。

2021年秋日于北京

风入松
小楼迟暮独凭阑

小楼迟暮独凭阑(韵),遥望水云间(韵)。

夕阳正映秋归雁,沐晚霞、轻笼寒烟(韵)。

离恨欲题红叶,月华偏照婵娟(韵)。

相思无限夜无眠(韵),滴漏送更残(韵)。

浮生寥落知何处？任东西、南北流迁(韵)。

谁念茕茕游子,寄情湖海江天(韵)。

1. 这首《风入松·小楼迟暮独凭阑》为七十六字体,依宋吴文英的《风入松·邻舟妙香》而填。双调,前、后片各六句、四平韵。前、后片第二句为五字句。

2. 离恨欲题红叶：红叶题诗。关于红叶题诗的故事,最早是在唐代,且有多个版本。现举两个于下：

其一：相传在唐天宝年间的一个秋天,身在洛阳的年轻诗人顾况在御苑边的流水旁休息,拾得从宫女居所上阳宫的水道流向下水池的一片红叶。叶面上有宫女题写的一首哀怨的诗："一入深宫里,年年不见春。聊题一片叶,寄与有情人。"顾况得诗,爱意萌动,随即也赋诗一首题于红叶上："愁见莺啼柳絮飞,上阳宫女断肠时。君恩不禁东流水,叶上题诗寄与谁？"并将此红叶从御苑另一边的上水池传进宫内。几天以后,顾况又从别人处得到了一片从水中捡到的红叶,上面题诗："一叶题诗出禁城,谁人酬和独含情？自嗟不及波中叶,荡漾乘风取次行。"后来,二人经常凭借红叶题诗传送爱恋的心声。不久发生了安史之乱,顾况趁战乱找到了那位与他传诗的宫女,二人一起逃出上阳宫,后结为连理并白头偕老。从此红叶被视为坚贞不渝的爱情的象征而传咏至今。这则甜美的爱情故事也被称作"下池轶事"而在古城洛阳流传。

其二:唐僖宗时,书生于佑偶然在御沟得到一片红叶,上面题有绝句:"流水何太急,深宫尽日闲。殷勤谢红叶,好去到人间。"于佑将红叶藏在书箱内,自此终日思念,还另取红叶题诗:"曾闻叶上题红怨,叶上题诗寄阿谁?"自御沟上流使其流入宫中。后来宫中放出的韩姓宫女嫁给了于佑。婚后,她在丈夫的书箱里无意中发现了这片题诗的红叶,大吃一惊,原来她就是当年题诗的宫女。当二人出示所藏红叶时,相对感动落泪,以为天意撮合。韩氏写诗咏其事:"一联佳句题流水,十载幽思满素怀。今日却成鸾凤友,方知红叶是良媒。"世间的缘分,竟然如此奇妙。这个传奇甚至连僖宗皇帝也有所耳闻,宰相张濬还曾作诗吟咏这段人间佳话。于是,后世诗人也多用这个典故比喻男女间奇妙的姻缘。故事见鲁迅校录的《唐宋传奇集》中的《流红记》。为宋代文言传奇小说,作者宋张实。最早载于《青琐高议前集》卷五。

3. 月华:月光;皎洁的月光。

4. 婵娟:形容姿态美好。古诗文里多用来形容女子,也形容月亮、花等。泛指美好。

2021年秋日于北京

迟暮吟(之一)

游目骋怀上小楼(韵),天高云淡晚来秋(韵)。

漫山红叶轻岚动,遍地黄花薄雾流(韵)。

浩浩青冥归塞雁,悠悠江水送行舟(韵)。

清风阵阵吹白发,笑对人生迟暮愁(韵)。

2021年晚秋于南京

迟暮吟（之二）

晚沐苍烟落照风，两京三地问行踪。

几番览胜名园里，数度寻幽古寺中。

念念友朋怀故旧，浓浓血脉恋亲情。

而今又作飘零客，迟暮人生一梦空。

1.晚沐苍烟落照风，两京三地问行踪：余的家乡在河北省石家庄市，两个孩子，一个定居北京，一个居住在南京。迟暮之年，余夫妻常年奔波往来于这两京三地间，忙忙碌碌，不知何为。

2021年晚秋于南京

青玉案

月好金波淡

今宵月好金波淡㈣,夜如昼、惊乌散㈣。

玉树生凉黄叶乱㈣。

露滑霜冷,寒风拂面㈣,寂寞梧桐院㈣。

清光不解离人愿㈣,犹记相逢画桥畔㈣。

含恨和羞空眷念㈣。

春风一度,秋光无限㈣,岂奈流年换㈣。

1. 青玉案:词牌名,又名《横塘路》《西湖路》《一年春》《青莲池上客》等。青玉案之名,源自东汉末年张衡的《四愁诗》:"美人赠我锦绣缎,何以报之青玉案。""案",古时盛食物用的有足的托盘。该词调为宋代著名的词调之一,大多表达悠远绵长、曲折迂回、温婉悲凉的情思。《青玉案》以贺铸词《青玉案·凌波不过横塘路》为正体。双调,共六十七字。前、后片各六句、五仄韵。该词调共有十二种变体之多,有六十六字、六十七字、六十八字、六十九字等变体,均为双调,名篇颇多。如苏轼词、毛滂词、史达祖词、吴潜词、胡铨词、李清照词、辛弃疾词、吴文英词、张炎词、曹组词、赵长卿词等,俱为名篇。余的这一组《青玉案》词共五首,两首依贺铸体,两首依苏轼体,一首依毛滂体。这首《青玉案·月好金波淡》依贺铸体。双调,共六十七字。前、后片各六句、五仄韵。前、后片第五句押韵。附贺铸词《青玉案·凌波不过横塘路》:"凌波不过横塘路,但目送、芳尘去。锦瑟华年谁与度?月楼花院,绮窗朱户,惟有春知处。碧云冉冉蘅皋暮,彩笔空题断肠句。试问闲愁知几许?一川烟草,满城风絮,梅子黄时雨。"

2. 金波:月光。

3. 惊乌:夜间受惊乱飞乱叫的乌鸦,或指夜间受惊的鸟雀。

4. 清光:清凉的月光。

2021年晚秋于南京

青玉案
风雨梧桐落

西风吹雨梧桐落㈭,小院静、闲池阁㈭。

亭榭萧然寒漠漠㈭。

东篱西苑,菊开香陌㈭,正是秋光烁㈭。

烟霞有约今非昨㈭,海角天涯苦漂泊㈭。

往事依稀频梦觉㈭。

旧游沉寂,机缘过却㈭,一任销魂魄㈭。

1. 这首《青玉案·风雨梧桐落》依贺铸体。双调,共六十七字。前、后片各六句、五仄韵。前、后片第五句押韵。

2021年晚秋于南京

青玉案
客江南

数年来往金陵路(韵),故园梦、知何处(韵)?

世海沧桑风雨度(韵)。

春花秋月,画桥烟柳,美景留人住(韵)。

光阴荏苒匆匆去(韵),老迈茕茕岁华暮(韵)。

为问闲愁愁几许(韵)?

一江烟水,荻芦衰草,隐隐南山树(韵)。

1. 这首《青玉案·客江南》依苏轼体。双调,共六十七字。前、后片各六句、四仄韵。苏轼词与贺铸词相同,唯前、后片第五句不押韵。附苏轼词《青玉案·和贺方回韵送伯固归吴中故居》:"三年枕上吴中路,遣黄耳、随君去。若到松江呼小渡。莫惊鸥鹭,四桥尽是,老子经行处。辋川图上看春暮,常记高人右丞句。作个归期天已许。春衫犹是,小蛮针线,曾湿西湖雨。"黄耳:晋陆机所养黄犬名。小蛮:白居易的家妓名,喻指苏轼的侍妾朝云。

2021年晚秋于南京

青玉案
花开花落

花开花落匆匆了(韵),去无迹、云缥缈(韵)。

风雨流年华发早(韵)。

萍踪鸿影,蹉跎岁月,往事牵烦恼(韵)。

酸甜苦辣知多少(韵)? 阅尽人生运乖巧(韵)。

相伴夕阳无限好(韵)。

时光流逝,放平心态,淡定从容老(韵)。

1. 这首《青玉案·花开花落》依苏轼体。双调,共六十七字。前、后片各六句、四仄韵。苏轼词与贺铸词相同,唯前、后片第五句不押韵。辛弃疾词即依苏轼体。辛词为该词调中之名篇。附辛弃疾词《青玉案·元夕》:"东风夜放花千树,更吹落、星如雨。宝马雕车香满路。凤箫声动,玉壶光转,一夜鱼龙舞。蛾儿雪柳黄金缕,笑语盈盈暗香去。众里寻他千百度。蓦然回首,那人却在,灯火阑珊处。"

2021年晚秋于南京

青玉案
清光穿朱户

清光依旧穿朱户(韵),正冷落、人何处(韵)?

衰草黄花秋色暮(韵)。

碧天空阔,远山凝黛,漠漠云烟树(韵)。

数年漂泊江南路(韵),却也是、愁难诉(韵)。

想得浪游离恨苦(韵)。

夜听更漏,忧思枕上,惆怅流年度(韵)。

1.这首《青玉案·清光穿朱户》依毛滂体。双调,共六十六字。前、后片各六句、四仄韵。毛滂词与苏轼词相同,唯后片第二句作六字折腰句法异。附:毛滂词《青玉案·芙蕖花上蒙蒙雨》:"芙蕖花上蒙蒙雨,又冷落、池塘暮。何处风来摇碧户。卷帘凝望,淡烟疏柳,翡翠穿花去。玉京人去无由驻,忍独在、凭阑处。试问绿窗秋到否。可人今夜,新凉一枕,无计相分付。"翡翠:鸟名。

2.枕上:意即梦中。

2021年晚秋于南京

破阵子
雨打梧桐叶落

雨打梧桐叶落,天高云淡风轻(韵)。

败柳残荷池苑静,老树昏鸦秋月明(韵)。

愁思寂寞生(韵)。

半世萍踪鸿影,一生浪迹流形(韵)。

家国担当年少事,社稷兴衰迟暮情(韵)。

可怜一梦空(韵)!

1. 破阵子:词牌名,又名《十拍子》等,唐教坊曲名。唐教坊曲《秦王破阵乐》为唐开国时所创大型武舞曲,震惊一世。此曲包括三变,每变为四阵,共十二阵五十二遍。以讨叛为主题,歌颂唐太宗讨伐四方之武功。唐代所传《破阵乐》之辞有五言四句、七言四句、六言八句三体。后用作词调名。此调截取自舞曲,适应题材较广泛,并不仅限豪放悲壮之词,亦有婉约缠绵之作。此调为双调,上、下片同调,共六十二字。上、下片各五句、三平韵。此调以宋晏殊词《破阵子·海上蟠桃易熟》为正体,代表作有南唐李煜的《破阵子·四十年来家国》、晏殊的《破阵子·燕子来时新社》、晏几道的《破阵子·柳下笙歌庭院》、辛弃疾的《破阵子·为陈同甫赋壮词以寄》等。

2021年晚秋于南京

破阵子
塞雁归时秋暮

塞雁归时秋暮,西风几度辛凉(韵)。
菊蕊凌寒花结露,竹影摇窗叶带霜(韵)。
荻芦百草黄(韵)。

昨夜长街买醉,今朝小院传觞(韵)。
抛却逐名追利事,不慕温柔富贵乡(韵)。
浮生一梦长(韵)。

2021年晚秋于南京

破阵子

少小曾怀旧梦

少小曾怀旧梦，而今病老残身[韵]。
零落飘飖风物在，坎坷消磨心志存[韵]。
可怜白发新[韵]。

世海沧桑一度，人间际会缤纷[韵]。
荏苒光阴悲寂寞，昼夜晨昏宜自珍[韵]。
愁心论古今[韵]。

1. 风物：风光景物。

2. 际会：遇合。如风云际会。

3. 愁心论古今：忧古愁今。

2021年晚秋于南京

御街行
梧桐叶落潇潇雨

梧桐叶落潇潇雨㈠,荻蓼风飘絮㈠。

小池滢澈碧荷残,败柳羞摇丝缕㈠。

秋光烁烁,寒凉漠漠,萧瑟侵寰宇㈠。

阑干独倚慵归去㈠,惆怅如烟聚㈠。

年年浪迹在天涯,常忆酒朋诗侣㈠。

眉头心上,忧思萦乱,试问情何许㈠?

1. 御街行:词牌名,又名《孤雁儿》,以柳永词《御街行·圣寿》和范仲淹词《御街行·秋日怀旧》为正体。柳词七十六字,范词七十八字。该调为双调,前、后片各七句、四仄韵。另有双调七十六字、七十七字、七十八字、八十字、八十一字等变格体。御街:京城中皇帝巡行的街道叫御街,也称天街。调名本意为京城天街上皇帝御驾出行的情况。余的这一组《御街行》词共四首,两首依柳永体,两首依范仲淹体。这首《御街行·梧桐叶落潇潇雨》和下一首《御街行·残荷败柳池塘畔》依柳永体。双调,共七十六字。前、后片各七句、四仄韵。前、后片第二句为五字句。

2. 慵:慵懒,困倦。

3. 情何许:情是什么呢?"问世间情为何物,直教人生死相许。"何许:指什么。可引申为哪里、何处、何时等。语出《后汉书·陈留老父传》:"陈留老父者,不知何许人也。"

2021年晚秋于南京

御街行
残荷败柳池塘畔

残荷败柳池塘畔(韵),小院秋光现(韵)。

芦花蓼草叶枯黄,飞絮空中飘散(韵)。

窗前竹影,篱旁菊韵,天外来归雁(韵)。

旧游如梦愁思乱(韵),有梦还惊断(韵)。

离人枕上漏声残,思绪百回千转(韵)。

年年岁岁,寒凉自顾,唯有心心念(韵)。

1. 寒凉自顾:在凄凉愁苦的境况下自己照顾自己。

2021年晚秋于南京

御街行
凉风瑟瑟蛩声细

凉风瑟瑟蛩声细(韵)，黄叶落、霜华地(韵)。

云光缥缈月西沉，星淡银河迢递(韵)。

寒烟衰草，一阶清露，萧瑟秋无际(韵)。

江南塞北人千里(韵)，更忍对、家如寄(韵)。

飘飘零落浪萍踪，谙尽人生如戏(韵)。

悠悠往事，都来心上，愁损应无计(韵)。

1. 这首《御街行·凉风瑟瑟蛩声细》和下一首《御街行·西风阵阵吹寒树》依范仲淹体。双调，共七十八字。前、后片各七句、四仄韵。前、后片第二句作六字折腰句法。

2. 霜华地：暮秋清晨，院子里的地上、树上都结满了霜华。

3. 忍对：不忍面对。

4. 愁损：往事不堪回首，回想起来，忧愁无奈，只会损伤精神和身体。

2021年晚秋于南京

御街行

西风阵阵吹寒树

西风阵阵吹寒树[韵],恰正是、秋将暮[韵]。
凭阑凝望碧云天,烟雨楼台无数[韵]。
重峦叠嶂,水村山郭,江渚连津渡[韵]。

清光到晓穿朱户[韵],叹今夕、人何处[韵]?
惊乌啼月夜生凉,缭乱离情幽愫[韵]。
魂牵梦断,家山安在,只有愁如故[韵]!

1. 清光;皎洁明亮的光辉。多指月光,清凉的月光。
2. 幽愫:隐藏在内心深处的真情、情感、情怀。

2021年晚秋于南京

愁　吟

几多风雨几多愁(韵)，谁料沧桑岁月愁(韵)。

少小曾经丧乱苦，青春又遇辍学愁(韵)。

壮年坎坷谋生计，迟暮龙钟伴客愁(韵)。

往事不堪回首望，泪滴心上莫言愁(韵)。

1. 愁吟：迟暮年华，流寓江南。除夕之夜，守岁过年。忽忆人生往事，感慨万千。随口念来，遂有此"愁吟"之诗。此诗概括了余一生四个阶段的生活状况，恰又遇年关，心生悲凉。全诗各韵脚处均以"愁"字为韵。

2022年元月31日（农历除夕之夜）于南京

年夜思故园

风雨故园逾百年㊣,沧桑岁月老苍颜㊣。

门楣陈旧楹联在,庭院清幽古韵传㊣。

几世克勤犹克俭,一生积善亦积缘㊣。

烟消云散知何处？往事悠悠夜不眠㊣。

2022年元月31日(农历除夕之夜)于南京

春日过扬州

沃野平畴一望收^①，春风吹送过扬州^②。

粉墙黛瓦繁华聚，翘角飞檐富贵流^③。

湖水悠悠涵碧玉，箫声袅袅泛兰舟^④。

五亭桥下泠泠月，唤起离人心上愁^⑤。

1. 春日过扬州：2022年2月4日，农历正月初四，立春之日，余阖家乘高铁作扬州游，故言"春日过扬州"。

2. 一望收：一眼望去，景物尽收眼底。

3. 粉墙黛瓦、翘角飞檐：扬州老城街道房屋的建筑样式。

4. 湖水：扬州著名的国家5A级风景名胜区瘦西湖。

5. 箫声袅袅：二十四桥是瘦西湖及扬州的著名景点，是古代桥梁建筑的杰作。《扬州鼓吹词》云："是桥因古之二十四美人吹箫于此，故名。"关于二十四桥一般有两种说法。一说唐时扬州城内水道纵横，桥梁众多，共有二十四座桥。一说桥名"二十四"，或称二十四桥。据《扬州画舫录》录十五载："二十四桥即吴家砖桥，一名红药桥，在熙春台后。"红药桥之名出自姜夔词《扬州慢》："二十四桥仍在，波心荡，冷月无声。念桥边红药，年年知为谁生？"世人多依此说。唐代著名诗人杜牧的诗《寄扬州韩绰判官》即咏此桥："青山隐隐水迢迢，秋尽江南草未凋。二十四桥明月夜，玉人何处教吹箫？"新修建的二十四桥在瘦西湖内熙春台后，由落帆栈道、单孔拱桥、九曲桥及吹箫亭组成。桥中间的玉带状拱桥长24米，宽2.4米，桥上下两侧各有24个台阶，围以24根白玉栏杆和24块白玉栏板，均与24有关，故名二十四桥。

6. 五亭桥：五亭桥有"中国最美的桥"之称，位于扬州市瘦西湖内。五亭桥始建于清乾隆二十二年(1757年),仿北京北海的五龙亭和十七孔桥而建,具有极高的桥梁工程技术和艺术水平。其最大的特点是阴柔阳刚的完美结合,南秀北雄的有机融合。该桥建于莲花堤上,所以又叫"莲花桥"。桥的造型秀丽,上建五亭,挺拔秀丽的风亭就像五朵冉冉出水的莲花,黄瓦朱柱,配以白色栏杆,亭内彩绘藻井,富丽堂皇。桥下列四翼,共有15个券洞,彼此相通。每当皓月当空,各洞衔月,金色荡漾,众月争辉,倒挂湖中,可谓一大奇观。亭外悬挂风铃,清风吹来,风铃叮叮咚咚响个不停,美妙异常。正如清人黄惺庵在《望江南·扬州好·五亭桥》中所赞:"扬州好,高跨五亭桥。面面清波涵月影,头头空洞过云桡。夜听玉人箫。"如果把瘦西湖比作一个婀娜多姿的少女,那么五亭桥就是少女身上那条华美的腰带。五亭桥不但是瘦西湖的标志,也是古城扬州的象征。

2022年2月4日(农历正月初四立春日)于扬州

踏雪寻梅

春风吹送过江云㊣，古寺寻梅踏雪痕㊣。

宫粉胭脂开绛蕊，玉蝶照水作琼林㊣。

清香漫洒娇羞韵，疏影轻摇淡雅魂㊣。

一树独先钟造化，笑迎秀色满乾坤㊣。

1. 春风吹送过江云：意指春天已经来到了江南。

2. 宫粉胭脂开绛蕊，玉蝶照水作琼林：宫粉、胭脂、玉蝶、照水，均是梅花品种，这里用以代指众多的各种梅花。宫粉梅、胭脂梅属红梅，玉蝶梅、照水梅属白梅。世界上现已发现和培育的梅花有三百多种，根据花色，梅花可分为白梅、绿梅、红梅、粉梅、黄梅等几种。著名的品种有宫粉、朱砂、玉蝶、绿萼、胭脂、照水、龙游、洒金（跳枝）、垂枝、长枝、送春、江梅、美人梅、黄香梅、猩猩红、千叶红等珍贵品种。人们比较公认的十大梅花品种为：宫粉梅、朱砂梅、玉蝶梅、绿萼梅、照水梅、黄香梅、洒金梅、龙游梅、美人梅、垂枝梅。

3. 一树独先钟造化：梅花独受大自然的钟爱，凌寒傲雪，一树独春，为二十四番花信之首。

2022年2月7日（农历正月初七人日）于南京

梅开窗前

一枝疏影洒苍台(韵)，傲雪凌寒独自开(韵)。

莫问春光何处是，时时风送暗香来(韵)。

2022年2月9日于南京

咏梅绝句十二首（之一）

宫粉梅

初经烟雨又临风[韵]，一树深红伴浅红[韵]。

秀雅端庄暗香动，凌寒绽艳把春迎[韵]。

1. 宫粉梅：又称红梅。宫粉梅属于梅花品系中真梅系直枝梅类宫粉型。其花复瓣至重瓣，呈或深或浅的红色。宫粉梅是观赏型梅花，树姿古朴，开花繁密，花素雅秀丽，尤其难得的是能散发出较为浓郁的香气。花在冬季或早春于叶前开放，属早梅。

2022年孟春于南京

咏梅绝句十二首（之二）
朱砂梅

娇艳欲滴骨里红①，凝妆烁烁傲春风①。

枝条舒展芳姿俏，一似佳人入画屏①。

1. 朱砂梅：朱砂梅俗称骨里红，为真梅系直脚梅类，枝条直伸或斜展，不下垂成拱形也不扭曲。先长叶后开花，花单瓣、重瓣或半重瓣，多层、多枚，疏叠，呈紫红色或深红色，香味较浓。新生小枝木质部呈深红色或淡紫红色，即人们所说的"骨里红"，这是朱砂梅最主要的特征。

2022年孟春于南京

咏梅绝句十二首（之三）
绿萼梅

黄蕊白花绿萼裳韵，斜枝疏影正当窗韵。

冰肌玉骨凌寒俏，却把幽香伴晓妆韵。

1. 绿萼梅：俗称绿梅，因其萼绿花白、小枝青绿而得名。它属于梅花品系中真梅系直枝梅类绿萼型，是梅花品系中的佼佼者，也是最有君子气质的梅花。花先于叶开放，花萼为绿色，花瓣碟形，有单瓣、重瓣和复瓣之分，花色洁白，香气浓郁。

2022年孟春于南京

咏梅绝句十二首（之四）
玉碟梅

晶莹剔透玉玲珑,傲骨芬芳满苑生。

阵阵春风疏影动,群蝶飞上万花丛。

1. 玉碟梅：亦称玉蝶梅。花碟形,亦近蝶形,重瓣,白色,偶有粉红色,花萼绛紫色或红褐色,有些品种的花萼为绿色或绿紫色。花先于叶开放,香味浓郁。花期为冬春季,属早梅。玉碟梅的品种很多,如玉碟、粉碟、紫蒂白等。

2022年孟春于南京

咏梅绝句十二首（之五）
美人梅

娇羞粉嫩美人梅㈠，荡漾春光为底谁㈠？

灿若朝霞花烂漫，和风细雨竞芳菲㈠。

1. 美人梅：美人梅为园艺杂交种，由重瓣粉型梅花与红叶李杂交而成。叶呈紫红色，花呈粉红色或浅紫色，花态近蝶形，重瓣，层层疏叠，先于叶开放，着花繁密。花期春季，一般在3月中旬至4月中旬。花有香味，但非典型梅香。

2022年孟春于南京

咏梅绝句十二首（之六）
照水梅

寒枝照影水中花㉑，疏落参差证物华㉑。

一似佳人临玉鉴，寿阳何事不还家㉑？

1. 照水梅：照水梅树冠高大开张，枝繁叶茂。花白色，5瓣单层排列，花萼5片，深紫红色。1月中旬盛开，属早梅。照水梅果大，可食率高，且富含果酸、维生素C等。

2022年孟春于南京

咏梅绝句十二首（之七）
胭脂梅

胭脂娇艳作奇葩(韵)，自是梅中第一家(韵)。

人面桃花谁不爱，春风过处看流霞(韵)。

1. 胭脂梅：在各种色彩中，有一种色彩叫胭脂，这种色彩的梅花就叫胭脂梅，也称之为"人面桃花"。其花重瓣，层层叠叠，白里透红，粉里透白，晶莹剔透，美艳至极。其色彩确与桃花相似，可谓是梅中极品。

2. 春风过处看流霞：漫山遍野，梅花盛开，娇艳的梅花美艳至极，在春风的吹拂下，恰似轻轻晃动的五彩云霞。

2022年孟春于南京

咏梅绝句十二首(之八)

龙游梅

宛若游龙不定形[韵],扭曲盘绕自天成[韵]。

堪为盆景出精品,金玉堂前雅兴浓[韵]。

1. 龙游梅:梅的枝姿可分为3种类型,即直枝梅、垂枝梅和龙游梅。枝条自然直上的为直枝梅,枝条自然下垂的为垂枝梅,枝条自然扭曲的为龙游梅。龙游梅枝干自然扭曲,树冠散曲自然,宛若游龙。其花复瓣,其色雪白。既可赏花又可赏枝,是难得的盆景上品。龙游梅为梅中珍品,品种甚少,只有玉碟龙游梅一个品种,极为珍贵。

2022年孟春于南京

咏梅绝句十二首（之九）
黄香梅

灿灿盈盈淡雅黄㊻，着花繁密吐芬芳㊻。

探梅须在惊蛰日，细雨蒙蒙满苑香㊻。

1. 黄香梅：属真梅系直枝梅类黄香型梅花。其花单瓣、复瓣或重瓣，淡黄色，萼绛紫色。黄香梅品种不多，且都不易结实。黄香梅的黄色不是人们想象中的黄，而是一种"似黄非黄，似白非白"之色，而且此种颜色一般在花蕾期和含苞待放时才具有，而盛开时的花几乎为白色。因此，黄香梅的有些复瓣或重瓣品种，易与玉碟梅搞混，有些单瓣品种易与江梅搞混。所以培育出真正黄色的梅花，正是人们所期盼的。

2022年孟春于南京

咏梅绝句十二首(之十)

洒金梅

一束白花几朵红[韵],跳枝潇洒漫摇风[韵]。
斑斑点点招人爱,冷艳芳华韵不同[韵]。

1. 洒金梅:又称跳枝梅。洒金梅属梅花品系中直枝梅类洒金型。其花色奇特,而且大多数开花繁密,枝型紧凑,适宜做盆景及切花。花单瓣、复瓣或重瓣,花色以白色为主,但每朵白花上必洒红条或红斑,有时一束白花枝跳出几片红瓣,甚至一树可跳出几枝红花。这跳出的红花枝不再变化,此后一直开红花。洒金型梅花品种不多,仅有近十个品种。

2022年孟春于南京

咏梅绝句十二首（之十一）
垂枝梅

树姿潇洒漫垂枝(韵)，疏影婆娑梦醒迟(韵)。

色彩缤纷流逸韵，花开如瀑正当时(韵)。

1. 垂枝梅：垂枝梅是枝条自然下垂或斜垂的一类品种，其枝条自然下垂，树姿潇洒飘逸，花有红、粉、白各色，花开如瀑，是梅花中的优良品系。主要品种有残雪垂枝、单碧垂枝、双碧垂枝、骨红垂枝、锦红垂枝、粉皮垂枝等。

2022年孟春于南京

咏梅绝句十二首（之十二）
别角晚水

镇山之宝艳无双(韵)，玉瓣层叠散异香(韵)。

花色水红佳丽俏，年年不负寿阳妆(韵)。

1. 别角晚水：属梅花品系中真梅系直脚梅类宫粉型，花期一般在2月下旬至3月上旬。此种梅花复瓣性很强，一朵小花上甚至能够达到45片花瓣，花浅碗型，层层紧叠，内有碎瓣婆娑飞舞，花色水红。其色艳、香浓，清香幽雅，是十分珍稀的梅花品种。其为梅花院士陈俊愉先生于1993年在南京梅花山发现，全国独此一株，极为珍贵，为南京梅花山的镇山之宝。

2022年孟春于南京

咏香雪兰

花似百合叶若兰[韵]，端庄素雅惹人怜[韵]。

馨香馥郁亭亭立，莫把娇羞作水仙[韵]。

1. 香雪兰：香雪兰是百合目、鸢尾科、香雪兰属多年生球根草本花卉。叶剑形或条形，花茎直立，花直立无梗，淡黄色或黄绿色，清香幽雅。主要品种有淡紫色的“蓝姐”，鲜黄色的“奶油杯”，红色的“快红”，白色的“优美”和橙色的“春日”等。此花原产非洲南部。因其花色纯白如雪，花香清幽似兰，故得名香雪兰。香雪兰花似百合，叶若兰蕙，花色素雅，玲珑清秀，香气浓郁，开花期长，是人们喜爱的冬季花卉。其主要供观赏，花可提取香精。

2022年孟春于南京

忆江南

扬州好·春风过扬州

扬州好，碧野正春风㈱。

稻麦青青杨柳绿，小桥流水杏花红㈱。

其乐自融融㈱。

  1. 忆江南：词牌名。为唐李德裕镇浙日，为亡妓谢秋娘所撰，本名《谢秋娘》，后改《望江南》。后又因白居易词中有"能不忆江南"句，而改名为《忆江南》。此调有单调、双调不同格体。余的这一组小令《忆江南》共十五首，为咏古城扬州风光而作，俱为单调，五句，二十七字，第二、四、五句押韵，均用平声韵。

  2. 扬州：古称广陵、江都、维扬，建城史可上溯至公元前486年，距今已有2500年的历史。扬州地处江苏省中部，长江与京杭大运河交汇处，是南京都市圈紧密圈城市和长三角城市群城市，国家重点工程南水北调东线水源地。扬州历史悠久，文化璀璨，商业昌盛，人杰地灵，有着"淮左名都，竹西佳处"之称。扬州被誉为"扬一益二"，有"月亮城"的美誉。曾有诗赞道："天下三分明月夜，二分无赖是扬州"。扬州又有着中国运河第一城的殊荣，是中国首批历史文化名城。在中国历史上，扬州因其独特的地理位置和优越的自然环境，自汉至清几乎经历了通史式的繁荣，并伴随着文化的兴盛。具体而言，扬州在经济上曾有过三次鼎盛，第一次是在西汉中叶，第二次是隋唐至赵宋时期，第三次是明清时期。总体上，扬州城市的繁荣总是和整个国家的盛世重合。隋唐、明清时期的扬州，财富、资本高度集中，是整个中国乃至东亚地区资本最为集中的地区，是规模最大的金融中心。扬州，宜清风、宜月色、宜微雨、宜美食。也只有到了柳絮纷飞、烟雨蒙蒙之时，扬州的婉约才能衬托出来。这个娴静的苏中小城,即使只用步行去欣赏也不会太累,和古时的扬州相比,她淡去了"腰缠十万贯,骑鹤上扬州"的气派,略去了"十年一觉扬州梦,赢得青楼薄幸名"的浮华,如今已归于澹泊平静。如果将历史比作一个花枝招展的少女,那么扬州就是她头上最美艳的花簪。

2022年春日于南京

忆江南

扬州好·扬州明月夜

扬州好,婉约亦温柔㈲。

天下三分明月夜,二分无赖是扬州㈲。

处处尽风流㈲。

1. 婉约:委婉含蓄。又指柔美。

2. 天下三分明月夜,二分无赖是扬州:天下明月的光华有三分吧,可爱的扬州啊,你竟然占去了两分。故而,"二分明月"就成了扬州的代称,扬州也就有了"月亮城"的美誉。这两句话出自唐代徐凝的诗《忆扬州》:"萧娘脸薄难胜泪,桃叶眉尖易觉愁。天下三分明月夜,二分无赖是扬州。"萧娘:南朝以来,诗词中的男子所恋的女子常被称为萧娘,女子所恋的男子常被称为萧郎。无赖:无奈;无可奈何。在《忆扬州》这首诗里,无赖的本意是可爱,却反说它无赖,无赖正是爱惜的反话。无赖也有可爱、可喜意。

2022年春日于南京

忆江南

扬州好·瘦西湖

扬州好,难忘瘦西湖(韵)。

碧水悠悠涵月影,兰舟点点洒瑶珠(韵)。

风韵美流图(韵)。

1. 瘦西湖:瘦西湖位于扬州市的西北隅,是由隋、唐、五代、宋、元、明、清等不同时代的城濠连缀而成的带状景观,主要是唐罗城、宋大城的护城河遗迹,并始终与大运河保持着水源相通的互动关系。瘦西湖南起北城河,北抵蜀冈脚下,面积480多亩,长4.3公里,平均宽70~80米,最宽处约140米,水深约1.5米。瘦西湖在清代康乾时期已形成基本格局,有"园林之盛,甲于天下"之誉。瘦西湖主要有14大景点,包括五亭桥、二十四桥、大虹桥、熙春台、观音寺白塔、小金山、徐园、万花园、荷花池、钓鱼台、卷石洞天、石壁流淙、四桥烟雨等,为国家5A级景区。瘦西湖是著名的湖上园林,自然景观旖旎多姿,这里的春季绿柳成荫,加之琼花、山茶、石榴、杜鹃、碧桃、月季等花木相伴,姹紫嫣红,美不胜收,每年都吸引着各地游客前来踏青赏花。千百年来,无数文人墨客在此流连忘返,吟诗作画,留下了许多墨宝和风流韵事。关于瘦西湖名称的由来有这样一个传说:瘦西湖原名保障湖。在清乾隆年间,扬州盐业兴盛,保障湖由于年长日久,湖心淤塞,盐商便出资疏浚,并在东西两岸兴建起了许多亭台楼阁。盐商中的三家首富,经常到湖上游玩、宴客。一次,三个盐商来到湖上凫庄小宴时觉得这里的景色不比杭州西湖差,想要给它起一个更合适的名字,但争执很久也没有结果。恰巧,邻座有位书生,一直颇有兴趣地听他们争论,只是笑而不语,盐商们就请他为此湖起名。书生站起来说道:"三位的议论我都听到了,我看扬州的这个湖可以与杭州西湖相媲美,但清瘦过之,依我之见,称'瘦西湖'可也。""瘦西湖"三个字一出口,三个盐商佩服得五体投地,一再邀请书生入座饮酒,可书生却飘然而去。从此,"瘦西湖"的名声便风传开来。

2022年春日于南京

忆江南
扬州好·五亭桥

扬州好,最美五亭桥㈜。

五朵莲花浮碧水,一条彩带系蛮腰㈜。

月影荡云桡㈜。

1. 五朵莲花浮碧水,一条彩带系蛮腰:五亭桥挺拔秀丽的五个风亭就像冉冉出水的五朵莲花,竞秀在瘦西湖上。如果把瘦西湖比作一个婀娜多姿的少女,那么五亭桥就是少女身上那条华美的腰带。

2. 月影荡云桡:夜晚,月影倒映在瘦西湖的碧波里,清风吹过,月影荡漾。兰舟过处,月影碎成一片琼瑶。云桡:远行到天边的船只。这里指漂浮在瘦西湖上的画舫兰舟。桡:划船的桨。代指船只。

2022年春日于南京

忆江南

扬州好·二十四桥

扬州好,二十四桥头㈜。

月色溶溶涵碧水,箫声袅袅绕朱楼㈜。

此景梦中留㈜。

1. 二十四桥:二十四桥是瘦西湖的著名景点,在熙春台后。据传,古时曾有二十四美人吹箫于此,故名二十四桥。唐代诗人杜牧的诗"青山隐隐水迢迢,秋尽江南草未凋。二十四桥明月夜,玉人何处教吹箫?"更使此桥名声大噪。凡写此桥又必与吹箫相联系。

2022年春日于南京

忆江南

扬州好·栖灵古塔

扬州好,古塔号栖灵(韵)。

雄踞蜀冈辉日月,直插云霄傲苍穹(韵)。

俏影落湖中(韵)。

  1. 栖灵塔:栖灵塔是扬州大明寺的镇寺之塔,塔高九层,隋文帝于仁寿元年(公元601年)所建。在瘦西湖上就能远远地望见栖灵古塔俏丽的身姿,塔影倒映在瘦西湖中,这是绝妙的借景之作,给瘦西湖增添了不少禅意和春色。在栖灵塔上俯瞰,瘦西湖的美景尽收眼底。历代许多大诗人、文人墨客均曾登临此塔,赋诗赞颂。

2022年春日于南京

忆江南

扬州好·竹西佳处

扬州好,佳处竹西园(韵)。

八景连绵河畔路,千年迤逦梦中天(韵)。

波碧柳含烟(韵)。

1. 竹西佳处:"竹西"对于扬州,是一个具有深厚历史文化内涵的专有名词,是一份重要的历史遗产和文化资源。"竹西"二字,具有巨大的时空跨度、深远的历史影响和优美的文化韵味。"竹西"二字的由来,最早源于竹西寺。据《乾隆江都县志》载:"禅智寺在城北五里蜀冈上,即上方寺,本隋炀帝故宫,一名竹西寺。"竹西寺是唐代一大名寺,寺周围风景绝佳,扬州的名胜大都集中于此。这里还有唐代著名古迹"竹西亭"。清乾隆皇帝六下江南,曾三下竹西,并赐题"竹西精舍"。历代文人墨客以"竹西"描写扬州的诗词不胜枚举,达800多首。其中最著名的诗,当是杜牧的《题扬州禅智寺》:"雨过一蝉噪,飘萧松挂秋。青苔满阶砌,白鸟故迟留。暮霭生深树,夕阳下小楼。谁知竹西路,歌吹是扬州。"而词则无疑是姜夔的《扬州慢》:"淮左名都,竹西佳处。"现如今,在扬州古运河畔、古竹西寺遗址上兴建了竹西公园,再现了唐宋古竹西八景。

2. 八景:迤逦在扬州古运河畔、再现的唐宋古竹西八景,即月明桥、竹西亭、昆丘台、蜀井第一泉、吕祖照面池、三绝碑、苏诗石刻、芍药圃。

2022年春日于南京

忆江南
扬州好·运河夜游

扬州好,古运水悠悠①。

遗迹众多灯火盛,人文荟萃物华稠②。

船载笑声流③。

1. 古运:指扬州古运河。一部扬州运河发展史,几乎就是一部古代扬州发展史。古运河扬州段是整个运河中最古老的一段。其中,古运河扬州城区段从瓜洲至湾头全长30公里,构成有名的"扬州三湾"。这一段运河最为古老,历史遗迹星列,人文景观众多。在这段运河的沿岸,有世界四大宗教活动的著名场所琼花观(西汉·道教)、高旻寺(隋代·佛教)、普哈丁墓园(宋代·伊斯兰教)和天主教堂(清代·天主教);有反映扬州古港、水利和城池建筑的遗址水斗门、龙首关(钞关)、东关古渡(双瓮城)和古湾头闸;有古代帝王巡视扬州留下的遗迹:瓜洲古渡锦春园、高旻寺行宫御园和龙衣庵;有体现"富比王侯"的扬州盐商住宅群落——全国重点文物保护单位个园;有唐代扬州鉴真大和尚东渡日本时的启航地文峰塔等。在这条运河线上,留下了历代著名文人墨客大量的诗文名篇。如:"故人西辞黄鹤楼,烟花三月下扬州"(李白);"嗷唳塞鸿经楚泽,浅深红树见扬州"(李绅);"春风十里扬州路,卷上珠帘总不如"(杜牧);"天下三分明月夜,二分无赖是扬州"(徐凝);"沉舟侧畔千帆过,病树前头万木春"(刘禹锡);"春风又绿江南岸,明月何时照我还"(王安石);"楼船夜雪瓜洲渡,铁马秋风大散关"(陆游)等。这些千古名句,描绘了古代扬州曾经有过的"歌吹沸天"、极尽繁华的辉煌景象,而这一切无不与运河一脉相承。在大运河绵延千里的河岸线上,扬州与运河的兴衰息息相关。

2022年春日于南京

忆江南

扬州好·扬州琼花

扬州好,稀世有琼花[1]。

后土祠前观异种,大明寺里赏奇葩[韵]。

仙树落人家[韵]。

    1. 琼花:"明月三分州有二,琼花一树世无双"。在扬州关于琼花的传说很多。关于琼花的来源有一种说法是,琼花原生于天上,一日有仙人降临扬州,夸说琼花之美,世人不信,仙人便取出一块白玉种在土里,顷刻间发芽、长高、开花,花色如玉,花大如盘,花香馥郁,人们遂称之为"琼花"。清《琼花志》云:"郡志谓花植于汉唐,两荣于宋,一揭于金,再枯于元,为琼花之始末。"据说,北宋仁宗曾把琼花从扬州移植到汴京御花园里,但第二年就枯萎了,只好又送还扬州,琼花到了扬州又复茂如故。金国的海陵王攻占扬州后,把琼花连根拔起掠走,幸而有人对残根辛勤培育,才使琼花绝处逢生。南宋孝宗听说琼花极美,又把它移往临安宫中,但琼花到了临安便憔悴无花,只得又遣还扬州。到元世祖时,元军大将阿术以十万兵马攻破扬州,烧杀抢掠之下,琼花终于死去。后来道士金丙瑞,以"聚八仙"补种在琼花观。这一系列神奇的传说,都使得琼花蒙上了神秘的色彩。而为琼花所建的琼花观作为千年古道观,历经沧桑兴衰,已成为江淮一带的著名道观。琼花原物现今虽已不存,但长期以来,扬州人民约定俗成,已把聚八仙花视为琼花,并将其选定为扬州市花。宋周密《齐东野语》:"扬州后土祠琼花,天下无二本",可见当初的真品琼花和聚八仙还是有区别的。宋淳熙年间,扬州太守郑兴裔既见过真品琼花,也见过聚八仙。他在《琼花辨》一文中列举了两花不同者有三:"琼花大而瓣厚,其色淡黄,聚八仙花小而瓣薄,其色渐青,不同者一也;琼花叶柔而莹泽,聚八仙叶粗而有芒,不同者二也;琼花蕊与花平,不结子而香,聚八仙蕊低于花,结子而不香,不同者三也。"

2. 后土祠前观异种,大明寺里赏奇葩:扬州后土祠里的天下独本琼花已经在元代毁于兵燹,现在看到的是后来补种的聚八仙。扬州大明寺里也有一株琼花,已有300多年,至今枝繁叶茂,春天开花,白如玉盘。

2022年春日于南京

忆江南

扬州好·广陵琴韵

扬州好,琴艺漫流频。

中正平和通大道,清微淡远化风尘。

古韵正销魂。

1. 广陵琴韵:这首词咏叹广陵琴派的琴音。古琴是中国最早的弹拨乐器,古琴是中国传统文化之瑰宝。它以其历史久远,内涵丰富和影响深远为世人所珍视。广陵琴派是中国古琴艺术的重要流派。广陵琴派创始人为江苏扬州琴家徐常遇,因扬州古称广陵而得名,是在虞山派的基础上发展创立的。扬州古琴活动自唐、宋以来,流传不绝,最盛于清代。清初以徐常遇和徐祺父子为代表的扬州琴家不仅操琴技艺精湛,还编辑了许多琴谱,流传下来的有徐常遇的《澄鉴堂琴谱》,徐祺父子的《五知斋琴谱》,吴灴(hóng)的《自远堂琴谱》,秦维翰的《蕉庵琴谱》和僧空尘的《枯木禅琴谱》等。广陵派吸取了虞山派恬淡清雅的情味,又开蹊径,尽情地抒写乐曲的意趣。在奔放豪爽中蕴含节制凝蓄,在活泼潇洒中寓有恬静幽逸的神韵,从而形成了恬逸洒脱的独特风格。广陵琴派的代表曲目有《渔歌》《樵歌》《昭君》《幽兰》《龙翔操》《梅花三弄》《潇湘水云》等。

2. 中正平和,清微淡远:这是古琴美学认为的弹琴应达到的最高境界,也是人的生存法则。

2022年春日于南京

忆江南
扬州好·老城街景

扬州好,街景任流连㈜。

翘角飞檐经世患,粉墙黛瓦览风烟㈜。

市井乐悠然㈜。

1. 翘角飞檐经世患,粉墙黛瓦览风烟:扬州古城这些古朴清幽的短街窄巷,这些翘角飞檐、粉墙黛瓦的古居民宅,想必是看尽了历代繁华,也经历过无数次战争残酷的洗礼,让人浮想联翩。扬州素来繁华,在古代,扬州曾经长期是中国的一线大都会,它的崛起依托的是大运河。大运河的地位在古代的重要性相当于整个中原王朝的大动脉。自汉至清,扬州几乎经历了通史式的繁荣。唐朝时期有"扬一益二"之说,即扬州第一,成都第二。明朝有"腰缠十万贯,骑鹤上扬州"的说法。宋元明清时期的扬州更是漕运要地,经济繁荣,文化昌盛。历史上的扬州既受益于大运河和它优越的地理位置,又罹祸于它的地理位置和它极尽的富庶繁华。扬州乃兵家必争之地,战争风烟不断,扬州的百姓们又一次次地从血泊和废墟中站起来,重新又把扬州建成了繁华的城市。

2022 年春日于南京

忆江南

扬州好·扬州美食

扬州好,风韵漫流芳(韵)。

古朴清幽街巷老,名闻遐迩美食香(韵)。

天下属淮扬(韵)。

1. 淮扬:这里的淮扬指淮扬菜,中国四大菜系之一。中国四大菜系是鲁菜、川菜、粤菜、淮扬菜。淮扬菜中,"扬"指以扬州一带为代表的长江流域,"淮"指以淮安一带为代表的淮河流域。扬州、淮安是国家历史文化名城。淮扬菜系指以扬州府和淮安府为中心的淮扬地域性菜系,形成于扬州、淮安等地区。淮扬菜始于春秋,兴于隋唐,盛于明清,素有"东南第一佳味,天下之至美"之美誉。淮扬菜选料严谨、因材施艺,制作精细、风格雅丽,追求本味、清鲜平和。原料多以水产为主,注重鲜活,口味平和,清鲜而略带甜味。著名菜肴有清炖蟹粉狮子头、大煮干丝、三套鸭、松鼠鳜鱼、软兜长鱼、梁溪脆鳝、水晶肴肉等。

2022年春日于南京

忆江南
扬州好·扬州繁丽

扬州好,财聚遍寰中㈡。

骑鹤遨游何处去,腰缠万贯下江东㈡。

繁丽与谁同㈡?

1. 财聚遍寰中:聚天下之财富于扬州之意。

2. 骑鹤遨游何处去,腰缠万贯下江东:"腰缠十万贯,骑鹤上扬州。"这里的"江东"即指扬州,扬州也属江东。

3. 繁丽:繁盛艳丽。

2022年春日于南京

忆江南

扬州好·扬州八怪

扬州好,八怪旧曾游㊙。

古朴清奇惊世论,标新立异亮人眸㊙。

一派足风流㊙。

1. 扬州八怪:中国清代康熙中期至乾隆末年活跃于扬州地区的一批风格相近的书画家的总称,美术史上也常称其为"扬州画派"。在中国画史上其说法不一,较为公认的是指:金农、郑燮、高翔、李鱓、黄慎、汪士慎、李方膺、罗聘等人。另外还有阮元、华嵒、闵贞、高凤翰、李勉、边寿民等,因画风相近,也可并入。据各种著述记载,计有十五人之多。也可把"八"字看作约数。

2022年春日于南京

忆江南

扬州好·传承文明

扬州好,孕育古文明㉑。
典籍诗文连画卷,名家才俊耀繁星㉑。
世代永传承㉑。

  1.传承古文明:扬州,始建于春秋,兴盛于汉,繁盛于唐,鼎盛于清。历史上,扬州得区位之便、江河之利、百业之兴,一度成为东南地区政治、经济、文化的重要都会和对外交往的重要口岸。在跌宕起伏、气象万千的历史长河中,扬州凭借自身的开放包容与自强不息,不仅创造了持续繁华的物质文明,也孕育了丰厚灿烂的特色文化。这里,不仅完好地保存着千年历史的古城、秀美精致的园林、古朴大气的盐商古宅等物质文化遗产,还鲜活地保存着博大精深的扬州学派、扬州画派、扬州琴派、扬州雕版、扬州园林,脍炙人口的扬州戏剧、扬州曲艺、扬州评话、扬州清曲,以及巧夺天工的扬州工艺、淮扬美食等非物质文化遗产。群星璀璨,异彩纷呈。它们与流淌千年的古运河一道,汇成了一幅光彩夺目、气势磅礴的动人画卷,构成了扬州特有的人文底蕴和城市个性。扬州在中国文化史上具有十分显赫的地位,扬州文化对于整个华夏文明的形成做出了非常重要的贡献。

2022年春日于南京

离亭燕

春游梅山

看阳和漫漫(韵),都化作、芳菲一片(韵)。

溪水潺潺花灿灿(韵),到处是、雀鸣莺啭(韵)。

美景醉人依旧,南国翠红争艳(韵)。

游赏梅山醉眼(韵),望不尽、茫茫画卷(韵)。

衣袂生香香满苑(韵),花海里、人流不断(韵)。

伫立夕阳留照,倩影风姿相伴(韵)。

1. 离亭燕:词牌名,又名《离亭宴》。此词牌始于宋张先,因其词《离亭宴·公择别吴兴》中有"随处是离亭别宴"句,取以为词调名。而宋人皆按张昇词《离亭燕·一带江山如画》填作。张先的《离亭宴》词七十七字,张昇的《离亭燕》词为七十二字,二者的平仄格律也有所不同。余的这首《离亭燕·春游梅山》依张先体。双调,共七十七字。上、下片各六句、五仄韵。为春游南京梅花山观梅而作。

2. 翠红:形容春天的景色,到处是花红柳绿、绿叶红花。

3. 游赏梅山醉眼:春游南京梅花山,数万株各色梅花竞相开放,云蒸霞蔚,姹紫嫣红,轻风吹过,似五彩云霞在流动,香飘数里,壮美异常。赏梅的人们沉醉其中,流连忘返,醉迷了双眼。

4. 倩影风姿相伴:在梅花树前留影,其风姿与梅花的倩影相依相伴。

2022年春日于南京

离亭燕

春愁

绿柳轻摇花信(韵),池畔草青泥润(韵)。

昨夜梦中归故里,不似旧时风韵(韵)。

鸟雀乱啼鸣,香动梅开娇嫩(韵)。

如箭光阴催趁(韵),华发又添双鬓(韵)。

往事哪堪回首望,却是一言难尽(韵)。

莫道不销魂,愁锁天涯离恨(韵)。

1. 这首《离亭燕·春愁》依宋张昇词《离亭燕·一带江山如画》而填。张昇的这首词为宋词之名篇。双调,共七十二字。上、下片各六句、四仄韵。附,张昇词《离亭燕·一带江山如画》:"一带江山如画,风物向秋潇洒。水浸碧天何处断?霁色冷光相射。蓼屿荻花洲,掩映竹篱茅舍。云际客帆高挂,烟外酒旗低亚。多少六朝兴废事,尽入渔樵闲话。怅望倚层楼,寒日无言西下。"

2. 催趁:催促;催赶。

2022年春日于南京

钗头凤
梅山观梅有感

东风袅㉿，春光好㉿，柳丝摇曳青青草㉿。

梅香陌㉿，吴娃乐㉿，满山花雾，寿阳魂魄㉿。

绰㉿，绰㉿，绰㉿！

人将老㉿，光阴少㉿，半生离恨云缥缈㉿。

伤漂泊㉿，亲朋各㉿，浪游无迹，几番萧索㉿。

怍㉿，怍㉿，怍㉿！

1. 钗头凤：词牌名，原名《撷芳词》，又名《折红英》《摘红英》《清商怨》《惜分钗》《玉珑璁》等。钗头凤，源自《古今词话》中无名氏的词《撷芳词·风摇动》，其词因北宋徽宗政和年间宫中有撷芳园而取名《撷芳词》。又因此词中有"可怜孤似钗头凤"句，宋陆游改题为《钗头凤》，并于前、后片末尾加三叠字韵。附无名氏词《撷芳词·风摇动》："风摇动，雨蒙茸，翠条柔弱花头重。春衫窄，香肌湿，记得年时，共伊曾摘。都如梦，何曾共，可怜孤似钗头凤。关山隔，晚云碧，燕儿来也，又无消息。"钗头凤以三字句、四字句为主，前、后片各有一个七字句，押密集的仄韵，节奏急促，声情凄紧，多用于表达幽怨、愁苦、凄楚的情感。也许是因为此调过于悲苦，名家作品不多。陆游夫妇的《钗头凤》词，无疑是《钗头凤》词调中的经典代表之作。然二人所作之词的格律也有所不同。余的这首《钗头凤·梅山观梅有感》依陆游体。双调，前、后片同调。前、后片各十句，共六十字。前、后片除第六句不押韵外，其余各句都押韵,押仄声韵。前、后片各自从第四句起换韵。前、后片后三句用叠韵。即前、后片各七仄韵,两叠韵。两部递换。其递换规则是:上三韵用仄韵里的上、去声,下六韵必用仄韵里的入声。附陆游词《钗头凤》:"红酥手,黄縢酒,满城春色宫墙柳。东风恶,欢情薄,一怀愁绪,几年离索。错,错,错!春如旧,人空瘦,泪痕红浥鲛绡透。桃花落,闲池阁,山盟虽在,锦书难托。莫,莫,莫!"

2. 满山花雾,寿阳魂魄:春风吹来,南京梅花山千亩梅园数万株各色梅花竞相开放,满山姹紫嫣红、香飘数里。其如五彩云霞般的花雾,应当就是梅花仙子寿阳公主的香魂艳魄吧。

3. 绰:形容女子(寿阳公主或吴地妙龄少女)风姿绰约,体态轻盈柔美。

4. 怍(zuò):惭愧。

2022年春日于南京

钗头凤
暗伤别

暗伤别(韵),心悲切(韵),恰是春来花柳节(韵)。

五更钟(韵),鸟飞鸣(韵),梦魂依旧,浪迹萍踪(韵)。

惊(韵),惊(韵),惊(韵)!

梅如雪(韵),香初彻(韵),乱离人望天边月(韵)。

几多情(韵),意难平(韵),可怜江水,日夜流东(韵)。

空(韵),空(韵),空(韵)!

1. 钗头凤·暗伤别:这首《钗头凤·暗伤别》依宋媛唐婉的《钗头凤·世情薄》而填。唐氏词见《齐东野语》,盖唐氏答前夫陆游作也。此词双调,前、后片各十句,共六十字。前、后片除第六句不押韵外,其余各句都押韵。前、后片各自从第四句起换韵。前、后片后三句用叠韵。两部递换。其递换规则是:上三韵用仄韵里的入声,下六韵则改用平声。附唐氏词《钗头凤·世情薄》:"世情薄,人情恶,雨送黄昏花易落。晓风干,泪痕残,欲笺心事,独语斜阑。难,难,难!人成各,今非昨,病魂常似秋千索。角声寒,夜阑珊,怕人寻问,咽泪装欢。瞒,瞒,瞒!"

2022年春日于南京

江城梅花引

惜阳春

和风细雨物华新㈲。盼阳春㈲,惜阳春㈲。

杨柳含烟,瑶草绿如茵㈲。

姹紫嫣红香雾里,情何限,尚淹留、正醉人㈲。

醉人㈲、醉人㈲、入芳林㈲。探花云㈲,鸟啭频㈲。

望断望断,望不断、远水遥岑㈲。

更喜窗前,梅蕊吐芳芬㈲。

又是一年春色好,留恋处,倚层楼、欲断魂㈲!

1. 江城梅花引:词牌名,又名《梅花引》《江梅引》《明月引》《摊破江城子》《四笑江梅引》《西湖明月引》等。此调相传前半片用《江城子》,后半片用《梅花引》,故合名为《江城梅花引》。一说取名于李白的诗句"江城五月落梅花"。此调以宋程垓词《江城梅花引·娟娟霜月冷侵门》为正体。双调,前、后片共八十七字。前片八句四平韵、一叠韵,后片十句六平韵、两叠韵。另有双调八十八字、双调八十五字等不同格体。此词后片换头句藏两短韵,即叠前片结句韵脚,此为句中韵,不可截然分作三句。另,后片第四句四个字和第五句前三字共七字连用叠字仄声,此乃体例所关,不可混填为平声字。附,程垓词《江城梅花引·娟娟霜月冷侵门》:"娟娟霜月冷侵门。怕黄昏,又黄昏。手捻一枝,独自对芳尊。酒又不禁花又恼,漏声远,一更更、总断魂。断魂、断魂、不堪闻。被半温,香半熏。睡也睡也,睡不稳、谁与温存?

惟有床前,银烛照啼痕。一夜为花憔悴损,人瘦也,比梅花、瘦几分。"余的这首《江城梅花引·惜阳春》依程垓体,为怜惜江南春之美景而作。

2. 芳林:遍植各种草木花卉,散发芳香的园林。

3. 花云:繁花似锦、如云似雾。

2022年春日于南京

江城梅花引

半生醉梦

半生醉梦愿难酬(韵)。命难求(韵),运难求(韵)。

心若清时,何事惹烦忧(韵)。

休道此身非我有,世间事,有谁知、漫说愁(韵)。

漫说愁(叠),故园春复秋(韵)。沱水流(韵),梵刹幽(韵)。

寂寞寂寞,寂寞里、惆怅难休(韵)。

落拓飘零,岂奈海天头(韵)。

花月轻寒烟漠漠,人不寐,正销魂、忆旧游(韵)。

1. 这首《江城梅花引·半生醉梦》依宋蒋捷词《梅花引·荆溪阻雪》而填,乃《江城梅花引》词调的变体之一。双调,共八十八字。前片八句四平韵、一叠韵,后片十一句六平韵、一叠韵。

2. 沱水流:滹沱河为河北正定的母亲河,发源于山西五台山北麓,汇入子牙河流入渤海。

3. 梵刹幽:古城正定为国家级历史文化名城,街巷参差,古迹众多,佛塔林立,梵刹清幽。

4. 海天头:海天尽头,即天涯海角。喻指极远处。

2022年春日于南京

南州春色

江南春

东君至，寿阳家㊞。幽香迢递，迤逦到天涯㊞。

自是梅山开艳蕊，化作一天霞㊞。

更有衔泥紫燕，娇啼莺雀，风动柳丝斜㊞。

荏苒流光易逝，倾情览赏，瑶草琼花㊞。

烟雨江南，如痴如醉，留恋处、缭乱芳华㊞。

截取浓浓春色，偏向世人夸㊞。

1. 南州春色：词牌名。调见元陶宗仪《辍耕录》。因元汪梅溪词《南州春色·清溪曲》之结句为“管取南州春色，都自此中来”，故名。此调为双调，共八十二字。前片九句、四平韵，后片八句、三平韵。

2. 东君至，寿阳家：意为春天来了。春天来到了江南，来到了古都金陵，来到了紫金山，紫金山脚下梅花山的数万株各色梅花竞相开放，云蒸霞蔚，姹紫嫣红，香飘数里，美不胜收。

3. 迢递：形容远。这里是形容梅花山上数万株梅花的幽香传得很远、很远。

4. 斜：作为韵脚，在这里读作“xiá”。

5. 芳华：香花；花香；美好的年华。

2022年春日于南京

南州春色
画中游

清溪碧,绕朱楼㉠。湖光山色,景动是兰舟㉠。

陌上花红怜柳绿,鸟雀唱枝头㉠。

润物无声细雨,阳和浮动,南国正春柔㉠。

尽览山川胜迹,名园丽水,宫苑芳洲㉠。

曲径回廊,亭台幽榭,花掩映、高阁临流㉠。

美景留人堪醉,谁与画中游㉠?

1. 这首《南州春色·画中游》为写江南春之美景而作。江南的春天,到处是阳和浮动,春意融融,青山绿水,和风细雨,花红柳绿,鸟语花香。美得让人沉醉,让人留恋。所到之处,恰似人在画中游。

2022年春日于南京

归去来
春将半

南国风光无限(韵),争奈春将半(韵)。

杨柳依依青青岸(韵),樱花俏、杏花艳(韵)。

晨起朝霞灿(韵),轩窗外、雀鸣莺啭(韵)。

吴钩晓月星河淡(韵),人何在、梦云散(韵)。

1. 归去来:词牌名,又称《归来引》《归去来引》。调见柳永《乐章集》。此调以柳永《归去来·初过元宵三五》为正体,双调,共四十九字,前、后片各四句、四仄韵。另有变体,双调,五十二字,前、后片各四句、四仄韵,以柳永《归去来·一夜狂风雨》为代表。因柳永的这两首《归去来》词的结句分别为"歌筵舞、且归去"和"休惆怅、好归去",故取以为词调名。余的这首《归去来·春将半》依柳永的《归去来》四十九字体,下一首《归去来·樱花落》依柳永的《归去来》五十二字体。

2022年春日于南京

归去来
樱花落

二月江南路(韵),风吹过、早樱花树(韵)。

悠悠洒洒轻红雨(韵),落英残、肠断处(韵)。

世间都道相思苦(韵),哪堪对、一怀愁绪(韵)。

人生总被流年误(韵),情何限、且归去(韵)。

1.悠悠洒洒轻红雨,落英残、肠断处:樱花盛开时节,花繁艳丽、妩媚妖娆、满树烂漫、如云似霞、极为壮观。然而,樱花的花期很短,只有七至十天便凋谢了。樱花之美,正美在花瓣凋零、落英缤纷之际,微风一吹,仿佛下了一场悠悠洒洒的粉红花雨,优美异常。看着这满地飘落的樱花,不禁让人感叹人生苦短,生命短暂,心中不免泛起丝丝惆怅。轻红:粉红;浅红;淡红。

2022年春日于南京

雨中春分

一年一度又春分,润物无声细雨频。

绿柳含烟藏秀色,清溪流碧起氤氲。

小园掩映嫣红韵,曲径婆娑姹紫魂。

满目芳菲花月里,江南处处醉游人。

2022年春分于南京

沉醉春光

和风细雨百花香[韵]，二月江南似画廊[韵]。
杨柳含烟莺恋树，梧桐凝碧燕归梁[韵]。
夭桃绚烂轻红蕊，秾李芬芳素雅妆[韵]。
又是一年踏青日，人人沉醉醉春光[韵]。

1. 夭桃：茂盛而美丽的桃花。夭：茂盛而美丽。

2. 秾李：繁茂的李花。秾：花木繁茂。

2022年春日于南京

燕归梁

归燕双飞

归燕双飞绕画梁(韵),恋金屋华堂(韵)。

筑巢辛苦育雏忙(韵),柳丝绿、草泥香(韵)。

去年今日,檐前曾见,一梦海天长(韵)。

清明时节漫流芳(韵),莫辜负、好时光(韵)。

1. 燕归梁:词牌名,又名《悟黄梁》《醉红妆》《双雁儿》《折丹桂》等。调见宋晏殊《珠玉词》。因晏词中有"双燕归飞绕画堂,似留恋虹梁"句,故取作词调名。此调有五十一字、五十字、五十二字等变格体,但俱为双调。余的这首《燕归梁·归燕双飞》依晏殊体。双调,共五十一字。前片四句、四平韵,后片五句、三平韵。此调音节响亮、急促、热烈,特点显著。上片第二句为五字句,宜作上一下四句法。

2. 去年今日,檐前曾见,一梦海天长:去年在房檐前见到的小燕子飞走已经快一年了,时时梦见小燕子,盼着它早日飞回来。

2022年春日于南京

燕归梁

夜梦湖山

夜梦湖山景色幽(韵),访柳陌花洲(韵)。

碧波潋滟月华柔(韵),恰正是、乐无休(韵)。

朝来鸟雀啼声乱,惊散了、梦中游(韵)。

芳华不为世人留(韵),莫叹息、不言愁(韵)。

1. 燕归梁·夜梦湖山:这首《燕归梁·夜梦湖山》依宋史达祖体。双调,共五十一字。前片四句、四平韵,后片四句、三平韵。史词前片与晏词同,惟后片换头处将两个四字句改为一个七字句,并将第三句添一字改做六字折腰句。

2022年春日于南京

陌上花

醉烟霞

春来细雨绵绵,溪柳影摇清浅㉑。

秀户朱楼,莺燕绕飞庭院㉑。

碧桃杏蕊樱花雪,更有海棠争艳㉑。

好时光、莫待子规啼月,惹人留恋㉑。

俏江南、看鹧鸪飞处,姹紫嫣红开遍㉑。

往事悠悠,别梦几回惊断㉑。

大江滚滚东流去,华发苍颜相伴㉑。

醉烟霞、又是清明时节,眷怀无限㉑。

1. 陌上花:词牌名。元陈秀民《东坡诗话》云:"钱塘人好唱陌上花缓缓曲,盖吴越王遗事也。"调名取于此。宋苏轼有《陌上花》诗三首,其序云:"游九仙山,闻里中儿歌《陌上花》。父老云:'吴越王妃每岁春必归临安,王以书遗妃曰:"陌上花开,可缓缓归矣。"'吴人用其语为歌,含思婉转,听之凄然。而其词鄙野,为易之云。"据此可知,《陌上花》词调本源于宋代俚曲,文人据其调填词而成为词调。该词调以元张翥《陌上花·有怀》为正体。双调,共九十八字。前、后片各八句、四仄韵。该词调由于断句之不同,格式稍异。

2. 樱花雪:樱花盛开时节,花繁艳丽,妩媚妖娆,满树烂漫,如云似霞,极为壮观。然而,樱花的花期很短,只有七至十天便凋谢了。樱花之美,正美在花瓣凋零、落英缤纷之际,微风一吹,仿佛下了一场悠悠洒洒的粉红花雨,又像是飘飘洒洒的漫天雪花在飞舞,优美异常。

3. 好时光、莫待子规啼月:现在正是一年中最美好的时光,阳和浮动,春光明媚,花红柳绿,鸟语花香。要及时享受美好的春光,不要等到春归之后空自叹息。子规啼月:即子规啼血。

2022年春日于南京

祝英台近
春暮

子规啼,家燕语(韵),莺雀恋芳树(韵)。

荏苒光阴,一霎又春暮(韵)。

落英满地谁怜,芳菲零乱,哪堪对、残红无数(韵)?

断魂处(韵),但见烟柳轻摇,柔丝万千缕(韵)。

江水悠悠,隐隐古津渡(韵)。

奈何春去愁来,愁思如故(韵),却不道、把春留住(韵)!

1. 祝英台近:词牌名,又名《祝英台》《宝钗分》《燕莺语》《怜薄命》《月底修箫谱》等。此调始见于苏轼《东坡乐府》。以梁山伯与祝英台的故事为词调名。相传东晋穆帝时,会稽(今浙江绍兴)梁山伯与女扮男装的浙江上虞县女子祝英台在一起读书三年,二人情同手足,感情深厚,但梁山伯一直不知道祝英台为女子。后来祝英台被家人叫回,梁山伯才知道祝英台为女子,并前往求婚,但祝英台已被许配鄮城(今浙江宁波鄞州区)马文才。梁山伯忧郁而死,葬于鄮城西清道原。次年,祝英台嫁马文才,乘舟经过梁山伯墓,风涛阻舟不能前。祝英台登岸在梁山伯墓前痛哭,忽然间梁墓裂开,祝英台跳入墓内,墓随即闭合。梁山伯与祝英台双双化作蝴蝶,成双成对地在墓前飞舞。丞相谢安听说后,奏封义妇冢。近:是唐宋杂曲的一种体制,又称为"近拍",其长短、字数介于小令与慢词之间。因此,调名本意即为歌咏梁山伯与祝英台故事的一种"近拍"形式的杂曲,调名本意也决定了此调婉转凄切的格调。此调有不同诸格体,俱为双调。以宋程垓词《祝英台近·坠红轻》为正体。双调,共七十七字。前片八句、三仄韵,后片八句、四仄韵。其主要代表作品有辛弃疾的《祝英台近·晚春》等。余的这首《祝英台近·春暮》与下面一首《祝英台近·春愁》均依辛弃疾体。双调,共七十七字。前片八句、四仄韵,后片八句、五仄韵。另外,该词调忌用入声韵。

2. 子规啼,家燕语:意指时已至春暮,春天就快要过去了。

3. 一霎:霎时。极短的时间;忽然之间。

2022年暮春于南京

祝英台近
春愁

楚江天,春过半,依次百花艳。

燕雀穿飞,绮陌柳丝乱。

望中片片飞红,飘飘零落,逐流水、溪香波潋。

运乖蹇,半世离恨闲愁,年年盼归雁。

羁旅茫茫,浪迹海天远。

旧游如梦依稀,身疲心倦,却又被、杜鹃啼断!

1. 楚江天,春过半,依次百花艳:江南的春天已经过去一大半了,百花依次开放,一茬接着一茬,弄娇呈艳,姹紫嫣红。
2. 运乖蹇:时运不济,诸事多有不顺。
3. 羁旅:长久在他乡作客,或指在外作客的人。

2022年暮春于南京

翻香令

江南烟雨雨如烟

江南烟雨雨如烟,一泓碧水水潺湲。
馨香陌,兰溪畔,浪迹游、古寺隐湖山。

子规啼得燕呢喃,怕春归去漫流连。
海棠俏,樱花艳,惜芳菲、沉醉在桃源。

1. 翻香令:词牌名,此调系宋苏轼所创,以苏轼词《翻香令·金炉犹暖麝煤残》为正体。该词为苏轼怀念亡妻之作,取其词中"惜香爱把宝钗翻"句意为词调名。翻,即翻动。调名本意为男子细心摆弄美女头上用金银珠宝制作的宝钗,用以体现夫妻恩爱之情。此词为双调,共五十六字。前、后片各五句,三平韵。余的这五首《翻香令》小词,均为感叹江南暮春景色而作。

2022年暮春于南京

翻香令
惊乌啼月月当窗

惊乌啼月月当窗，秀楼绮户燕栖梁。

三更半，蛙声乱，怎奈他、一梦锁寒凉。

落花流水水流香，惜春无语对群芳。

正留恋，常思念，动离忧、空自断柔肠！

1. 三更半，蛙声乱：暮春时节，半夜时分，江南池塘里的蛙声乱成一片，吵得人夜不能寐。

2. 落花流水水流香：暮春时节，落英缤纷，花瓣飘落在水面上，随水漂流，流水都带着花的香气。

2022年暮春于南京

翻香令
人生如梦梦难求

人生如梦梦难求(韵),奈何坎坷岁华流(韵)。

红尘恋,人情淡,似这般、寂寞总无休(韵)。

几多风雨几多愁(韵),可怜漂泊海天头(韵)。

北飞雁,心中念,叹而今、惆怅正悠悠(韵)。

1. 北飞雁,心中念:余的故乡在北方燕赵之地,现寓居江南,看到北飞的大雁就想起了故乡及故乡的亲朋故旧。故言"北飞雁,心中念"。

2022年暮春于南京

翻香令
梨花风起正清明

梨花风起正清明(韵),落花簌簌了无声(韵)。

轻红蕊,胭脂泪,更哪堪、世路各西东(韵)。

为寻春梦几回重(韵),小楼花院倍伤情(韵)。

逐流水,愁滋味,到头来、终是浪萍踪(韵)!

1. 簌簌:纷纷落下的样子。

2022年暮春于南京

翻香令

东风吹雨物华新

东风吹雨物华新(韵),一壶浊酒醉离人(韵)。
身心累,人憔悴,每想来、怅恨入眉频(韵)。

绿肥红瘦草如茵(韵),柳丝摇曳起氤氲(韵)。
寂寥处,残春暮,子规啼、魂断在黄昏(韵)。

2022年暮春于南京

花上月令
春残花落水流红

春残花落水流红,柳丝碧,草烟浓。

鹧鸪啼处蒙蒙雨,细无声。

春梦浅,晓风轻。

窗外竹摇帘影动,飞紫燕,语流莺。

眼前自是情无那,惜流形。

恋芳信,误归程。

1. 花上月令:词牌名。南宋吴文英自度曲。此调为双调,共五十八字。前片七句、四平韵,后片七句、三平韵。花上月:指月西斜,在窗帘上留下枝头花朵如同爬上残月的图影。调名本意即以令曲的形式歌咏这一景象。余的这三首《花上月令》写的是江南暮春景象及客寓他乡的心境。

2. 惜流形:怜惜病老残身以及迟暮之年流寓他乡的感慨。

3. 恋芳信,误归程:只顾着观花游春却耽误了归家的行程。芳信:即花信。春天花开的信息。

2022年暮春于南京

花上月令
无边丝雨细如愁

无边丝雨细如愁(韵),有离恨,怕登楼(韵)。

子规啼得春将去,惹烦忧(韵)。

天上月,岸边舟(韵)。

溪柳自摇湖畔路,花烁烁,水悠悠(韵)。

燕巢筑就莺声老,苦淹留(韵)。

梦怀远,弄情柔(韵)。

1. 燕巢筑就莺声老,苦淹留:时已至春暮,春天就快要过去了,是该归去的时候了,为什么还要苦苦地滞留在他乡呢?燕巢筑就莺声老:意指时已至暮春时节。

2022年暮春于南京

花上月令
江湾鸥鹭绕汀洲

江湾鸥鹭绕汀洲㈡,古津渡,送行舟㈡。

客帆高挂云天际,水悠悠㈡。

凭尔去,忍淹留㈡。

常忆别离思念远,花月夜,漫登楼㈡。

怕听杜宇啼春暮,总无休㈡。

倦游意,在心头㈡。

1. 凭尔去,忍淹留:由他去的意思。无奈语。这句出自《红楼梦》里林黛玉写的一首咏杨花的词《唐多令·柳絮》:"粉堕百花洲,香残燕子楼。一团团、逐对成球。漂泊亦如人命薄,空缱绻,说风流。草木也知愁,韶华竟白头。叹今生、谁舍谁收!嫁与东风春不管,凭尔去,忍淹留!"

2022年暮春于南京

家山好

醉烟霞

浪游无迹不还家[韵]，江南好，醉烟霞[韵]。
山川美景皆如画，世人夸[韵]。
断魂处，在天涯[韵]。

夕阳残照怜迟暮，幸自度年华[韵]。
平平淡淡，功名富贵任由他[韵]。
愁心付落花[韵]。

1. 家山好：词牌名。调见宋释文莹《湘山野录》，为宋刘述所作。因刘词中有“水晶宫里家山好”句，故取作词调名。此调为双调，共五十七字。前片七句、四平韵，后片五句、三平韵。

2. 浪游无迹：到处游山玩水没有留下任何痕迹。

3. 夕阳残照怜迟暮，幸自度年华：夕阳残照，人已届迟暮之年，庆幸身体尚康健，能安度晚年。

2022年暮春于南京

家山好

怕春归

怕春归去问啼莺(韵),莺声老,乱飞鸣(韵)。

花红柳绿年年是,醉朦胧(韵)。

哪堪对,意难平(韵)。

自从离别心心念,日夜梦魂萦(韵)。

光阴荏苒,风风雨雨阻归程(韵)。

随春一路行(韵)。

1. 莺声老:雏莺已经长大,意指春天就要过去了。

2022年暮春于南京

家山好
故园情

小桥流水杏花红(韵),芳华远,草连空(韵)。

莺啼雀叫声声俏,柳烟浓(韵)。

惠风畅,野田青(韵)。

路遥心倦家山望,寂寞伴愁生(韵)。

萍踪浪迹,何曾忘却故园情(韵)?

归思一梦中(韵)!

1. 这首《家山好·故园情》,上片写记忆中故乡春天的景致,下片写对故乡的思念之情。

2. 惠风畅:惠风和畅。惠风:柔和的风。

2022年暮春于南京

思远人

风雨看花落

荏苒光阴流岁月，久负浪游约[韵]。

正莺声渐老，残春行尽，风雨看花落[韵]。

但悲迟暮人情薄[韵]，世海叹漂泊[韵]。

念浊酒一杯，梦沉心醉，凄凄自为乐[韵]。

1. 思远人：词牌名。调见宋晏几道《小山词》。因晏词中有“千里念行客”句，取其意为词调名。此调为双调，共五十二字。前片五句、二仄韵，后片五句、三仄韵。其前、后片第三句为五字句，一般作上一下四句式。前、后片的第二、第五句，均为五字句，其第三字晏词均为去声字。窃以为，这倒不必强作规定，只要是仄声字即可。

2. 久负浪游约：很久没有游山玩水无拘无束地到处游玩了。

2022年暮春于南京

思远人
梦断江南路

日丽风和花烂漫，满眼隔烟树。

看平畴沃野，湖光山色，云水古津渡。

十年一梦江南路，梦断在何处？

叹岁月弄人，春光难觅，匆匆竟迟暮！

1. 十年一梦江南路：余浪迹流寓江南已经快十年了，十年风雨，恍如一梦。光阴荏苒，人也已届迟暮之年了。

2022年暮春于南京

江南春咏绝句(之一)

烟雨江南烟雨行㈲,小楼花院正春风㈲。

落红满地游人醉,多少愁思一梦中㈲!

2022年暮春于南京

江南春咏绝句(之二)

烟霞沉醉浪萍踪(韵),吴楚春光似梦中(韵)。
细雨和风杨柳绿,小桥流水杏花红(韵)。

2022年暮春于南京

江南春咏绝句(之三)

夜放兰舟载酒游㊂,碧波荡漾绿罗绸㊂。
吴侬软语吴娃笑,明月清风水上流㊂。

1.吴侬软语:别称"吴侬娇语""吴侬细语",形容"吴地人讲话轻清柔美"这个现象。"吴侬软语"一般用来形容江苏苏州一带的吴方言,因说话比较软糯婉转,故有"吴侬软语"之称。

2022年暮春于南京

江南春咏绝句(之四)

吴山楚水风流地,梦断江南览六朝㊋。

沉醉烟霞春不管,花蹊柳陌任逍遥㊋。

2022年暮春于南京

江南春咏绝句(之五)

碧野青山一望中(韵),风光不与四时同(韵)。
花红柳绿沙溪浅,几许愁思几许情(韵)?

2022年暮春于南京

江南春咏绝句(之六)

阳和浮动水潺湲(韵),吴楚风光亦可怜(韵)。

醉卧花丛人莫笑,闲云野鹤乐天然(韵)。

1. 潺湲:形容水慢慢流。
2. 可怜:美好,可爱。
3. 闲云野鹤:也说闲云孤鹤。比喻无牵无挂,来去自由的人。

2022年暮春于南京

江南春咏绝句(之七)

江南烟雨鹧鸪啼(韵),山色湖光翠柳堤(韵)。

花木扶疏春过半,一帘幽梦总依依(韵)。

1. 花木扶疏:花草树木枝叶茂盛的样子。

2022年暮春于南京

江南春咏绝句(之八)

三月阳春景物新(韵),水光山色醉游人(韵)。

儿童争放纸鸢乐,忙整鱼竿垂钓纶(韵)。

2022年暮春于南京

江南春咏绝句(之九)

晨起推窗见画眉(韵),三三两两乱追飞(韵)。

娇啼婉转高枝上,沉醉春光不忍归(韵)。

2022年暮春于南京

江南春咏绝句(之十)

我家屋后池塘畔,一树洁白绿晚樱㊉。

霞蔚云蒸花烂漫,九天仙子下临风㊉。

1. 霞蔚云蒸:云蒸霞蔚。也说云兴霞蔚。像云雾彩霞升腾聚集起来一样。形容繁盛艳丽。蔚:聚集。

2022年暮春于南京

江南春咏绝句(之十一)

秦淮流碧花溪水,十里河风览六朝㉻。

灯艳红纱如梦幻,笙歌一路荡云桡㉻。

2022年暮春于南京

江南春咏绝句(之十二)

玄武波光十里堤(韵),柳烟明灭草萋萋(韵)。

台城月色钟山影,更有枝头鸟乱啼(韵)。

1.萋萋:草茂盛的样子。

2022年暮春于南京

江南春咏绝句(之十三)

莫愁湖畔海棠开(韵),姹紫嫣红带雪白(韵)。

缭乱春光今又是,名标国艳斗芳来(韵)。

1. 名标国艳:"国艳"是对海棠花的赞誉。海棠花自古以来就是雅俗共赏的名花。

2022年暮春于南京

江南春咏绝句(之十四)

赏心亭上赏心游,脚下悠悠碧水流。

尽览六朝兴废事,阑干拍遍也含愁。

1. 脚下悠悠碧水流:赏心亭建在南京老城西南西水关城头上,秦淮河水从亭下流过,向西北汇入长江。对于登亭之人来说,秦淮一线碧水就在自己的脚下悠悠流淌。

2022年暮春于南京

江南春咏绝句(之十五)

阅江楼下大江流㈲,楚水吴山醉眼眸㈲。

帆影云樯天际去,乡思一片在心头㈲。

2022年暮春于南京

江南春咏绝句(之十六)

凤凰台上凤凰游，远眺三山起怅惘。

滚滚长江东逝水，浪花淘尽古今愁。

1. 三山：李白的著名诗篇《登金陵凤凰台》中有诗句"三山半落青天外，二水中分白鹭洲。"其"三山"为南京西南长江边上的三座山峰，形似笔架，称"三山矶"。三山因李白的诗句又称"凤凰三山"。三山矶、燕子矶、采石矶合称长江下游三大名矶。"凤凰三山"为古金陵四十八景之一。据南宋周应和所著《景定建康志》载："其山积石森郁，滨于大江，三峰并列，南北相连，故号三山。"

2022年暮春于南京

江南春咏绝句(之十七)

萋萋芳草忆王孙(韵),柳陌花蹊傍水滨(韵)。

记取当年游乐处,香风阵阵念思频(韵)。

1. 蹊:小路。

2022年暮春于南京

江南春咏绝句(之十八)

听风听雨过清明(韵),莺燕穿飞入画屏(韵)。

溪水潺潺芳草碧,春光无限是金陵(韵)。

2022年暮春于南京

江南春咏绝句(之十九)

昨夜群蛙不住鸣㊋,惊回别梦梦飘零㊋。

愁思无奈流光里,谁料人生落拓行㊋!

1. 流光:光阴,岁月。

2022年暮春于南京

江南春咏绝句(之二十)

年年岁岁客江南[韵],一似烟波浪里船[韵]。
无限风光无限好,依稀别梦漫流连[韵]。

2022年暮春于南京

金蕉叶

人间四月芳菲少

和风细雨春光好(韵),梧桐院、小溪环绕(韵)。

姹紫嫣红,弄娇呈艳清香袅(韵)。

鸟雀乱啼斗巧(韵)。

人间四月芳菲少(韵),有蔷薇、点缀昏晓(韵)。

奈何却是,莺声渐老情堪恼(韵)。

忍见落英谁扫(韵)?

1. 金蕉叶:词牌名。此调始作于宋柳永,见其《乐章集》。以柳永的《金蕉叶·厌厌夜饮平阳第》为正体。双调,共六十二字。前、后片各五句、四仄韵。另有双调、四十八字及双调、四十六字等变体。这首《金蕉叶·人间四月芳菲少》为六十二字体。上片写江南小院春日的美好风光,下片写春去之后的无奈之情。

2. 姹紫嫣红,弄娇呈艳清香袅:江南春日,各种颜色娇艳的花朵依次竞相开放,一茬接着一茬,弄娇呈艳,花香四溢,美不胜收。

3. 有蔷薇、点缀昏晓:春末,百花多已凋谢,却有娇艳的蔷薇花默默地开在篱笆上,点缀着寂寞的黄昏和清晨。

2022年暮春于南京

被花恼

春暮感怀

蒙蒙细雨洒轻寒，庭院绿肥红瘦[韵]。
碧草如茵断肠柳[韵]。
清风淡淡，飞花片片，寂寞春归后[韵]。
山黛黛，水悠悠，六朝明月仍依旧[韵]。

惆怅鹧鸪啼，啼得愁思化僝僽[韵]。
天涯海角，塞北江南，一任魂相守[韵]。
念嫣红姹紫漫芳菲，去无迹、时来梦中否[韵]？
愿只愿，不负流年青鬓久[韵]！

1. 被花恼：词牌名。调见《绝妙好词》，为宋杨缵自度曲。取杨词中“年时被花恼”句作为词调名。此调为双调，前、后片各九句，共九十七字。前片第二、三、六、九句和后片第二、五、七、九句押韵，押仄声韵。

2. 绿肥红瘦：绿叶茂盛，红花凋谢。意指时已至春暮。

3. 僝僽(chán zhòu)：烦恼。

4. 青鬓：绿鬓；黑发。喻指年轻，生命力旺盛。

2022年暮春于南京

梁州令
杜宇啼春暮

杜宇频啼诉(韵),欲把东君留住(韵)。

残红落絮正临风,光阴荏苒春将暮(韵)。

隔山隔水隔烟雾(韵),春去无行路(韵)。

天南地北何处(韵)? 愁思不解随云去(韵)。

1. 梁州令:词牌名,又名《凉州令》《梁州令叠韵》,原唐教坊曲名。宋王灼《碧鸡漫志》云:"凉州,即梁州。"凉州为古代西北六州之一,以边地名为词调名。凉州,在今甘肃武威一带。该调有不同诸格体,俱为双调。这里依晏几道体。共五十字。前、后片各四句,除前片第三句不押韵外,其他各句都押韵,押仄声韵。

2. 杜宇频啼诉,欲把东君留住:暮春时节,杜鹃鸟不停地啼叫,它是想把春神留住吧。留住了春神,春天也就被留住了。

3. 天南地北何处:天南地北,春天要去哪里呢?

2022年暮春于南京

伊州令
风雨催花信

光阴似箭何其迅？风雨催花信。
零落芳菲鹃鸟啼,似有那、离愁别恨。

霜华偷染双鬓,应自怜方寸。
萍踪浪迹漫流连,怕的是、春光过尽。

1. 伊州令：词牌名,又名《伊川令》,原唐教坊曲名,后用作词调名,伊州为古代西北六州之一,以边地名为词调名。为怨妇思边之作。伊州,在今新疆哈密一带。该调为双调,共五十一字,上、下片各四句、三仄韵。关于该词调的作者,《花草粹编》题为"无名氏",而《词律》云作者为宋代"范仲允妻"。据传,范仲允在相州任录事,很久没有回家。其妻寄了一首小词《伊川令》："西风昨夜穿帘幕,闺院添萧索。才是梧桐零落时,又迤逦、秋光过却。人情音信难托,鱼雁成耽搁。教奴独自守空房,泪珠与、灯花共落。"而词牌名中的"伊"字误写作"尹"字。范便写了一首词给她,其中有一句"料想伊家不要人"故作嘲谑。范妻就又写词回答丈夫："奴启情人勿见罪,闲将小书作尹字。情人不解其中意。共伊间别几多时,身边少个人儿睡。"范见之,大笑称赏。

2. 风雨催花信：风风雨雨催着百花开放,谷雨过后,以小寒为起点、谷雨为终点的二十四番花信风就要终结了,花事已了,炎炎夏日就要来到了。

3. 零落芳菲：暮春时节,百花凋谢,芳菲零落,所剩残花无几。

4. 鹃鸟：杜鹃鸟。

2022年暮春于南京

珠帘卷
清溪水

清溪水,艳阳天(韵),江南美景流连(韵)。

酥雨和风相伴,闲来听杜鹃(韵)。

莺燕绕飞庭院,花香鸟语窗前(韵)。

谁料客愁无奈,心眷念,梦缠绵(韵)。

1. 珠帘卷:词牌名。调见宋欧阳修《欧阳文忠公集》,因其词中有"珠帘卷"句,故取作词调名。与别名《卷珠帘》之《蝶恋花》无关。此调为双调,共四十七字。前片五句、三平韵,后片五句、二平韵。余的这三首小令《珠帘卷》均为感叹江南暮春景色而作。

2. 酥雨:蒙蒙细雨。

2022年暮春于南京

珠帘卷
云光淡

云光淡,柳烟轻㊙,悠悠碧水春浓㊙。

烟雨江南沉醉,人流花海中㊙。

魂断六朝遗韵,人间际会千重㊙。

应念浪游无迹,风过处,一飞蓬㊙!

1. 烟雨江南沉醉:诗词的特殊句式,即倒装句。意为"沉醉烟雨江南"。
2. 一飞蓬:喻指到处漂泊之人。

2022年暮春于南京

珠帘卷
春光暮

春光暮,百花羞韵,残红落絮谁收韵?

应念重门深闭,清风明月楼韵。

谙尽世间情事,年华寂寞难留韵。

争奈旧游如梦,空叹息,莫言愁韵!

1. 应念重门深闭,清风明月楼:"宅"在家里,家门紧闭,只能与清风明月相伴。

2022年暮春于南京

喜迁莺
沙溪浅

沙溪浅，起涟漪_{平韵}，南国有情思_{平韵}。

落花时节子规啼_{平韵}，莺燕绕庭飞_{平韵}。

柳丝摇，芳草碧_{仄韵}，春去不知踪迹_{仄韵}。

墙头篱上看蔷薇_{平韵}，无语正芳菲_{平韵}。

1. 喜迁莺：词牌名，又名《鹤冲天》《万年枝》《春光好》《喜迁莺令》《燕归来》《早梅芳》《烘春桃李》等。《诗·小雅·伐木》："伐木丁丁，鸟鸣嘤嘤。出自幽谷，迁于乔木。"后人遂以《伐木》篇的鸟迁乔木为莺迁乔木。出自幽谷的莺迁于乔木，比喻人的地位上升，合乎苦寒人士通过科举考试一旦跻身青云的喜悦心情。词调名本于此。故此调多写科考得中、进士及第、擢升、迁居以及祝寿之颂词。此调有小令、长调两种。小令以唐末韦庄的《喜迁莺·街鼓动》为正体。双调，共四十七字。前片五句、四平韵，后片五句、两仄韵、两平韵。这两首《喜迁莺》均为小令，依韦庄体。这首《喜迁莺·沙溪浅》写的是，春末百花多已凋谢，独有蔷薇花迎风盛开在墙头篱笆上，绚烂娇艳，妩媚妖娆。故作此小词以赞叹。

2022年暮春于南京

喜迁莺
重门闭

重门闭,小庭空平韵,鸟雀乱啼鸣平韵。

春光过尽看残红平韵,花木正临风平韵。

曙色开,朝霞灿仄韵,又是一天期盼仄韵。

人生羁旅在他乡平韵,游子客思长平韵。

1. 这首小词写的是疫情下的江南暮春景色及羁旅他乡的寂寞情怀。
2. 重门闭,小庭空,鸟雀乱啼鸣:家家重门深闭,深居简出,院子里行人稀少,空空落落,只有鸟雀在乱啼乱叫。

2022年暮春于南京

江亭怨

春夜

春夜小庭寂寞[韵],明月照人离索[韵]。
荏苒度时光,谁料浮生落拓[韵]。

莫道世情淡薄[韵],海角天涯漂泊[韵]。
流寓在他乡,怅望闲云孤鹤[韵]。

1. 江亭怨:词牌名,又名《荆州亭》《清平乐令》。宋惠洪《冷斋夜话》云:“宋黄鲁直(黄庭坚)登荆州亭,见柱间有词曰:‘帘卷曲阑独倚。’鲁直读之,凄然曰:‘似为予发也。不知何人所作?’是夕,梦女子绝艳,于鲁直曰:‘我家豫章吴城山,附客舟至此,堕水死,不得归,登江亭有感而作,不意公能识之。’鲁直惊寤曰:‘此必吴城小龙女也。’”据此可知,此词原题于荆州江亭之柱上,故名《荆州亭》。宋黄昇《花庵词选》谓本词调名为《清平乐令》。其与《清平乐》之别名《清平乐令》不同,不可相混。而《钦定词谱》以本词调名为《江亭怨》。调名本意即咏江边亭中妇女的怨别。吴城小龙女,相传是北宋时一著名女鬼,也是宋史中有记载的民间传说之神魔人物。本词调大抵就是黄庭坚自创,而假托鬼神以传之。附宋吴城小龙女之《荆州亭》:“帘卷曲阑独倚,江展暮云无际。泪眼不曾晴,家在吴头楚尾。数点落花乱委,扑漉沙鸥惊起。诗句欲成时,没入苍烟丛里。”此调为双调小令,前、后片各四句,共四十六字。前、后片第一、二、四句押韵,押仄声韵。这首小词《江亭怨·春夜》写的是,春夜无寐,独自在寂静的小庭院里漫步,感叹时光流逝和人生之寂寞。

2022年暮春于南京

拂霓裳

俏江南

俏江南(韵),鹧鸪啼破雨中天(韵)。

风细细,百花催趁一番番(韵)。

窗前观芍药,屋后看牡丹(韵)。

乐悠然(韵),酒盈杯、春日祝华年(韵)。

浮生似梦,霜鬓染、老苍颜(韵)。

佳丽地,数年沉醉在林泉(韵)。

兰舟浮绿水,竹杖倚青山(韵)。

惜清欢(韵),画中游、魂断有谁怜(韵)?

1.拂霓裳:词牌名。原唐教坊曲名,后用作词调名。拂:拂尘,麈尾也。霓裳:以虹霓制作的衣裳。这里指飘拂轻柔的舞衣。《霓裳羽衣舞》为盛唐宫廷中著名的舞曲,至宋仍流行。叙述唐明皇李隆基向往神仙而去月宫见到仙女的神话,其舞、乐、服饰都着力描绘虚无缥缈的仙境和舞姿婆娑的仙女形象。元脱脱《宋史·乐志》云:"女弟子舞队第五,有拂霓裳队。"调名本意即咏手执麈尾的霓裳羽衣舞曲。调见北宋晏殊《珠玉词》。此调以晏殊词《拂霓裳·乐秋天》为正体。双调,共八十二字。前片八句、六平韵,后片八句、五平韵。此调前、后片第五、六句例作五言对句。余的这三首《拂霓裳》俱为八十二字体,为写春日江南美景以及流寓他乡之情怀而作。

  2.鹧鸪啼破雨中天：鹧鸪不停地啼叫的时候，正是江南烟雨茫茫的季节，天好像是被鹧鸪给啼破了。

  3.百花催趁一番番：春日的江南，各种颜色娇艳的花卉一茬接着一茬次第开放，令人目不暇接，美不胜收。

  4.林泉：林木山泉。借指隐居的地方。

2022年暮春于南京

拂霓裳

沐阳春

沐阳春[韵]，柳丝摇曳草如茵[韵]。
清谷日，百花缭乱竞芳芬[韵]。
黄莺藏叶底，紫燕掠湖滨[韵]。
漫无垠[韵]，子规啼、酥雨浥香尘[韵]。

天南地北，漂泊处、雁离群[韵]。
离别苦，望中思念更伤神[韵]。
荣华如梦幻，名利亦酸辛[韵]。
守清淳[韵]，忍淹留、沉醉有金樽[韵]。

1. 清谷日：清明、谷雨时节。

2. 天南地北，漂泊处、雁离群：天南地北，四海漂泊，孤独寂寞，恰如离群的孤雁。

3. 清淳：纯洁操守，清清白白做人，为人淳朴、朴实、厚道。

2022年暮春于南京

拂霓裳
暮春长

暮春长,但悲佳日损红芳。

风吹雨,落花流水水流香。

布谷枝头叫,画眉叶底藏。

燕飞忙,剪盈波、育雏在华堂。

江南美景,辜负了、好时光。

劫难里,小楼深院任凄凉。

苍颜悲白发,人老对珠黄。

惜惶惶,盼平安、家国俱呈祥!

1.惶惶:也作皇皇。恐惧不安。如:惶惶不可终日。

2022年暮春于南京

长亭怨慢

梦怀远

梦怀远、楚天空阔[韵]。
江左风光，落花时节[韵]。
虎踞龙蟠，六朝遗韵满城阙[韵]。
大江东去，帆影里、伤离别[韵]。
春暮子规啼，断肠处、几番凄切[韵]。

心结[韵]。
想浮生落拓，运蹇时乖蹀躞[韵]。
庾愁竟日，恰正有、柳丝堪折[韵]。
季鹰念、鲈脍莼羹，早归去、烟霞明灭[韵]。
叹病老残身，偏对一轮孤月[韵]！

1. 长亭怨慢：词牌名，又名《长亭怨》。宋姜夔自度曲，调见其《白石道人歌曲》。姜夔词小序云："予颇喜自制曲，初率意为长短句，然后协以律，故前后阕多不同。桓大司马云：'昔年种柳，依依汉南；今看摇落，凄怆江潭。树犹如此，人何以堪？'此语予深爱之。"调名取东晋大司马桓温江陵北行途中，经金城，见到昔年自己亲手种植的柳树皆以十围，而感叹岁月流逝的典故，以寄惜时惜别之情。这句话是庾信《枯树赋》里的话，而非桓温语。或许是姜夔所记有误。调名本意即以慢曲的形式来歌咏长亭惜别之怨情。此调为双调,共九十七字。前、后片各九句、五仄韵。另有变格体者。这首《长亭怨慢·梦怀远》依姜夔体,为流寓江南,暮春时节,感叹浮生落拓、时光流逝而作。

2. 虎踞龙蟠,六朝遗韵满城阙:在南京,到处都是六朝遗迹,到处都是六朝风物,到处都有六朝的风流韵事。

3. 大江东去,帆影里、伤离别:遥望着大江里远去的船只,勾起人怀念故乡及亲朋故旧的离别之情。

4. 踥蹀:小步走路;往来徘徊。意指犹豫不决,小心谨慎。

5. 季鹰念、鲈脍莼羹,早归去、烟霞明灭:西晋时,吴地的张翰在京城洛阳为官,因思念家乡鲈鱼和莼菜羹的美味,于是就辞官回乡,隐居于山水林泉间。张翰,字季鹰,吴郡吴县(今江苏苏州)人。魏晋时期文学家,汉初名臣张良的后裔。西晋初年,张翰在京城洛阳为官,为齐王司马冏的属官。司马冏是八王之乱的重要参与者。张翰眼见西晋皇室内乱方兴未艾,便借口秋风起,思念家乡吴中的特产鲈鱼、莼羹、菰菜(茭白)为由,辞官回到故乡吴松江畔。临别之际,张翰还写下了著名的《思吴江歌》:"秋风起兮木叶飞,吴江水兮鲈正肥。三千里兮家未归,恨难禁兮仰天悲。"于是,历史故事中又多了一个"莼鲈之思"的典故。张翰归乡不久,齐王司马冏在"八王之乱"中兵败被杀,多人被牵连。时人称赞张翰有先见之明。北宋苏轼有诗赞曰:"浮世功名食与眠,季鹰真得水中仙。不须更说知机早,直为鲈鱼也自贤。"南宋辛弃疾在其名篇《水龙吟·登建康赏心亭》中也有词曰:"休说鲈鱼堪脍,尽西风、季鹰归未?"都表达了对张翰的赞美之情。

2022年暮春于南京

遍地锦

咏春光

翠柳梧桐小庭院㈢,沐阳和、百花争艳㈢。

漫芳菲、姹紫嫣红,且喜那、春光灿烂㈢。

不堪听、鸟雀啼鸣,沁人心、雨丝风片㈢。

似这般、沉醉烟霞,却不道、流年暗换㈢!

1. 遍地锦:词牌名,又名《遍地花》。调见宋毛滂《东堂词》,孙守席上咏牡丹花作也。取其词前片句意为词调名。此调为双调小令,前、后片各四句,共五十六字。前片第一、二、四句和后片第二、四句押韵,押仄声韵。

2. 雨丝风片:江南春日美景无限,阳和浮动,雨细风柔。语见明代戏曲家汤显祖的《牡丹亭》。在《游园惊梦》一折里,女主人公杜丽娘唱了一首脍炙人口的曲子名《皂罗袍》:"原来姹紫嫣红开遍,似这般都付与断井颓垣。良辰美景奈何天,便赏心乐事谁家院? 朝飞暮卷,云霞翠轩。雨丝风片,烟波画船。锦屏人,忒看的这韶光贱!"

3. 似这般、沉醉烟霞,却不道、流年暗换:春意融融,百花盛开,鸟语花香,美得让人心醉,让人留恋。终日沉醉在大好春光里,却不道,光阴已经偷偷地溜走了。

2022年暮春于南京

遍地锦
咏蔷薇

四月芳菲恋春暮(韵),有蔷薇、艳香无数(韵)。
结篱墙、买笑花开,恰正是、如云似雾(韵)。

俏吴娃、倩影堪怜,漫流连、醉人心处(韵)。
不忍归、娇媚盈盈,勿忘那、风光一度(韵)。

1. 结篱墙、买笑花开,恰正是、如云似雾:蔷薇花在春末夏初开花,白、粉、红、黄、紫、五色等各色蔷薇花,琳琅满目,竞相开放,热烈奔放,灿若云霞,如云似雾,美不胜收。蔷薇花枝叶交映,芬芳袭人,深受人们喜爱。蔷薇花是最佳的结篱缀屏之物,最宜种植在围墙和篱笆旁,蔷薇花织出的篱笆墙会给小院增添异样的风采。蔷薇花又称"买笑花"。据《贾氏说林》记载:汉武帝与丽娟在园中赏花,时蔷薇始开,态若含笑。汉武帝叹曰:"此花绝胜佳人笑也。"丽娟戏问:"笑可买乎?"武帝曰:"可。"丽娟便取黄金百斤,作为买笑钱,以尽武帝一日之欢。"买笑花"从此便成了蔷薇的别称。

2. 俏吴娃、倩影堪怜,漫流连、醉人心处:蔷薇花盛开,姹紫嫣红,美不胜收。吴地娇俏的少女们,在蔷薇花编织的篱笆墙下争相摄影留照,流连忘返,久久不忍离去。花映佳人,花醉了,人也醉了。

2022年暮春于南京

遍地锦
莫道东风伴花信

莫道东风伴花信_韵，暮春时、绿肥红衬_韵。

一茬茬、妩媚妖娆，绚烂处、行将看尽_韵。

月华明、遍洒清光，照无眠、乱人方寸_韵。

不忍听、琴韵悠悠，似诉说、离愁别恨_韵。

1. 暮春时、绿肥红衬：春将尽，各种花卉多已凋谢，绿叶茂盛，所剩无几的花朵反倒成了绿叶的陪衬。绿肥红衬：绿肥红瘦意。

2022年暮春于南京

金错刀
春归去

春归去,惜流光㈡,群芳摇落动忧伤㈠。

东风袅袅风前柳,酥雨绵绵雨后棠㈢。

山黛黛,水茫茫㈠,离情别绪费思量㈠。

数年客寓江南路,一片愁思也断肠㈠!

1. 金错刀:词牌名,又名《醉瑶瑟》《君来路》等。汉张衡《四愁诗》:"美人赠我金错刀,何以报之英琼瑶。"调名本于此。调见《花草粹编》。金错刀,一说指用黄金镀刀环或刀把的佩刀,一说指汉朝时王莽铸的一种刀币英琼瑶。英通瑛,皆美玉也。另外,金错刀又指在绘画过程中用笔颤抖拖拽形成的一种笔法,写字、绘画的一种笔体,别名"金错书"。此调为双调小令,共五十四字。前、后片各五句、三平韵。此调另有仄韵体者,押仄韵词名《君来路》。双调,共五十四字。前、后片各五句,三仄韵、一叠韵。余的这三首小令《金错刀》词,前两首为平韵体,后一首为仄韵体,俱为写暮春景色而作。

2. 流光:光阴,时光。

3. 雨后棠:雨后的海棠花更显妩媚娇艳。

2022年暮春于南京

金错刀
芳草绿

芳草绿,柳烟浓(韵),春归何处不相逢(韵)。
光阴似箭沧桑度,流水无情一梦中(韵)。

花发尽,鸟飞鸣(韵),愁思离恨意难平(韵)。
人生无奈风和雨,野鹤闲云载酒行(韵)。

2022年暮春于南京

君来路
桃花落

桃花落㈱,樱花落叠㈱,谁料春归悲寂寞㈱。
年年流寓在天涯,老迈茕茕愁病弱㈱。

伤飘泊㈱,终漂泊叠㈱,而今悟得人情薄㈱。
想来旧梦尽成空,回首此生无对错㈱。

1. 君来路:词牌名,即《金错刀》。小令《金错刀》有平韵、仄韵两体,平韵体调名《金错刀》,仄韵体调名《君来路》。

2. 想来旧梦尽成空,回首此生无对错:运蹇时乖,一生坎坷,昔日的梦想成空,愿望多不能实现。如今暮年,回首人生,一切都如过眼烟云。活好当下,不必再纠结人生过往的对与错了吧。

2022年暮春于南京

夏初临
新夏吟

绿树婆娑,水流溪碧,无边烟雨茫茫㈭。

小院荫浓,叶繁枝茂清凉㈭。

嫩荷萱草修篁㈭,火榴花、偏映华堂㈭。

清新佳丽,嘤嘤鸟鸣,莺燕飞忙㈭。

熏风吹处,柳絮翩飞,夜蛙声乱,梅子初黄㈭。

平畴沃野,正怜稻麦花香㈭。

览遍群芳㈭,夏初临、过尽春光㈭。

独凭阑,沉醉画楼,梦在云乡㈭。

1.夏初临:词牌名,又名《燕春台》《宴春台》《宴春台慢》等。此调始自宋张先,以张先词《宴春台·东都春日李阁使席上》为正体,双调、九十八字。另有双调、九十八字及双调、九十七字的变格体。双调、九十七字体以宋黄裳词《宴春台·初夏宴芙蓉堂》和宋曹冠词《夏初临·翠入烟岚》为代表。这首《夏初临·新夏吟》依曹冠体。双调,共九十七字。前片十句、五平韵,后片十一句、五平韵。为写初夏江南景色而作。

2.嫩荷萱草修篁,火榴花、偏映华堂;熏风吹处,柳絮翩飞,夜蛙声乱,梅子初黄:这几句俱为春末夏初江南庭院之景象:小池塘里鲜嫩的荷叶浮出水面,岸边黄红色的萱草花正在开放,青竹碧绿,石榴花红艳似火,暖风吹过,柳絮蒙蒙,梅子初黄,夜晚,池塘里的青蛙叫个不停。啊,夏天到了。萱草:多年生草本植物。花黄红色。萱草在中国古代有母亲花之称,犹如现在的康乃馨。萱草象征着伟大的母爱。萱堂,旧指母亲的居室。也指母亲。唐代诗人孟郊在《游子诗》中写道:"萱草生堂阶,游子行天涯。慈母倚堂门,不见萱草花。"用以表达对母亲的思念之情。

3. 嘤嘤:拟声词。鸟鸣声。《诗经·小雅·伐木》:"伐木丁丁,鸟鸣嘤嘤。出自幽谷,迁于乔木。嘤其鸣矣,求其友声。"意为:鸟儿在嘤嘤地鸣叫,寻求同伴的应声。比喻寻找志同道合的朋友。

2022年5月5日(立夏)于南京

醉思仙

夏初临

夏初临(韵),看平畴沃野,禾稼无垠(韵)。

正声声布谷,似是怜春(韵)。

春去也,知何处,怎奈不消魂(韵)?

路茫茫,望不尽,淡烟轻雾流云(韵)。

南国佳丽地,六朝风韵犹存(韵)。

爱泉清溪碧,细雨香尘(韵)。

江山胜,美如画,向醉里、漫游频(韵)。

倦归来,弄清影,月华偏照离人(韵)。

1. 醉思仙:词牌名。调见宋吕渭老《圣求词》。以吕词《醉思仙·断人肠》为正体。取吕词中"怎惯不思量"及"当时醉倒残缸"句意作为词调名。另一说,《醉思仙》为琵琶曲,是众人饮酒等待醉翁欧阳修不来,由歌女蕊仙奏曲。调名本意即咏歌女蕊仙弹奏思念醉翁欧阳修的曲子。此调为《醉思仙》本调,与《醉太平》调之别名《醉思仙》不同。此调为双调,共八十八字。前片十一句、五平韵,后片十句、四平韵。另有双调八十九字、双调九十一字等变体。这首《醉思仙·夏初临》为双调八十八字体。

2. 正声声布谷,似是怜春:春末夏初,布谷鸟昼夜不停地啼叫,好像是怜惜春天,怕春归去。

3. 南国佳丽地,六朝风韵犹存:烟雨江南,佳丽之地,风光秀丽,人杰地灵。这里特指六朝古都南京,六朝风韵依旧绵延留存。

2022年孟夏于南京

天香
春去匆匆

春去匆匆,悠悠长夏,争奈茫茫烟雨(韵)。

碧野青山,兰溪萦带,泛起满天轻雾(韵)。

大江东去(韵),帆影远、鸥翔汀渚(韵)。

流寓江南倦客,遥望水云深处(韵)。

当年气吞如虎(韵),算而今、病愁频顾(韵)。

浪迹天南地北,眷怀吴楚(韵)。

谁念飘零一度(韵)?但梦里、应谙旧归路(韵)。

寂寂寥寥,朝朝暮暮(韵)。

1. 天香:词牌名,又名《天香慢》《伴云来》《楼下柳》等。天香,祭神、礼佛的香。南宋吴自牧《梦粱录》云:"元旦侵晨,禁中景阳钟罢,主上精虔炷天香,为苍生祈百谷于上穹。"调名本意即咏祭祀上苍天神的香。唐释道世《法苑珠林》云:"天童子天香甚香。"调名本于此。此调以宋贺铸《天香·烟络横林》为正体。双调,共九十六字。前片十句、五仄韵,后片八句、六仄韵。另有双调九十六字、双调九十五字等变格体。这首《天香·春去匆匆》依贺铸体,为怜春去和感叹迟暮年华仍要飘摇零落、流寓他乡而作。

2. 流寓江南倦客,遥望水云深处:厌倦了流寓他乡、四海漂泊之人,遥望着大江里消失在茫茫水云交际处的船只,勾起了游子对故乡的思念。

3. 浪迹天南地北,眷怀吴楚:天南地北,浪迹萍踪,但最眷恋的还是吴天楚地、烟雨江南。

4. 寂寂寥寥,朝朝暮暮:迟暮年华,流寓他乡,远离亲朋故旧,整日在孤单寂寞中度日,了无情趣。

2022年孟夏于南京

夜合花
夏日初临

夏日初临,熏风吹过,细雨轻打梧桐㉄。

榴花似火,依然默默娇红㉄。

小院静,碧玲珑㉄,鸟雀啼、月色溶溶㉄。

醉人心处,稻花香里,阵阵蛙声㉄。

谁念脉脉情浓㉄?魂断花蹊柳陌,十里长亭㉄。

凄凉夜久,奈何暗自销凝㉄。

人去也,浪萍踪㉄,误年华、蝇利蜗名㉄。

算平生事,南柯一梦,柳絮飞蓬㉄。

1. 夜合花:词牌名。调见宋晁补之《琴趣外篇》。唐韦应物诗有"夜合花开香满庭"句,调名取于此。夜合花,即绒花,合欢树也。合欢,又称合昏、夜合,其木似梧桐,其叶至暮而合,故曰合昏,一般在6月到7月开花,花为粉色或红色,绒毛状,像一把把羽毛状的小扇子,有芳香。此调以晁补之《夜合花·百紫千红》为正体。双调,共九十七字。前片十句、五平韵,后片十句、六平韵。另有双调,一百字之变格体。以南宋史达祖词《夜合花·柳锁莺魂》为代表。宋人多依史达祖体。余的这两首《夜合花》俱依史达祖体。双调,共一百字。前片十一句、五平韵,后片十一句、六平韵。前、后片第九句,一般作上一下三句式,但并不做强求。

2. 销凝:销魂凝神。

3. 蝇利蜗名:汉语成语"蝇头微利,蜗角虚名"的略语。形容微不足道的空名和利益。

4. 南柯一梦:是汉语中一则来源于文人作品的成语故事,出自唐代李公佐所著的传奇《南柯太守传》。《南柯太守传》载:东平人淳于棼,家住广陵郡东十里,所居宅南有大古槐一株,枝干修密,清阴数亩。一日,淳于棼醉酒于大槐树下,梦到自己到了大槐安国,娶公主为妻,并任南柯太守,享尽荣华富贵。后遭国王疑忌,被遣还乡。醒后才发现大槐安国就是大槐树下的蚁穴。后人根据这个故事概括为成语"南柯一梦"。比喻人生如梦,富贵得失无常。也泛指一场梦或比喻一场空欢喜。

2022年孟夏于南京

夜合花
梦回

柳树梢头,杜鹃声里,夜风吹进轩窗(韵)。

融融月色,清辉遍洒华堂(韵)。

蛙鸣乱,小池塘(韵),梦惊回、一枕黄粱(韵)。

正销魂处,悠悠往事,涌上心房(韵)。

无奈几缕忧伤(韵)。曾是花前月下,绮陌芬芳(韵)。

长堤十里,流连阆苑仙乡(韵)。

追往昔,好时光(韵),到如今、依旧思量(韵)。

念天涯远,愁云漠漠,百转柔肠(韵)。

1. 轩窗:窗户。是古人对窗户的别称。
2. 一枕黄粱:黄粱一梦。

2022年孟夏于南京

初夏咏花绝句五首(之一)
月见草

小花朵朵粉红妆㊀,四翅婀娜蕊正黄㊁。

傍晚悄悄开放后,窗前月下吐芬芳㊂。

1. 月见草:别名待宵草、晚樱草、山芝麻、夜来香等,为桃金娘目柳叶菜科月见草属的草本植物。北方为一年生植物,淮河以南为二年生植物。花期一般在5至9月,花多为粉红色,也有黄色和白色。粉红色的又叫"美丽月见草",四翅(四瓣)小花,花蕊黄色,是非常漂亮的花卉品种,深受人们的喜爱。月见草傍晚开花,白天就会凋谢,人们说它是开给月亮看的花,故名"月见草"。月见草原产于北美洲,几千年前古印第安人就用其治疗疾病,他们认为这是月光赐给世人的宝贝,能够解除人类的病痛。月见草十七世纪时由欧洲传入中国,我们中国人给它起了一个非常有诗意的名字"月见草"。晚上开花,白天凋谢,所以又叫"待宵花"。月见草油是本世纪发现的最重要的营养药物。可治疗多种疾病,调节血液中类脂物质。

2022年初夏于南京

初夏咏花绝句五首（之二）
锦绣杜鹃

花开烁烁映山红㈡,绚丽芬芳遍地生㈡。

小院篱墙溪水畔,江南无处不相逢㈡。

1.锦绣杜鹃:别名毛杜鹃、映山红。因其叶片背面有明显的绒毛,故又叫毛鹃。又因在春末开花,故又称春鹃。锦绣杜鹃是杜鹃花科、杜鹃花属植物,半常绿灌木,花期4月至5月,分布于江南、华南一带。锦绣杜鹃枝繁叶茂,花色鲜艳。其花朵的颜色非常丰富,有紫红、粉红、白色、条纹色等,最宜在林缘、溪边、池畔及岩石旁丛植,既可大面积种植形成花海,又可于疏林下散植,是花篱的良好材料,更是城市园林绿化中最常用的种类。锦绣杜鹃具有净化空气,美化环境的作用。花开时节的映山红,漫山遍野,万紫千红,绚烂夺目,热烈奔放,火红如霞,壮美异常。

2022年初夏于南京

初夏咏花绝句五首（之三）
白木香

簇簇白花满苑香[注]，爱情俘虏梦流长[韵]。

芬芳淡雅留春住，也作篱笆也作墙[韵]。

1. 白木香：木香花有许多别名，如蜜香、五香、五木香、青木香、南木香、广木香等。木香花是蔷薇科、蔷薇属植物，攀援小灌木，高可达6米，植株十分茂密。原产我国四川、云南，全国各地均有栽培。花期4月至5月。花白色，花朵小，花直径1.5~2.5厘米，多朵成伞形花序，花瓣重瓣至半重瓣，有浓郁的芳香，开花数量大。木香花枝条细长，叶片繁密，生长迅速，擅长攀爬，在开花的时候，繁花满枝，芬芳淡雅，如瀑布般倾泻而下，非常壮观。木香花多生长在溪边、路旁或山坡灌丛中。木香花是著名的观赏植物，常栽培供攀援棚架、篱墙之用。除有白木香花之外，还有黄木香花。其主要品种有：重瓣白木香、单瓣白木香、重瓣黄木香、单瓣黄木香和杂交的大花白木香。木香花可提取精油，木香的根和叶可入药。木香花的花语是"爱情的俘虏"，木香花在表达爱情时，象征着自己已沦为爱情的俘虏，就是一生只爱一个人的意思，素雅中透露着一丝浪漫。

2. 芬芳淡雅留春住：木香花的花期为4月至5月，正值春末夏初，此时，芬芳淡雅的木香花却盛开了，繁花满枝，如瀑布流淌，蔚为壮观。大概是木香花想把春天给留住吧？

2022年初夏于南京

初夏咏花绝句五首(之四)
紫藤花

紫藤架上紫藤长㈠,串串琳琅缀画廊㈠。

阵阵花香风送处,如云似雾映华堂㈠。

1. 紫藤:别名朱藤、招藤、招豆藤、藤萝等。豆科、紫藤属植物。落叶藤本。花期4月中旬至5月上旬,花紫色,有芳香,花长2~2.5厘米,聚生呈穗状下垂,花冠似蝶,花开时候若万千紫蝶飞舞,加之虬枝盘干,叶子碧绿,在紫藤架下乘凉,品茗读书,臻于妙境。紫藤花盛开之时,如紫色的云雾,蔚为壮观。紫藤长寿,宜作棚架、门廊、枯树、山石、墙面绿化的材料,也可修剪成灌木状植于草坪、溪水边、岩石旁,还可用于盆栽。紫藤不仅可用于绿化、美化,还可发挥增氧降温、减少噪声等作用。紫藤可入药。据史书记载,紫藤原产于西域,汉张骞出使西域引入,自此在中华延续千年。

2. 琳琅:美玉。用于形容紫藤花。

3. 缀:连结;组合。

2022年初夏于南京

初夏咏花绝句五首（之五）
红王子锦带

仙子编织锦带花①，宝石镶嵌满枝桠①。

嫣红娇俏柔丝绿，艳丽无双幻彩霞①。

1. 红王子锦带：忍冬科、锦带花属。落叶丛生灌木，高1.5~2米，冠幅1.5米。枝条展开成拱形，花冠5裂，漏斗状钟形，鲜红色。夏初开花，盛花期5月到6月，花序到9月份仍陆续不断。红王子锦带株型美观，枝条修长，叶色独特，花朵稠密，颜色鲜艳，灿如锦带。盛花期孤植株型形似红球，即使是在盛花期过后，红花点缀在绿叶之中，仍甚为美观，因此而得名"红王子"。在园林中，既可孤植于庭院、居民小区、广场、公园、草坪中，亦可丛植于路旁，或可用来做色块，易与其他树种组合搭配。红王子锦带原产于美国，中国引进栽培，长江流域及其以北地区的园林中多有栽培。此花生长迅速，耐修剪，越修剪新枝越多，树形越旺，开花越多，是优良的观花树种。

2022年初夏于南京

姑苏行杂诗十首（之一）
虎丘

吴中胜概虎丘山㈠，塔势凌云斜入天㈡。

叠嶂层峦凝紫气，飞泉流瀑罩晴岚㈢。

名蓝香火禅门盛，宝刹佛光法脉传㈣。

漫道鱼肠剑何在？沉埋池底数千年㈤。

1. 虎丘：苏州名胜。虎丘风景名胜区位于苏州古城西北角，有2500多年的悠久历史，有"吴中第一名胜""吴中第一山"之美誉。苏东坡曾说过"到苏州不游虎丘，乃憾事也"。虎丘，原名"海涌山"，据"史记"记载，吴王阖闾葬于此，传说葬后三日有"白虎蹲其上"，故名"虎丘"。又一说为"丘如蹲虎"，以形为名。虎丘山仅高34.3米，面积只有0.19平方公里，但却有"江左丘壑之表"的风范，绝岩耸壑，气象万千，并有三绝九宜十八景之胜。其中最为著名的是云岩寺塔、剑池和千人石。云岩寺塔已有一千多年的历史，是世界第二斜塔，为苏州古城的标志性建筑；剑池据传埋有吴王阖闾墓葬及三千把宝剑的千古之谜；千人石留下了"生公讲座，下有千人列坐"及"生公说法，顽石点头，白莲花开"的佳话。另外还有试剑石、憨憨泉、二仙亭、断梁殿、真娘墓、孙武子亭、西溪环翠、书台松影、拥翠山庄等众多景点。虎丘山风景名胜区是首批国家5A级旅游景区。

2. 虎丘塔：云岩寺塔，俗称"虎丘塔"。世界第二斜塔，中国第一斜塔。塔高47.7米，七级八面。它建于五代后周显德六年（公元959年），建成于宋建隆二年（公元961年），至今已有一千多年的历史。它是江南现存时代最早，规模宏大，结构精巧的一座佛塔。虎丘塔被称为"中国的比萨斜塔",它的塔顶偏离中心2.34米,最大倾斜角为3度59分。它斜而不倒,所以更显珍贵。虎丘塔为第一批全国重点文物保护单位。

2022年夏日于南京

姑苏行杂诗十首（之二）

剑池

剑池埋剑古今传㉑，胜迹流播一世间㉑。

碧水悠悠藏洞壑，怪石磊磊伴云泉㉑。

秦皇寻宝悄然去，楚霸兴师寂寞还㉑。

若在虎丘山上望，迷离梦幻锁烟岚㉑。

1. 剑池：虎丘最为著名的两大景点，一是虎丘塔，另一个就是剑池。剑池是虎丘中最引人入胜的名胜古迹，传为春秋时吴王阖闾的墓。称它为剑池原因有三：一是如果从上面看，这池宛若一把平铺的剑；另一个原因是传说当年为吴王阖闾殉葬的有名为鱼肠、扁诸的宝剑三千把，故名；还有一种说法是当年秦始皇、楚霸王及孙权都曾来这里挖过宝剑，剑池就是由他们所挖而成。（其实剑池是天然形成的。）"别有洞天"圆洞门旁刻有"虎丘剑池"4个大字，浑厚遒劲，为唐代大书法家颜真卿独子颜頵（yūn）所书。圆洞内石壁上另刻有"风壑云泉"，笔法潇洒，传为宋代四大书法家之一的米芾所书。崖左壁有篆文"剑池"二字，传为大书法家王羲之所书。剑池是虎丘最为神秘的地方，传说吴王阖闾墓的开口处就在这里。

2. 磊磊：众多委积貌；高大。意即石头众多的样子。

3. 秦皇寻宝悄然去，楚霸兴师寂寞还：据传，当年秦始皇、楚霸王都曾带人来这里挖宝寻剑，但都一无所获，无功而返。

2022年夏日于南京

姑苏行杂诗十首（之三）
灵岩山

烟雨江南美景怜㈠，姑苏城外访灵岩㈠。

怪石塔影奇峰聚，古寺晨钟暮鼓传㈠。

越女遗踪夕照里，馆娃旧址砚池前㈠。

谁知山顶花园处，西子泛舟可采莲㈠。

1. 灵岩山：位于苏州市西南的木渎镇，因灵岩塔前有一块"灵芝石"十分有名，因此得名"灵岩山"。远望山势右旋似巨象回顾，亦称象山。山西麓出产板岩是苏州著名工艺品——藏书灵岩山石砚（俗称澄泥砚）的料石，故又称砚石山。又称石鼓山、石城山等。山上多奇石，旧有十二奇石或十八奇石之说。灵岩山有"灵岩秀绝冠江南"和"灵岩奇绝胜天台"的美誉。巨岩嵯峨，怪石嶙峋，殿宇雄伟，古塔耸立，松林满山，物象宛然。灵岩山是春秋时代吴王夫差为西施所建馆娃宫的旧址，也是越国献西施的地方，吴宫遗迹众多，现今尚存吴王遗迹和古迹有：吴王井、浣花池、玩月池、梳妆台、西施洞、智积井、长寿亭、响廊、琴台、方亭，以及馆娃宫宫墙遗迹等。

2. 古寺晨钟暮鼓传：灵岩山山顶是灵岩寺，即吴王"馆娃宫"的旧址。灵岩寺现存规模宏大，为典型的中国佛教净土宗道场。寺在山顶，高耸入云，巍峨壮观，晨钟暮鼓，声入云霄。

3. 越女遗踪：与西施有关的遗迹及传说。

4. 馆娃旧址砚池前：灵岩山山顶的灵岩寺，即"馆娃宫"旧址。灵岩寺院内有池名"砚池"。娃：吴人称美女为"娃"，故名"馆娃宫"。

5. 谁知山顶花园处,西子泛舟可采莲:灵岩山寺西部以花园为主,俗称"山顶花园"。园内有众多的与西施有关的遗迹,如:园内浣花池相传西施于此泛舟采莲;玩月池供西施赏月;吴王井呈圆形,曾供西施照容;假山上有"长寿亭",传为西施梳妆之所;灵岩山最高处有琴台,相传西施曾于此操琴;等等。

2022年夏日于南京

姑苏行杂诗十首(之四)
拙政园

名噪吴中拙政园(韵),风光秀美惹人怜(韵)。

崇楼幽榭星星点,佳木修竹处处环(韵)。

玉鉴平湖盈碧水,奇花异卉笼苍烟(韵)。

盛衰几度何曾见,慨叹沧桑四百年(韵)。

  1. 拙政园:位于苏州城东北隅,是苏州最大的古典园林,占地78亩。全园以水为中心,山水萦绕,亭榭精美,花木繁茂,具有浓郁的江南水乡特色。拙政园分为东、中、西三部分,东花园开阔疏朗,中花园是全园精华所在,西花园建筑精美,各具特色。拙政园始建于明正德初年(16世纪初),是江南园林的代表。拙政园的建筑稀疏错落,共有堂、楼、亭、轩等三十一景,形成一个以水为主,疏朗平淡,近乎自然风景的园林。其主要景点有:秫香馆、涵青亭、天泉亭、芙蓉榭、缀云峰、香洲、雪香云蔚亭、梧竹幽居、松风水阁、小飞虹、远香堂、海棠春坞、听雨轩、玉兰堂、笠亭、宜两亭、卅六鸳鸯馆、倒影楼、留听阁、浮翠阁、塔影亭、与谁同坐轩、波形廊,以及园林博物馆等。四百多年来,拙政园几度分合,或为私人宅园,或作金屋藏娇,或是王府治所,留下了许多遗迹和典故。拙政园与留园、狮子林、沧浪亭同为苏州四大名园,与北京颐和园、承德避暑山庄、苏州留园一起被誉为中国四大名园。拙政园是首批国家5A级旅游景区,首批全国重点文物保护单位,入选《世界遗产名录》。

2022年夏日于南京

姑苏行杂诗十首（之五）
留园

秀色迭出穷变化，步移景换是留园[新]。

亭轩楼馆参差立，台榭阁廊错落环[新]。

烁烁嫩红花掩映，悠悠浅碧水潺湲[新]。

冠云名动清流地，佳构天成世代传[新]。

1. 留园：曾名"东园""寒碧山庄"，位于苏州市姑苏区。留园为中国大型古典私家园林，占地面积23300平方米，园以建筑艺术著称，厅堂宏敞华丽，庭院富有变化，整个园林采用不规则布局形式，使园林建筑与山、水、石相融合而呈天然之趣。利用云墙和建筑群把园林划分为中、东、北、西四个不同景区。中部以山水见长；东部以厅堂庭院建筑取胜，亭、馆、楼、榭高低参差；北部陈列数百盆朴拙苍奇的盆景，一派田园风光；西部颇有山林野趣。其间以曲廊相连，迂回连绵，蜿蜒相续有七百米之多，通幽度壑，秀色迭出，大有移步换景之妙。建筑物约占园总面积的四分之一，建筑结构式样代表清代风格，在不大的范围内造就了众多且各有特性的建筑，处处显示了咫尺山林、小中见大的造园艺术手法。其主要景点有：明瑟楼、涵碧山房、闻木樨香轩、可亭、恰航、古木交柯、小蓬莱、濠濮亭、曲溪楼、五峰仙馆、清风池馆、自在处、远翠阁、汲古得修绠、佳晴喜雨快雪之亭、林泉耆硕之馆、亦不二、待云庵、冠云楼、冠云亭、冠云台、揖峰轩、洞天一碧、静中观、还读我书斋、又一村、小桃坞、舒啸亭、活泼泼地、君子所履等。留园与拙政园、狮子林、沧浪亭同为苏州四大名园，与北京颐和园、承德避暑山庄、苏州拙政园一起被誉为中国四大名园。留园是首批国家5A级旅游景区，首批全国重点文物保护单位，入选《世界遗产名录》。

2. 冠云：即冠云峰，为江南园林中最高大的一块湖石，位于留园东部，高6.5米，相传为宋代花石纲遗物。因石巅高耸，四展如冠，故取名"冠云"。"瑞云""岫云"二峰屏立左右，是为著名的留园三峰。三峰下罗列小峰石笋，花草松竹点缀其间，大有林下水边，胜地之胜的林泉景色。冠云峰后为冠云楼，另有冠云亭、冠云台等，俱为冠云峰而设。

2022年夏日于南京

姑苏行杂诗十首（之六）

狮子林

人道姑苏狮子林(韵)，假山瑰丽世绝伦(韵)。

怪石溶洞遗风在，幽壑流泉古韵存(韵)。

吐月含晖怜倩影，昂霄立玉慕青云(韵)。

千姿百态诸峰秀，禅院原来公案频(韵)。

1. 狮子林：位于苏州城内东北部。因园内石峰林立，多状似狮子，故名"狮子林"。狮子林始建于元至正二年（公元1342年），为中国古典私家园林。狮子林平面呈长方形，面积约15亩，林内的湖石假山多且精美，建筑分布错落有致。假山群以"瘦、透、漏、皱"的太湖石堆叠。假山上有石峰、石笋，石缝间长着古松、古柏，石笋上悬葛垂萝。其主要建筑有：燕誉堂、绿玉青瑶之馆、揖峰指柏轩、花篮厅、见山楼、立雪堂、问梅阁、卧云室、真趣亭、飞瀑亭、湖心亭、石舫、扇亭、文天祥碑亭、御碑亭、暗香疏影楼、双香仙馆、古五松园等。由于林园几经兴衰变化，寺、园、宅分而又合，传统造园手法与佛教思想相互融合，以及近代园主贝氏家族把西洋造园手法和家祠引入园中，使其成为融禅宗之理、园林之乐于一体的寺庙园林。狮子林与拙政园、留园、沧浪亭同为苏州四大名园。狮子林为国家4A级旅游景区，全国重点文物保护单位，入选《世界遗产名录》。

2. 吐月、含晖、昂霄、立玉：均为狮子林假山，通过模拟与佛教故事有关的人体、狮形、兽像等，寓佛理于其中，以达到渲染佛教气氛之目的。山体分上、中、下三层，有山洞二十一个，曲径九条。山顶石峰以"狮子峰"为主峰，环以"吐月""含晖""昂霄""立玉"四峰及数十小峰，各具神态，千奇百怪。

3. 禅院原来公案频：狮子林是禅宗寺庙园林，园因寺而闻名，是现存唯一的一座"禅意"园林。在佛学中佛为人中狮子，狮子座为佛之坐处，泛指高僧座席。林，丛林，即禅寺。因此，狮子林本身即是一个宗教用语。禅僧以参禅、斗机锋为得道法门。所以狮子林不设佛殿，唯树法堂，而建筑的题名大多都寓以禅宗特色。如立雪堂，为讲经说教之堂。出自禅宗公案《景德传灯录》中的典故"少林立雪"：禅宗二祖慧可初次见到达摩时，态度十分傲慢。后来慧可知道达摩祖师的身份后，历千辛追随至少林寺，立于门外直至天明，积雪没膝。达摩祖师不予理会，说除非天降红雪才会向慧可传法。为了学法，慧可砍断了自己的手臂，鲜血染红了积雪。达摩感其诚，终于收慧可为弟子，传经授道，是为禅宗二祖。如指柏轩，全名为"揖峰指柏轩"。其名字的来源一说出自禅宗"赵州指柏"的典故：有弟子曾向"赵州法道"从念和尚询问，达摩祖师为何千里迢迢从西方来到中国？从念和尚只说了句"庭前柏树子"。从念和尚所处的赵州观音院也称"柏林寺"，寺内柏树繁盛。意思是说，柏树子生长在柏树上，是自然开花结果的道理。山川草木皆可成佛，你的所见、所听、所闻都是佛的世界。由此，明代高启的诗句中写道："人来问不应，笑指庭前柏。"另一说源于宋代朱熹的诗句"前揖庐山，一峰独秀"。而问梅阁，则出自禅宗公案《五灯会元》中"马祖问梅"的典故：唐代法常禅师是马祖道一禅师的弟子，因马祖道一其言"即心即佛"而当场大彻大悟，于是就到了浙江大梅山修行。马祖为了了解他领悟的程度，就让其他弟子前去对法常说："马祖大师近来佛法有变，又说'非心非佛'。"法常道："他说他的'非心非佛'，我只管自己的'即心即佛'。"马祖听到后赞许地对众弟子说："大众，梅子熟了。"后来法常禅师便被人称为"大梅禅师"。又如卧云室，是安卧在峰石间僧人休居的禅房。"卧云"二字出自金元好问的诗句："何时卧云身，因节遂疏懒"。古人有"云触石而生，石为云根"之说。等等。这些都是以禅宗公案命名。即便狮子林成为私家园林，这些建筑重建后，题名依然不改，可见狮子林是禅宗与中国园林相互影响的一个详细例证。这里的禅宗公案，是指与佛教禅宗有关的故事、典故或传说。

2022年夏日于南京

姑苏行杂诗十首（之七）

沧浪亭

昔日曾闻沧浪亭㈠，太湖烟雨锁吴中㈠。

清风明月本无价，近水远山皆有情㈡。

巧变荒湾成妙境，重修池馆赛蓬瀛㈠。

穷奇极怪千年秀，岁月悠悠一世名㈠。

1. 沧浪亭：位于苏州市城南，始建于北宋庆历年间（公元1041—1048年），始为文人苏舜钦所建的私人花园。苏舜钦因感于"沧浪之水清兮，可以濯吾缨；沧浪之水浊兮，可以濯吾足"，而题名为"沧浪亭"，自号沧浪翁，并作《沧浪亭记》，欧阳修应邀作《沧浪亭》长诗。沧浪亭占地面积1.08公顷，是苏州现存诸园中历史最为悠久的古代园林。南宋初年（公元12世纪初）曾为名将韩世忠的住宅。沧浪亭的造园艺术与众不同，未进园门便设一池绿水绕于园外。园内以山石为主景，迎面一座土山，沧浪亭便坐落其上。山下凿有水池，山水之间以一条曲折的复廊相连。山石四周环列建筑，通过复廊上漏窗的渗透作用，沟通园内、外的山、水，使水面、池岸、假山、亭榭融为一体。园内的主要景观除沧浪亭本身外还有明道堂、看山楼、面水轩、翠玲珑、印心石屋、五百名贤祠、仰止亭、御碑亭等。沧浪亭与狮子林、拙政园、留园一起列为苏州宋、元、明、清四大园林。沧浪亭为全国重点文物保护单位，入选《世界遗产名录》。

2. 清风明月本无价，近水远山皆有情：这两句是借用沧浪亭上的对联用在诗中。沧浪亭上刻有对联"清风明月本无价，近水远山皆有情"。此联为清代学者梁章钜为苏州沧浪亭题的集句联，该对联上联出自欧阳修《沧浪亭》诗中"清风明月本无价,可惜只卖四万钱",下联出于苏舜钦《过苏州》诗中"绿杨白鹭俱自得,近水远山皆有情"句。不仅叙说了沧浪亭的建亭过程,也写尽了沧浪亭情景交融的风月山水,使人感悟到热爱自然、顺应自然,与自然在情感上亲和的环境保护理念。

2022年夏日于南京

姑苏行杂诗十首(之八)

网师园

玲珑小筑网师园㈠,精巧清幽雅静娴㈠。

景点布局涵古韵,池山安置蕴天然㈠。

亭阁错落青光动,花木扶疏碧水环㈠。

莫道奇书藏万卷,修身养性度华年㈠。

1. 网师园:位于苏州市城区东南部,是苏州园林中古典山水宅园的代表作品。网师园始建于南宋时期(公元1127—1279年),旧为宋代藏书家、扬州文人史正志的"万卷堂",花园名"渔隐",后废弃。清乾隆年间(约公元1770年),为宋宗元购得并重建,定园名为"网师园"。网师园几易其主,园主多为文人雅士,各有诗文碑刻遗于园内,历经修葺整理。网师园是典型的宅园合一的私家园林,占地约半公顷,是苏州园林中最小的一座。园内主要建筑有:万卷堂、撷秀楼、殿春簃、濯缨水阁、五峰书屋、集虚斋、看松读画轩、小山丛桂轩、稻和馆、琴室等。网师园的亭台楼榭无不临水,全园处处有水可依,各种建筑配合得当,空间尺度比例协调,布局紧凑,以精巧见长。网师园以精致的造园布局,深蕴的文化内涵,典雅的园林气息,成为江南中小古典园林的代表作品。园内的山水布置和景点题名蕴含着浓郁的隐逸气息。网师园为全国重点文物保护单位,入选《世界遗产名录》。簃(yí):楼阁旁边的小屋。

2. 小筑:一种中国古代的建筑形式。其建筑小巧、玲珑、雅致,环境清幽、宁静、自然,古时多为文人墨客或者隐居者所青睐。现代建筑亦有模仿其风格的,名之曰某某小筑,多指环境优美的小区,其中景物多为人工建造。亦有一些网络论坛、空间等,为追求古朴安宁之意境,也命名为某某小筑。

3. 青光动:园中广植花草树木,到处都是绿树浓荫,青光浮动。

2022年夏日于南京

姑苏行杂诗十首（之九）
环秀山庄

环秀山庄金谷园(韵)，叠石幻妙冠江南(韵)。

涧溪栈道争奇巧，洞壑峰峦作大观(韵)。

飞雪泉出绝壁后，涵云阁立怪崖前(韵)。

步移景易称佳丽，自是诗情画意传(韵)。

1. 环秀山庄：位于苏州市姑苏区景德路。原为五代吴越钱氏"金谷园"，几经易手，屡有兴废。清道光二十九年（公元1847年）更名为"环秀山庄"，又名"颐园"。环秀山庄整体布局以假山为主，池水为辅，山水相依，庄园虽小，却极有气势。环秀山庄以假山堆叠奇巧著称，被誉为"苏州三绝"之一，又被誉为"独步征轲"。园面积虽只有3亩，却集建筑、园林、雕刻、诗书、灰雕等汉族传统艺术于一身，突出了汉族园林建筑中雄、奇、险、幽、秀、旷的特点。其湖石假山为中国之最，堪称一绝。假山占地不过半亩，然咫尺之间，千岩万壑，环山而视，步移景易。主峰突兀于东南，次峰拱揖于西北，池水缭绕，绿树掩映。山有危径、幽谷、悬崖、绝壁、洞穴、飞梁，等等，境界多变，一如天然。主峰高7.2米，涧谷长12米，山径长60余米，盘旋上下，如高路入云，气象万千。此山为清代叠山大师戈裕良所造。戈氏叠山运用"大斧劈法"，简练遒劲，结构严谨，错落有致，浑若天成，有"独步江南"之誉。此山虽由人作，宛如天开，尽得造化之妙，堪称假山之珍，环秀山庄亦因此而驰名。环秀山庄内有一副对联云："风景自清嘉，有画舫补秋，奇峰环秀；园林占幽胜，看寒泉飞雪，高阁涵云"，将园内景色描绘得淋漓尽致。环秀山庄为全国重点文物保护单位，入选《世界遗产名录》。

2. 飞雪泉、涵云阁：环秀山庄主要景点之一。另有：假山、有谷堂（主厅）、四面厅、补秋舫、房山亭（又名翼然亭）、问泉亭、边楼等。

3. 步移景易称佳丽，自是诗情画意传：环秀山庄的假山，逼真地模拟自然山水，千岩万壑，气象万千，环山而视，步移景易。以质朴、自然、幽静的山水来体现委婉含蓄的诗情，通过合理安排山石、水体、树木来表现深远与层次多变的画意，向人们传达着中国古典园林的美感。

2022年夏日于南京

姑苏行杂诗十首（之十）
退思园

名园贴水傍荷塘,花木扶疏绕画廊。

简朴无华追素雅,端庄宁静寓沉藏。

眠云亭畔辛台外,望月楼前香榭旁。

归去来辞碑拓在,退思深意慢思量。

1. 退思园:位于苏州市吴江区同里镇,它的建筑别具一格,充满诗情画意。退思园始建于清光绪十一年至十三年(公元1885—1887年),是园主任兰生被罢官返回故里后建造的一座私家园林,园名取《左传》"进思尽忠,退思补过"之意。退思园以"退"为横线,以"思"为核心。园内简朴无华,素静淡雅,具有晚清江南园林的建筑风格。退思园的建筑均贴水而建,结构紧凑,中心突出。园内的每一处建筑既可独立成景,又与另一景观相对应。退思园的设计者为同里画家袁龙。退思园的主要特点:一是布局小巧玲珑,含而不露。占地面积仅有9亩8分,不讲究园林的气势与气魄,以诗文造园,追求园林的神韵与诗意,各类建筑布局力求精致玲珑,品位清淡素朴。二是采用横向建筑,风格独特。退思园一改以往园林都是纵向结构,而变为横向布局,自西向东依次是住宅、庭院、花园。三是亭台楼阁齐全。退思园有"三株、三绝、三珍",亭、台、楼、阁、廊、坊、桥、榭、厅、堂、房、轩,一应俱全,集古典园林之精华,在有限的地和空间内,建造了一个天然博物馆。它蕴含着浓厚的汉族传统思想文化内涵,以写意山水的艺术手法,展示了东方文明高超的造园艺术,实为无价的艺术瑰宝。退思园的主要景观有:荷花池、退思草堂、坐春望月楼、雨坐亭、眠云亭、水香榭、菰雨生凉轩、琴房、辛台、迎宾馆、岁寒居、闹红一舸、《归去来辞》碑拓、"石鼓文"刻、灵璧石老人峰等。步移景异,使人流连。退思园为全国重点文物保护单位,入选《世界遗产名录》。

2.简朴无华追素雅,端庄宁静寓沉藏:退思园的园名取《左传》"进思尽忠,退思补过"之意,其建园的宗旨是"简朴无华,素静淡雅,藏匿锋芒,不露富贵。"

3.眠云亭、辛台、望月楼、香榭:俱为退思园中的景点。眠云亭,在水池东岸,为二层歇山顶式,其下层被周围的湖石遮挡,这种建筑与湖石搭配的方法,创造了"无山胜有山"的意境。辛台,园主读书之处,取"辛苦读诗书"之意而命名。望月楼,即"坐春望月楼",供客人居住处。香榭,正对园门与曲廊相连接的一处水榭,名为"水香榭"。

4.归去来辞碑拓:《归去来辞》,即《归去来兮辞》,晋宋之际大文学家陶渊明创作的抒情小赋。全文叙述了作者辞官归隐后的生活情趣和内心感受,表达了他洁身自好、不同流合污的情操。文章通过描写具体的景物和活动,创造了一种宁静恬适、乐天自然的意境,寄托了作者的生活理想。《归去来辞》碑拓,壁立于退思草堂后厅内,为元代大书法家赵孟𫖯所书。

2022年夏日于南京

杭州行杂诗八首(之一)

游西湖

琼田玉鉴武林春[韵],莺燕穿飞绿柳频[韵]。
烟雨蒙蒙隔远岫,晴光袅袅入青云[韵]。
泛舟碧水断桥下,信步长堤曲院邻[韵]。
一抹残阳落湖上,三潭印月月黄昏[韵]。

1. 西湖:位于浙江省杭州市西部,三面环山,东西宽约2.8千米,南北长约3.2千米,面积约6.39平方千米,湖体轮廓呈近椭圆形,绕湖一周约15千米。湖中被孤山、白堤、苏堤、杨公堤、赵公堤将湖面分隔,按面积大小分别为外西湖、西里湖、北里湖、小南湖及岳湖等五片水面,苏堤、白堤越过湖面,小瀛洲、湖心亭、阮公墩三个人工小岛鼎立于外西湖湖心,夕照山的雷峰塔与宝石山的保俶塔隔湖相映,由此形成了“一山、二塔、三岛、四堤、五湖”的基本格局。西湖的天然地表水源是金沙涧、龙泓涧、赤山涧、长桥溪四条溪流。西湖最早称武林水,后又有钱水、钱塘湖、明圣湖、金牛湖、石涵湖、潋滟湖、西子湖、高土湖、西陵湖、龙川、上湖、销金锅、放生池、美人湖、贤者湖、明月湖等诸般名称,但只有两个名称为历代普遍公认,并见诸文献记载:一是因杭州古名钱塘,湖称钱塘湖;一是因湖在杭城之西,故名西湖。西湖是久负盛名的观赏性淡水湖泊,其周边分布着100多处公园景点,历代有“西湖十景”“新西湖十景”“三评西湖十景”之说,有60多处国家、省、市级重点文物保护单位和20多座博物馆。其著名景点有:断桥、雷峰塔、保俶塔、苏堤、白堤、长桥、虎跑、钱王祠、净慈寺、三潭印月、西泠印社、苏小小墓等。西湖是中国首批国家重点风景名胜区,国家5A级旅游景区,入选《世界遗产名录》。

2. 武林：杭州古称"余杭""临安""钱塘""武林"。

3. 断桥、长堤、曲院、三潭印月：西湖十景中的几处景点。全称是：断桥残雪、苏堤春晓、曲院风荷、三潭印月。

2022年夏日于南京

杭州行杂诗八首（之二）
过断桥

闲来漫步断桥头㈲，一碧平湖放眼收㈲。

丝柳轻摇风细细，嫩荷亭立水悠悠㈲。

沙堤锦带孤山去，塔影云光玉照留㈲。

谁记当年定情处，神仙眷侣伞中求㈲。

1. 断桥：位于西湖北里湖和外西湖的分水点上，一端跨着北山路，另一端接通白堤。据说，早在唐朝断桥就已经建成，宋代称"保佑桥"，元代称"段家桥"。在西湖古今诸多大小桥梁中，断桥的名气最大。其名由来众说纷纭，一说孤山之路到此而断，故名；一说段家桥简称段桥，谐音为断桥；一说大雪初停，登宝石山往南俯瞰，白堤皑皑如链。日出映照，断桥向阳面积雪融化，露出褐色的桥面一痕，仿佛长长的白链到此中断了，因此叫断桥。民间爱情传说《白蛇传》的故事即发生于此。现在的断桥，是1941年改建，50年代又经修饰。桥东堍有碑亭，内立"断桥残雪"碑。亭侧建水榭，题额"云水光中"，青瓦朱栏，翘角飞檐。桥、亭、榭共同构成西湖东北隅一幅绝美的古典风格的画图。

2. 沙堤锦带孤山去，塔影云光玉照留：断桥在西湖东北隅，其一端斜向西南为白堤，白堤上有锦带桥，再向西南为孤山。断桥北面，保俶塔耸立在宝石山上，塔影云光，称"宝石流霞"，为"新西湖十景"之一。

3. 谁记当年定情处，神仙眷侣伞中求：汉族民间爱情传说《白蛇传》的故事即发生在西湖断桥。传说白娘子与许仙断桥相会，历经磨难，最终成就了一双神仙眷侣，也为断桥景物增添了浪漫色彩。

2022年夏日于南京

杭州行杂诗八首（之三）
访虎跑

大慈山麓有仙缘㊁，托梦高僧地涌泉㊁。

云雾升腾浮紫气，峰峦耸立绕晴岚㊁。

清幽古寺千年度，肃穆佛门百代传㊁。

最爱虎跑龙井水，香茶一盏润心田㊁。

1. 虎跑：虎跑寺，位于西湖西南大慈山白鹤峰下。唐元和十四年（公元819年），性空大师在此定居建寺。宋朝高僧济公，初出家在灵隐寺，后居净慈寺，圆寂于虎跑寺。被佛门称为"重兴南山律宗第十一代主师"的高僧弘一法师披剃出家也是在虎跑寺。虎跑寺以寺中名泉"虎跑泉"而著名。性空、济颠和弘一三位名僧，又给这个古老的寺宇增添了传奇而庄严的色彩。

2. 大慈山麓有仙缘，托梦高僧地涌泉：指虎跑泉的来历。相传，唐元和十四年（公元819年）高僧寰中（亦名性空）来此，喜这里风景灵秀，便住了下来。后来，因为附近没有水源，他准备迁往别处。一夜忽然梦见神人告诉他说："南岳有一童子泉，当遣二虎将其搬到这里来。"第二天，他果然看见二虎刨地做地穴，清澈的泉水随即涌出，故名为"虎跑泉"。虎跑泉原有三口井，后合为二池。在主池泉边石龛内的石床上，寰中正头枕右臂侧身卧睡，神态安闲，那种静里乾坤不知春的超然境界，颇如一副联语所云："梦熟五更天几杵钟声敲不破，神游三宝地半空云影去无踪。"同时，栩栩如生的两只老虎正从石龛右侧向入睡的高僧走来，形象亦十分生动逼真。这组"梦虎图"浮雕寓神仙给寰中托梦，派遣仙童化作二虎搬来南岳清泉之典。

3. 最爱虎跑龙井水,香茶一盏润心田:这虎跑泉是从大慈山后断层陡壁砂岩、石英砂中渗出,泉水晶莹甘冽,居西湖诸泉之首,和龙井泉一起并誉为"天下第三泉"。虎跑,"跑"字读"刨"音,二声"páo"。

2022年夏日于南京

杭州行杂诗八首(之四)
咏雷峰塔

雷峰夕照西湖畔,塔影云光霞满天㈣。

翼展五级铜瓦盖,檐飞八面玉雕栏㈣。

悠悠碧水兰舟渡,漠漠琼田绿柳环㈣。

可叹贞娘情意重,几经劫难镜重圆㈣。

1. 雷峰塔:又名黄妃塔、西关砖塔,位于杭州市西湖区,地处西湖南岸夕照山上,是吴越国王钱俶为供奉佛螺髻发舍利、祈求国泰民安而建。始建于北宋太平兴国二年(公元977年),历代屡加重修。现存建筑以原雷峰塔为原型设计,重建于2002年,中国九大名塔之一,中国首座彩色铜雕宝塔。雷峰塔主体不含塔基为五层平面八角形仿唐宋楼阁式塔,各层盖铜瓦,转角处设铜斗拱,飞檐翘角,总高71.68米,塔身对径28米,边长11米,周长88米,塔底为原雷峰塔遗址。雷峰塔之名,则是因为塔建于西湖南岸夕照山的雷峰之上,中国民间以地名指称,都叫其为"雷峰塔"。雷峰塔因《白蛇传》中有白素贞被镇压于雷峰塔下的故事情节而为世人所熟知。"雷峰夕照"为"西湖十景"之一。

2. 可叹贞娘情意重,几经劫难镜重圆:《白蛇传》中,白素贞对爱情忠贞不渝,历经劫难,被镇压在雷峰塔下19年。后其子得中状元,到塔前祭母,将母亲救出,全家团圆。贞娘:指白素贞。镜重圆:破镜重圆。这是一则成语典故。唐代孟棨《本事诗·情感》载:陈太子舍人徐德言之妻,后主陈叔宝之妹,封乐昌公主,才色冠绝。时陈政方乱,德言知不相保,谓其妻曰:"以君之才容,国亡必入权豪之家,斯永绝矣。傥情缘未断,犹冀相见,宜有以信之。"乃破一镜,人执其半,约曰:"他日必以正月望日卖于都市,我当在,即以是日访之。"及陈亡,其妻果入越公杨素之家,宠嬖殊厚。德言流离辛苦,仅能至京,遂以正月望日访于都市。有苍头卖半镜者,大高其价,人皆笑之。德言直引至其居,设食,具言其故,出半镜以合之,乃题诗曰:"镜与人俱去,镜归人不归。无复嫦娥影,空留明月辉。"陈氏得诗,涕泣不食。(杨)素知之,怆然改容,即召德言,还其妻,乃厚遗之。闻者无不感叹。乃与德言、陈氏偕饮,令陈氏为诗,曰:"今日何迁次?新官对旧官。笑啼俱不敢,方验作人难。"遂与德言归江南,竟以终老。

2022年夏日于南京

杭州行杂诗八首（之五）

登六和塔

浮屠高耸月轮峰①，拔地参天气概雄②。

结构神奇光灿烂，造型绝妙玉玲珑③。

登临俯瞰江潮涌，凭槛回眸雾岭横④。

历尽沧桑劫难后，千年胜迹耀杭城⑤。

1. 六和塔：位于浙江省杭州市西湖区之江路。始建于宋开宝三年（公元970年），塔基原址系吴越王钱弘俶的南果园，钱弘俶舍园建塔原为镇压钱塘江潮。六和塔，取佛教"六和敬"之义，又取"天地四方"之意，故命名为"六和塔"。六和塔占地890平方米，塔高59.89米。内部塔芯为砖石结构分七层，外部木结构楼阁式檐廊为八面十三层，7层与塔身相通，6层封闭，形成7明6暗的格局。塔外观八角形，腰檐层层支出，宽度逐层递减，檐上明亮，檐下阴暗，明暗相间，衬托分明。每级廊道两侧有壶门，塔内由螺旋阶梯相连，可盘旋而上，到达顶层。塔身每层有外墙、回廊、内墙和方形塔心小室四部分组成，第三级须弥座上雕刻有花卉、飞禽、走兽、仙子等各式图案，塔外各层檐角挂有104只铁铃。外观雍容大度，全塔设计精巧，结构奇妙。六和塔庄严而又雄伟，远望有拔地参天之势，是杭州古城最重要的宋代建筑，它标志南宋时期的建筑科技与艺术水准。六和塔为西湖三十景之一。清朝乾隆皇帝曾为六和塔每层题字。六和塔为第一批全国重点文物保护单位。

2.登临俯瞰江潮涌,凭槛回眸雾岭横:六和塔位于西湖之南、钱塘江畔月轮山上,是观赏钱塘江秋潮的最佳地点之一。六和塔附近有大慈山、虎跑后山、天花山、九曜山、青龙山、凤凰山、乌龟山、狮子山、云居山、龙门山、象鼻峰、莲花峰、五老峰、枫树岭等众多山峰,纵横交错,烟雾缭绕。槛:栏杆。

2022年夏日于南京

杭州行杂诗八首（之六）
谒岳王庙

栖霞山麓西湖畔，古柏森森岳墓前⑩。

殿宇巍峨呈肃穆，碑碣崇立现庄严⑩。

心昭日月忠魂铸，气贯长虹铁骨眠⑩。

伟业丰功诚可叹，缅怀先烈拜英贤⑩。

1.岳王庙：又称岳坟、岳飞墓，位于杭州西湖西北角、栖霞岭南麓。始建于南宋嘉定十四年（公元1221年），明景泰年间改称"忠烈庙"，是纪念南宋抗金名将岳飞的主要场所。岳王庙主要由墓区和庙区两部分组成。岳王庙现存建筑为清康熙五十四年（公元1715年）重建，门厅上悬"岳王庙"匾额，正殿重檐歇山顶，檐间悬"心昭天日"匾。庭园中间有一石桥名精忠桥，过精忠桥便是墓阙，进墓阙重门就是岳飞墓园。墓道两侧有石马石虎石羊各一对，石俑三对，正中便是岳飞墓，墓碑上刻"宋岳鄂王墓"，左边是岳云墓，墓碑上刻"宋继忠侯岳云墓"，两墓保持宋代式样。墓前一对望柱上刻有一副对联："正邪自古同冰炭，毁誉于今判伪真"。墓阙后面两侧分列秦桧、王氏、张俊、万俟卨四人的铸铁跪像。墓阙后重门旁有对联一副："青山有幸埋忠骨，白铁无辜铸佞臣"。墓园一侧，另有一组庭园，现已辟为岳飞纪念馆，供游人瞻仰。岳王庙为第一批全国重点文物保护单位、杭州市和浙江省首批爱国主义教育基地。国家教委等将岳王庙列为全国中小学爱国主义教育基地。

岳飞是南宋初抗击金兵的主要将领，但被秦桧、张俊等人以"莫须有"罪名诬陷为反叛朝廷，陷害至死。岳飞遇害前在供状上写下"天日昭昭，天日昭昭"八个大字。岳飞遇害后，狱卒隗顺冒着生命危险，背负岳飞遗体越过城墙，草草葬于九曲丛祠旁。21年后宋孝宗下令给岳飞平反昭雪,用隆重的仪式迁葬于西湖畔栖霞岭下,追谥"武穆",后又追谥"忠武"。南宋嘉泰四年(公元1204年),即岳飞死后63年,朝廷追封岳飞为鄂王。

2022年夏日于南京

杭州行杂诗八首(之七)

瞻苏小小墓

西泠桥畔慕才亭[韵],油壁香车不再逢[韵]。
一代名姝花落去,六朝佳丽韵飘零[韵]。
清风明月人人爱,绿柳夭桃处处情[韵]。
千古流芳叹薄命,为伊隔世梦魂萦[韵]。

1. 苏小小墓:即慕才亭,位于西湖西泠桥畔。在西湖风景区内的景点中,苏小小墓的知名度很高,可谓家喻户晓。有诗写道:“湖山此地曾埋玉,岁月其人可铸金。”苏小小,南朝南齐时(公元479—502年)钱塘名妓,被后人誉为中国古代“四大名妓”之首。她才貌出众,身世和爱情故事凄婉动人。她曾自制油壁香车经常在西湖风光佳丽处游赏,并作诗:“妾乘油壁车,郎骑青骢马。何处结同心?西陵松柏下。”至今脍炙人口。传说其死后葬于西泠桥畔,年仅23岁。后人于墓上覆建慕才亭。历代“题咏殆遍”,为其所撰之名篇佳作亦不可胜数。“千载芳名留古迹,六朝韵事著西泠”,传为湖山佳话。苏小小是中国古代文学中的一个经典形象,正史中并无记载,多作为才貌双全的佳人形象出现在诗歌、小说等文学作品中。白居易、刘禹锡、李贺、权德舆、张祜、李商隐、罗隐、温庭筠等众多诗人均有许多有关苏小小的作品。关于苏小小墓址,历来传说不一。《西湖拾遗》记述墓在“西泠桥侧”,但《临安志》和《武林旧事》都说墓在湖上。而《春渚纪闻》却记述司马才仲与苏小小隔世人鬼相恋,并说墓在“廨舍后”。根据陆广微《吴地志》的说法,其墓更是远在嘉兴。等等。相传苏小小死后葬于西湖西泠桥畔,后人仰慕她的才情在此建墓。南宋时仍有墓在。墓前有石碑,上题"钱塘苏小小之墓"。墓小而精致,上覆六角攒尖顶亭,名"慕才亭"。据说是苏小小资助过的书生鲍仁所建。历史上苏小小墓几经毁建。2004年经市民热烈争论后,杭州市政府决定重修苏小小墓。重建后的苏小小墓用泰顺青石雕琢而成,内刻有十二副楹联。

2. 一代名姝花落去,六朝佳丽韵飘零:指苏小小年纪轻轻即香消玉殒,撒手人寰。韵:情趣、风度。如风韵、韵致。这里指风度、风韵。飘零,凋谢零落。

3. 为伊隔世梦魂萦:宋朝人何薳在其《春渚纪闻》里记述了一个隔世相恋凄美的爱情故事:宋朝时一位青年才俊名司马才仲,为司马光侄孙,经苏轼举荐到杭州任钱塘幕官。司马才仲在洛阳时曾做过一个奇怪而美丽的白日梦。梦中他邂逅了一个清丽可人的江南女子,那女子对他情深款款却又若即若离,隔着白纱帘帷唱了一首词的上半阕,其词云:"妾本钱塘江上住,花落花开,不管流年度。燕子衔将春色去,纱窗几阵黄梅雨。"才仲慕其人亦爱其词,就请教曲名,答曰《黄金缕》,询问芳名,自称苏小小,并相约"后日相见于钱塘江上"。巧合的是,司马才仲来到杭州后,其住所恰与苏小小墓紧紧相邻。于是,苏小小每夜都会进入司马才仲梦里与他缠绵缱绻,一如隔世夫妻。司马才仲的同僚好友钱塘尉秦觏(词人秦观之弟)对苏小小在司马才仲梦中所吟唱的那半阕词非常感兴趣,并为其续写了下半阕:"斜插犀梳云半吐,檀板轻敲,唱彻《黄金缕》。梦断彩云无觅处,夜凉明月生南浦。"司马才仲与苏小小深深地爱恋,他白天刻骨相思,夜间梦中相会,时日一长,虽然是"衣带渐宽终不悔",但的确也"为伊消得人憔悴"了。不到一年光景,司马才仲已经病入膏肓,奄奄一息。有一天,一个和司马才仲相识的船工在渡口看见他与一红妆丽人携手登上了画舫,然后,忽然"火起船尾",刹那间一切都消失不见了。船工大惊失色,急忙赶到杭州府衙报信,才得知重病中的司马才仲在寓所刚刚过世。人们把他葬在了苏小小墓旁。后来,民间传说又把苏小小和司马才仲演绎成了西湖湖仙。这个故事在宋朝即广为流传,如苏门四学士之一张耒的《柯山集》中亦有相似的记载。记载最详细的,当是宋人李献民的《云斋广录》卷七所收的《钱塘异梦》。元陶宗仪《南村辍耕录·黄金缕》中和明田汝成《西湖游览志余·香奁艳语》中均有记载。可见其流传之广。这个故事是中国最早的人鬼隔世相恋,且时间跨度达五六百年,开创了中国古代文学史上人神、人鬼、人妖相恋的先河。

2022年夏日于南京

杭州行杂诗八首（之八）
游千岛湖

千岛湖光映碧簪㈮，星罗棋布水如蓝㈮。

烟波渺渺流青玉，云雾茫茫涌翠山㈮。

鸥鹭翩飞怜秀色，扁舟摇荡弄清闲㈮。

淳安古镇今何在？岁月悠悠浪底眠㈮。

1. 千岛湖：千岛湖即新安江水库，位于浙江省杭州市淳安县境内，小部分连接建德市西北，是为建新安江水电站拦蓄新安江上游而成的人工湖，1955年始建，1960年建成。水库坝高105米，长462米，水库长约150千米，最宽处达10余千米，最深处达100余米，平均水深30.44米，在正常水位情况下，面积约580平方千米，蓄水量可达178亿立方米，在最高水位时拥有1078座大于0.25平方千米的陆桥岛屿，并以2平方千米以下的小岛为主，岛屿面积共409平方千米。千岛湖水在中国大江大湖中位居优质水之首，为国家一级水体，不经任何处理即达饮用水标准，被誉为"天下第一秀水"。千岛湖与加拿大渥太华金斯顿千岛湖、湖北黄石阳新仙岛湖并称为"世界三大千岛湖"。千岛湖风景区为首批国家5A级旅游景区。

2. 千岛湖光映碧簪，星罗棋布水如蓝。烟波渺渺流青玉，云雾茫茫涌翠山：这几句是对千岛湖风光的描绘。清粼粼的碧水，一望无际，悠悠流淌，烟波浩渺，云雾茫茫。放眼望去，满眼皆是数不清的青翠小岛，像一个个碧玉簪星罗棋布地插在巨大的绿玉盘中。鸥鹭翩飞，鱼游虾戏，游轮竞渡，扁舟摇荡。

3. 淳安古镇今何在？岁月悠悠浪底眠：为建新安江水电站，淹没了原淳安县淳城、原遂安县狮城两座县城，以及原淳安县49个乡镇的1377个自然村。原淳安、遂安两县合并为新淳安县。古老的千年古城淳安已经安眠在碧水之下了，老县令海瑞如果到此也会为此巨变而感到震惊吧！

2022年夏日于南京

无锡行杂诗四首（之一）
咏鼋头渚

震泽仙岛鼋头渚，昂首神龟入太湖⑴。

浩渺烟波开玉镜，朦胧云雾隐瑶珠⑵。

亭台轩榭参差现，牌匾廊桥错落伏⑶。

鹿顶迎晖观胜景，水光山色美流图⑷。

1. 鼋头渚：横卧在太湖西北岸的一个半岛，因巨石突入湖中形状酷似神龟昂首而得名。鼋头渚的风光是山清水秀，浑然天成，为太湖风景的精华所在，故有"太湖第一名胜"之称。鼋头渚独占太湖最美的一角，向南望，太湖有着青岛海滨的气概，向北望太湖又有着杭州西湖的明媚风光。在这一片真山真水的自然景色中辅之以别具匠心的人工点缀，使之成为观赏太湖最为理想的游览胜地。鼋头渚以其"山不高而秀雅，水不深而辽阔"的无边风月，以及早中晚、晴阴雨景致各异的神奇变幻和春花秋月、夏荷冬雪的四时之景吸引着历代文人墨客和中外游人。来无锡必游太湖，游太湖必游鼋头渚。鼋头渚的主要景点有：鹿顶迎晖、充山隐秀、鼋渚春涛、万浪卷雪、湖山真意、十里芳径、太湖仙岛、震泽神鼋、横云山庄、江南兰苑、藕花深处、中犊晨雾、摩崖石刻、樱花谷、广福寺、无锡人杰苑等，各具风貌。鼋头渚为国家5A级风景区。

2. 震泽：太湖古称震泽、具区、太漏(gé)、笠泽、五湖等。

3. 朦胧云雾隐瑶珠：太湖上缥缈的云雾将湖中的三山岛隐藏了起来，朦朦胧胧使人看不清楚。瑶珠，指湖中的岛屿。太湖中有三个小岛，远看形似神龟静伏水面，绰约多姿，恍如蓬莱仙岛。原称"三山岛"，俗称"乌龟山"，又称"太湖仙岛"。岛上建有三山道院、月老祠等古建筑，玉宇琼楼，瑰丽雄奇。

4. 鹿顶迎晖：鹿顶迎晖为太湖鼋头渚景区的著名景点。鹿顶山，山高96米，为风景区最高点。登高远眺，可饱览太湖风光和无锡城市风貌，视野十分开阔。山顶和山腰建有舒天阁、环碧楼、范蠡堂、踏花亭、群鹿雕塑、碑刻影壁等。

2022年夏日于南京

无锡行杂诗四首（之二）
游樱花谷

鼋头渚畔太湖滨(韵)，玉树琼林樱谷春(韵)。

姹紫嫣红迷醉眼，妖娆妩媚动芳心(韵)。

漫山流雾清新韵，隔水飘香淡雅魂(韵)。

最是轻风吹送处，悠悠花雨奈何人(韵)。

1. 樱花谷：鼋头渚景点，山清水秀，浑然天成，为太湖风景的精华所在，素有"太湖第一名胜，中华赏樱胜地"之美誉。作为"世界三大赏樱胜地"之一，无锡鼋头渚樱花谷内有3万多株、100多个品种的樱花树。樱花节期间，樱花如云似霞、满树烂漫，春风轻拂、落樱飞舞，美不胜收。

2022年夏日于南京

无锡行杂诗四首（之三）
过蠡园

蠡园坐落蠡湖旁_(据)，吴越春秋日月长_(阳)。

远眺青山叠岫壑，近观绿水绕亭廊_(阳)。

功成身退佳人在，归隐林泉高士藏_(阳)。

西子提篮浣纱去，沉江之事费思量_(阳)。

  1.蠡园：位于无锡市风光秀美的蠡湖之滨，是国家重点风景名胜区"太湖"的主要景点之一。它占地123亩，其中水域面积约五分之二，以水景见长。蠡湖，原名漆湖、五里湖，是太湖东北岸的一个内湖。三面环水，远眺翠嶂连绵，近闻长浪拍岸。南堤春晓，桃红柳绿；枕水长廊，步移景换；假山耸翠，曲折盘旋；亭台楼阁，层波叠影。蠡园假山就水而叠，因水而活，尽显山水交融之"假山真水"的无限情趣。相传春秋时越国大夫范蠡偕美人西施泛舟于此，湖因人而得名，园因湖而得名。蠡园是国家4A级旅游景区、江苏省重点文物保护单位。

  范蠡（公元前536—前448年），字少伯，春秋末期杰出的政治家、军事家和经济学家，被誉为"治国良臣，兵家奇才，商人始祖"。楚国宛（今河南南阳）人。辅佐越王勾践卧薪尝胆，图强雪耻。经过十余年努力，越国转弱为强。勾践十五年，范蠡建议勾践发兵伐吴，袭破吴都（今苏州），杀吴太子。勾践二十四年，越军在围吴都三年后破城，吴王夫差自杀，越国终于吞并吴国。勾践称霸后，范蠡深知勾践为人"可与共患难，难与同安乐"，决计急流勇退，就辞官归隐至齐国。他善于经营，以计然之术治产至千万。齐人尊他为贤人，请他为齐相。任齐相不久，范蠡又弃官散财,移居定陶,在定陶经商又积财千万,成为大富翁,号陶朱公。范蠡不是吴国人,却在无锡留下了不少传说。相传范蠡与西施曾隐居于此,泛舟五里湖上,故名蠡湖,蠡园因地处蠡湖之滨而得名。在无锡还有许多地名与范蠡有关,如蠡河、蠡桥等。

2.沉江之事费思量:在吴越争霸的硝烟散尽之后,美女西施的结局,众说纷纭,自古难有定论。后世有各种各样的传说,概括起来主要有以下6种:(1)愧疚自缢说。西施助越国灭掉吴国后,一方面感到欣慰,完成了自己的使命。另一方面也感到内疚,觉得对不起吴王夫差。在异常矛盾的心理中不能解脱,最后自缢于馆娃宫内。(2)被范蠡带走说。这种说法较为风行,典籍中有记载。东汉人所写的《越绝书》中记述:"西施,亡吴后复归范蠡,同泛五湖而去。"文学戏剧作品中大都依此说。说吴国灭亡当天,范蠡做了两件事,一件是劝他的好朋友、一同共患难的文种,趁早离开勾践。再一件事就是,在姑苏台下花荫深处找到了委顿不堪的旧日情人西施,仓皇逃到太湖,双双驾一叶扁舟,消失在烟波浩渺之中。苏东坡曾经写道:"五湖问道,扁舟归去,仍携西子。"在山东肥城陶山,据说有范蠡和西施墓。(3)被范蠡沉湖说。吴国灭亡以后,越王因为西施的美貌想要将她留在身边,但是范蠡坚决反对,他要越王吸取吴王教训,不能被美色诱惑。他设计派人用越王的车把西施骗到太湖,又把她骗上船,到湖心的时候,趁西施不注意,狠心将西施推下船,西施就这样溺死于太湖之中了。(4)被吴人沉江说。民间有一种传说,吴国灭亡后,吴人把一腔怒火都发泄在西施身上,用锦缎将她层层裹住,沉于扬子江心。《东坡异物志》载:"扬子江有美人鱼,又称西施鱼,一日数易其色,肉细味美,妇人食之,可增媚态,据云系西施沉江后幻化而成。唐代罗隐有诗云:"家国兴亡自有时,吴人何苦怨西施。西施若解倾吴国,越国亡来又为谁。"(5)被勾践沉江说。越王勾践曾说:"亡吴之功,西施当属也。"传说勾践认为吴国的灭亡源于夫差沉湎于西施的美色,为了避免西施的美色反过来殃及越国,他恩将仇报,赐西施沉江而死。这种说法和"被吴人沉江说""被范蠡沉湖说"是异曲同工,都把西施看成了"红颜祸水"。(6)被越后沉江说。传说越国灭吴后，勾践欲将西施收进后宫。越后认为西施是"祸国之女"，担心西施祸害越国，就令手下将其装进牛皮袋子中沉入了江底。这种说法因较为符合君王好色、王后妒嫉的心理，也比较流行。《东周列国志》上就是这种说法。

2022年夏日于南京

无锡行杂诗四首（之四）
谒灵山大佛

大佛矗立小灵山①，雨露福泽降九天②。

秦履峰高茫玉树，太湖水阔渺云烟②。

慈颜微笑三千界，妙相庄严亿兆间②。

玄奘法师了心愿，悠悠释脉永流传②。

1. 灵山大佛：位于无锡市滨湖区马山国家风景名胜区的山水之间，也是国家5A级旅游景区无锡市灵山景区的重要组成部分，佛体坐落于无锡马山秦履峰南侧，面对太湖，1997年11月15日落成开光。大佛所在位置系唐玄奘命名的小灵山，故名"灵山大佛"。灵山大佛通高88米（其中佛体高79米，莲花瓣高9米），相当于一座三十余层楼房的高度，比"山是一尊佛，佛是一座山"的四川乐山大佛还要高出17米，是中国第二高的巨型佛像。大佛佛体（不含莲花瓣）由1560块6~8毫米厚的铜壁板构成，焊缝长达35公里。灵山大佛铸铜约725吨，铜板面积达九千多平方米，约一个半足球场大小。由于高科技的运用，灵山大佛能抵御14级台风和8级地震的侵袭。灵山大佛的塑造，依据佛经如来三十二相的记载完成。整个佛像形态庄严圆满，安详凝重。

2. 秦履峰高茫玉树，太湖水阔渺云烟：这两句是说灵山大佛所在的位置系唐玄奘所命名的小灵山，坐北朝南，背靠绿树葱茏的马山秦履峰，面向烟波浩渺的太湖，巍峨壮观，妙相庄严。

3. 三千界：三千大千世界。梵语，系为古代印度人之宇宙观。谓以须弥山为中心，周围环绕四大洲及九山八海，称为一小世界，此一小世界以一千为集，而形成一个小千世界，一千个小千世界集成中千世界，一千个中千世界集成大千世界，此大千世界因由小、中、大三种千世界所集成，故称三千大千世界。这个"三千"是讲它组成的结构，它的结构是从小千，到中千，再到大千，一级一级组成的，而不是这个大千世界是三千个。又于佛典之宇宙观中，三千世界乃一佛所教化之领域，故又称"一佛国"。

4. 玄奘法师了心愿：相传，一千多年前的唐代，唐玄奘西天取经归来，游历东南来到太湖边的小灵山，见层峦丛翠，景色非凡，大为赞赏，曰"无殊西竺国灵鹫之胜也"，于是就给此山起名为小灵山。印度灵鹫山，是佛祖释迦牟尼得道成佛和讲经说法的著名佛教圣地，如今在小灵山修建灵山大佛，玄奘法师也应感到欣慰吧。

2022年夏日于南京

三晋风光杂诗五首（之一）
晋祠

难老泉出悬瓮山㈠，晋祠胜境水潺湲㈡。

碧波鱼沼飞梁架，圣殿龙盘巨柱环㈢。

侍女泥雕呈典雅，金人铁铸显威严㈣。

周风唐韵三千载，国宝无双世代传㈤。

1. 晋祠：位于山西省太原市晋源区晋祠镇，是为纪念晋国开国诸侯唐叔虞（后被追封为晋王）及母后邑姜后而建，是中国现存最早的皇家祭祀园林，为晋国宗祠。西周（公元前11世纪—前771年）周成王姬诵封胞弟姬虞于唐，称唐叔虞。其封地在今山西翼城，后来叔虞宗族的一支迁至晋阳，在悬瓮山麓晋水发源处建祠宇，称唐叔虞祠。虞的儿子燮因境内有晋水，改国号晋。晋祠是中国古代建筑艺术的集约载体，是国内宋、元、明、清至民国本体建筑类型、时代序列完整的孤例，是三晋历史文脉的综合载体，晋文化系统上溯西周封唐建晋至盛唐肇创文脉传承的实证。晋祠，是中国现存最早的古典宗祠园林建筑群，现存300年以上的建筑98座、塑像110尊、碑刻300块、铸造艺术品37尊，是集庄严壮观与清雅秀丽、宗祠祭祀建筑与自然山水完美结合的典范。其中圣母殿、鱼沼飞梁、献殿被鉴定为国宝建筑，难老泉、侍女像、周柏被誉为"晋祠三绝"。其附属彩塑、壁画、碑碣均为国宝。晋祠为第一批全国重点文物保护单位，首批国家4A级旅游景区，国家二级博物馆。

2. 难老泉：难老泉号称"晋阳第一泉"，为晋水之主源。古时候的晋国因晋水而得名。难老泉位于晋祠内水母楼东。泉水碧绿，清澈见底，长流不息。李白有诗句道："晋祠流水如碧玉，微波龙鳞莎草绿。"范仲淹游晋祠曾赞美难老泉："千家灌禾稻,满目江南田。"

3. 鱼沼飞梁:鱼沼飞梁建于宋代,位于晋祠内圣母殿与献殿之间,方池之上架十字形桥,如大鹏展翅,形状典雅大方,造型独特,是国内现存古桥梁中仅有的一例,为中国古代十大名桥之一。

4. 圣殿:即圣母殿,是晋祠的主殿。圣母殿是晋祠内的主要建筑,坐西朝东,位于中轴线的终端。大殿创建于北宋天圣年间(公元1023—1032年),崇宁元年(公元1102年)重修,是我国宋代建筑的代表作。大殿面阔七间,进深六间,殿高19米,殿内无一根立柱,重檐歇山顶,黄绿色琉璃瓦覆盖。殿内供奉的是西周时周武王的妻子,周成王和唐叔虞的母亲,姜子牙的女儿邑姜。殿内43尊宋代彩色泥塑,是反映宋代宫廷人物的现实主义作品。塑像个个清秀典雅,眉目传神,形态潇洒,栩栩如生,是中国雕塑艺术宝库中的珍品。前廊中八根木雕盘龙柱是中国现存最早的盘龙雕柱。八条龙各抱一根大柱,怒目利爪,周身风从云生,一派生气。

5. 金人:金人台。金人台共有四尊铁人,因铁为五金之属,故称之为"金人台"。西南隅的那尊铁人,铸于北宋绍圣四年(公元1097年),保存完好。据说,铁人忍受不了夏天的炎热,走到汾河边,见一条小船,铁人让船家渡他过河,船家道破了铁人的本相并把他抬回了金人台。圣母令手下将领在铁人的脚趾上砍了三刀,作为对不服戒律的惩罚,金人脚上至今还留着三刀印痕。

2022年夏日于南京

三晋风光杂诗五首（之二）
云冈石窟

武州川畔武州峰，秀美风光似画屏。

凿壁漫山空翠岭，摩崖绝顶遍禅宫。

浮屠高耸香龛盛，造像雄奇殿宇宏。

活现神佛超五万，石窟千载耀云城。

1. 云冈石窟：位于山西省大同市城西约16公里的武州（周）山南麓、武州川北岸。石窟依山开凿，规模恢弘、气势雄浑，东西绵延约1公里，窟区自东而西依自然山势分为东、中、西三区。现存主要洞窟45个，附属洞窟209个，雕刻面积达18000余平方米。造像最高的17米，最小的仅2厘米，佛龛约计1100多个，大小造像59000余尊。云冈石窟的造像气势宏伟，内容丰富多彩，堪称公元5世纪中国石刻艺术之冠，被誉为中国古代雕刻艺术的宝库。云冈石窟按照开凿的时间可分为早、中、晚三期，不同时期的石窟造像风格也各有特色。早期的"昙曜五窟"气势磅礴，具有浑厚、纯朴的西域情调。中期石窟则以精雕细琢，装饰华丽著称于世，显示出北魏时期复杂多变、富丽堂皇的艺术风格。晚期窟室规模虽小，但人物形象清瘦俊美，比例适中，是中国北方石窟艺术的榜样和"瘦骨清像"的源起。云冈石窟形象地记录了印度及中亚佛教艺术向中国佛教艺术发展的历史轨迹，反映出佛教造像在中国逐渐世俗化、民族化的过程。多种佛教艺术造像风格在云冈石窟实现了前所未有的融会贯通。云冈石窟是石窟艺术"中国化"的开始，反映出佛教艺术"中国化"的不断深入。云冈石窟是首批全国重点文物保护单位，首批国家5A级旅游景区，入选《世界遗产名录》。

2. 云城：大同古称平城、云城。云冈石窟第五窟有一副对联形象地描绘了云冈石窟的地理位置和环境："佛境佛地乘建佛心成佛像，云山云岭带将云水绕云城。"

2022年夏日于南京

三晋风光杂诗五首（之三）
北岳恒山

绝塞名山险峻雄，人天北柱傲苍穹。

晴岚渺渺峰峦动，流水淙淙涧谷横。

虎口松涛夕照岭，龙峡烟雨栈桥虹。

会仙府里八仙聚，闲步云台望月明。

1. 北岳恒山：恒山，亦名太恒山，古称玄武山、嶂（guō）山、高是山、玄岳。位于山西省大同市浑源县城南。北岳恒山与东岳泰山、西岳华山、南岳衡山、中岳嵩山并称为"五岳"，为中国地理标志，是天下道教主流全真派之圣地。恒山，号称108峰，横跨山西、河北两省，莽莽苍苍，巍峨耸峙。恒山山脉始于太行山，东连燕山，西跨雁门，南障三晋，北瞰云代，东西绵延五百里，是海河支流桑干河与滹沱河的分水岭。天峰岭与翠屏峰，是恒山主峰的东西两峰。两峰对望，断崖绿带，层次分明，美如画卷。主峰天峰岭海拔2016.1米，号称"人天北柱""绝塞名山"，叠嶂拔峙，气势雄伟，被誉为北国万山之宗主。果老岭、姑嫂岩、飞石窟、还元洞、虎风口、大字湾等处，充满神奇色彩。悬根松、紫芝峪、苦甜井更是自然景观中的奇迹。倒马关、紫荆关、平型关、雁门关、宁武关虎踞为险，是塞外高原通向冀中平原之咽喉要冲。恒山风景名胜区是国务院1982年公布的首批44个国家级风景名胜区之一，现为国家自然与文化双遗产、国家4A级旅游景区。

2. 虎口松涛夕照岭，龙峡烟雨栈桥虹：恒山景区内景点众多，著名的有"恒山十八景"。这两句是其中的几处景点，如：虎口悬松、危岩夕照、磁峡烟雨、云阁虹桥等。另外还有：云路春晓、果老仙迹、断崖啼鸟、幽窟飞石、龙泉甘苦、茅窟烟火、金鸡报晓、玉羊游云、紫峪云花、石洞流云、仙府醉月、奕台鸣琴、脂图文锦、岳顶松风等。

3. 会仙府：为恒山最高庙观，传说是仙人聚会之所，八仙曾在此聚会。

2022年夏日于南京

三晋风光杂诗五首（之四）

悬空寺

奇寺千年峭壁间[韵]，三根马尾吊空悬[韵]。
上延霄客称绝巧，下杜嚣浮作壮观[韵]。
宫院殿堂明柱立，楼阁栈道暗梁连[韵]。
岌岌危殆摇摇坠，惊叹临渊险象环[韵]。

1. 悬空寺：位于山西省大同市浑源县恒山金龙峡西侧翠屏峰的峭壁间，原叫"玄空阁"，"玄"取自于中国道教教理，"空"则来源于佛教教理，后改名为"悬空寺"，是因为整座寺院就像悬挂在悬崖之上，在汉语中，"悬"与"玄"同音，因此得名。悬空寺始建于北魏后期，北魏太和十五年（公元491年），距今已有一千五百多年，是中国仅存的佛、道、儒三教合一的独特寺庙。悬空寺的建筑极具特色，素有"悬空寺，半天高，三根马尾空中吊"的俚语，以如临深渊的险峻而著称。悬空寺是北岳恒山十八景中最独特的一景，号称恒山第一胜景。远望悬空寺，像一幅玲珑剔透的浮雕，镶嵌在万仞峭壁间，近看悬空寺，大有凌空欲飞之势。悬空寺面朝恒山、背倚翠屏、上载危岩、下临深谷、楼阁悬空、结构奇巧。悬空寺共有殿阁四十间，利用力学原理半插飞梁为基，巧借岩石暗托，梁柱上下一体，廊栏左右相连，曲折出奇，虚实相生。寺内有铜、铁、石、泥佛像八十多尊，寺下岩石上"壮观"二字，是唐代诗仙李白的墨宝。古人云："蜃楼疑海上，鸟道没云中。"明代大旅行家徐霞客叹其为"天下巨观"。悬空寺是全国重点文物保护单位，2010年入选《时代》周刊世界岌岌可危十大建筑。

2. 三根马尾吊空悬：这是对悬空寺如临深渊般险峻形势的形象描绘。

3. 上延霄客称绝巧,下杜嚣浮作壮观:这是对悬空寺的描述。北魏天师道长寇谦之在仙逝前留下遗训:要建一座空中寺,以达"上延霄客,下绝嚣浮",就是让人们上了这处寺院,感到与天上神仙共语,而将人间的烦恼抛掉。

2022年夏日于南京

三晋风光杂诗五首（之五）
应县木塔

浮屠高耸入云端㈠，眺望恒山扼雁关㈠。

巨柱擎天悬斗拱，危楼拔地展重檐㈠。

几经烽火千寻塔，数历狼烟百尺莲㈠。

隐隐风铃传古韵，翻飞麻燕解仙缘㈠。

1. 应县木塔："佛宫寺释迦塔"俗称应县木塔，位于山西省朔州市应县老城西北佛宫寺内，建于辽清宁二年（公元1056年），是现存最古老最高大的纯木结构楼阁式建筑。释迦塔塔高67.31米，底层直径30.27米，呈平面八角形。塔为五层，因底层为重檐并有回廊，故塔的外观为六层屋檐，各层间设有暗层，实为明五暗四、九层六檐塔。塔顶作八角攒尖式，上立铁刹，每层檐下装有风铃。各层均用内、外两圈木柱支撑，每层外有24根柱子，内有八根，木柱之间使用了许多斜撑、梁、枋和短柱，组成不同方向的复梁式木架，每层都形成了一个八边形中空结构层。整个木塔纯木结构，无钉无铆。全塔上下有54种不同形式、成百上千朵斗拱，犹如朵朵盛开的莲花装点于塔身各处，种类之多国内罕见，有"斗拱博物馆"之称。被誉为"远看擎天柱，近似百尺莲"。释迦塔外观稳重端庄、比例得当、轮廓优美，古籍上称"浮屠之丽，甲于海内"。塔内各层均塑佛像，并供奉两颗释迦牟尼佛牙舍利。佛宫寺释迦塔与意大利比萨斜塔、巴黎埃菲尔铁塔并称"世界三大奇塔"。2016年，释迦塔获吉尼斯世界纪录认定为世界最高的木塔。释迦塔为全国重点文物保护单位，国家4A级旅游景区。

2. 眺望恒山扼雁关：高耸入云的佛宫寺释迦塔东眺北岳恒山，南扼雁门雄关，千年屹立，巍峨壮观。

3. 几经烽火千寻塔，数历狼烟百尺莲：释迦塔见证了多少汉民族与游牧民族对峙的烽火硝烟，饱经战争的洗礼，千年来，依然屹立在塞外名城。"千寻塔""百尺莲"均是对释迦塔的赞誉。千寻，形容高。寻，古代长度单位。八尺为一寻。数，读音"shuò"，屡次。

4. 翻飞麻燕解仙缘：应县木塔之所以能稳固地屹立千年之久，一是建造时采用了行之有效的减震措施（如卯榫结构和木斗拱的广泛运用）和木材防腐处理，另一个原因就是麻燕。麻燕为木塔的守护神，麻燕吃掉了木材里的虫子，保护了木塔。每年自春至秋，成百上千的麻燕围绕着木塔翩飞，满天的麻燕就这样喧宾夺主成了应县木塔的当然主人。

2022年夏日于南京

松梢月
月夜

皓月当空㈜,蟾光洒竹径,人迹无踪㈜。

庭院沉寂,云动幻影朦胧㈜。

浊酒三杯撩心绪,向醉里、几许愁凝㈜。

信步塘畔,清凉液,正蛙噪蝉鸣㈜。

想人生往事,坎坷如逆旅,空赋深情㈜。

半世漂泊,常是梦断魂惊㈜。

富贵荣华非吾事,更忍对、鬓发星星㈜。

故国何处?凭谁问,一飞蓬㈜!

1. 松梢月:词牌名。两宋之交的曹勋自度曲。以其词《松梢月·院静无声》为代表。因其词中有"天边正皓月""喜挹蟾华当松顶"句,故取作词调名。调名本意即咏月上松树梢头。此调为双调,共九十七字。前片十句、五平韵,后片十句、四平韵。前、后片第六句的平仄俱为"仄仄平平平平仄",例作拗体,填词者当辨之。这首《松梢月·月夜》写的是,夏夜无寐,夜深人静,月华如水,独自在小院里漫步乘凉的情景,以及对浮生落拓飘零的慨叹。因见月上树梢,故用《松梢月》词牌赋之。

2. 蟾光:月光。

3. 逆旅:意思是客舍、旅店。引申为浮生如寄。唐李白《春夜宴从弟桃花园序》:"夫天地者,万物之逆旅也;光阴者,百代之过客也。"宋苏轼《临江仙·送钱穆父》:"一别都门三改火,天涯踏尽红尘。依然一笑作春温。无波真古井,有节是秋筠。惆怅孤帆连夜发,送行淡月微云。尊前不用翠眉颦。人生如逆旅,我亦是行人。"

4. 星星:头发花白貌。

5. 故国何处？凭谁问,一飞蓬:故乡在哪里呢？又有谁会询问起我这远离家乡、四处漂泊之人呢？故国,这里指故乡。一飞蓬,指笔者自己。

2022年夏夜于南京

粉蝶儿

夏夜

酷热蒸腾，熏风潜入庭户[韵]。
夜鸣蝉、乱人心绪[韵]。
月华明，池苑畔，鸟栖芳树[韵]。
静悄悄，三更绕阶闲步[韵]。

遥想当年，笛声伴人清暑[韵]。
韵悠扬、水波桥堍[韵]。
美韶华，消却了，几多风雨[韵]。
到如今，难觅旧游归处[韵]！

1. 粉蝶儿：词牌名，此调始见于宋毛滂《东堂词》。以毛滂《粉蝶儿·雪遍梅花》为正体。因其词中有“粉蝶儿”句，故取作词调名。双调，共七十二字，前、后片各八句、四仄韵。另有双调，七十二字，前、后片各七句、四仄韵的变体。代表词作有辛弃疾《粉蝶儿·和晋臣赋落花》等。这首《粉蝶儿·夏夜》依毛滂体。今天是2022年7月16日，农历六月十八，入伏第一天。近几天南京乃至全国各地，酷暑难耐，半夜时分仍热得难以入睡，遂起身在院中闲步。忽忆余年轻时夏夜常在湖边、桥头吹笛消暑之事。当年风度翩翩的青年学子，如今已是鬓发苍苍的古稀老人了。半个多世纪过去了，风风雨雨，感慨良多，故作此词以记之。

2. 水波桥堍：湖边桥头。堍：桥两头靠近平地的地方。

3. 韶华：美好的青春年华。

2022年夏夜于南京

梦芙蓉

熏风吹碧树

熏风吹碧树[韵]，正蝉鸣蛙噪，乱人心处[韵]。
玉阶如水，明月照庭户[韵]。
夜凉生岸浦[韵]，莲塘曲径闲步[韵]。
淡淡荷香，看波光潋滟，惊起见鸥鹭[韵]。

隐约西窗话语[韵]，帘幕低垂，别梦添愁绪[韵]。
路遥山远，离恨万千缕[韵]。
画屏深几许[韵]，柔情脉脉难诉[韵]。
海角天涯，叹萍踪浪迹，何以慰迟暮[韵]？

1. 梦芙蓉：词牌名。此调为宋吴文英自度曲，见其《梦窗集》，为题赵昌所画芙蓉而作。因其词中有“梦断琼仙”句，故取作词调名。此调为双调，共九十七字。前、后片各十句，六仄韵。这首《梦芙蓉·熏风吹碧树》为夏夜在荷塘畔乘凉而作。

2. 岸浦：湖岸；水边。

3. 潋滟：水波相连的样子。

2022年夏夜于南京

斗婵娟
思故园

天涯芳草，斜阳外，蝉鸣蛙噪堪恼。

梦云飘荡度关山，望故园昏晓。

旧街巷、门楣换了，廊前阶下无人扫。

正月洒清辉，素影里、重重院落，佳气丛绕。

长记寥落家山，几多风雨，漠漠偏映残照。

小楼今夜暑蒸人，岂奈忧思扰。

想蝇利蜗名事小，年光偷换容颜老。

念往昔、空嗟叹，别恨离愁，断魂多少？

1. 斗婵娟：词牌名，又名《霜叶飞》。调见宋周邦彦《片玉词》。因其词中有《素娥青女斗婵娟》句，故取作词调名。此调以周邦彦《斗婵娟·露迷衰草》为正体，另有多种变格体。这首《斗婵娟·思故园》为夏夜怀念故园而作。双调，共一百一十一字。前片十句、六仄韵，后片十句、五仄韵。

2. 望故园昏晓：一天从早到晚时时思念故乡的家园。

3. 素影：月影。

4. 佳气丛绕：佳气聚集萦绕。

5. 蝇利蜗名：蝇头微利，蜗角虚名。汉语成语。形容微不足道的利益和空名。

苏轼词《满庭芳·蜗角虚名》中写道:"蜗角虚名,蝇头微利,算来着甚干忙。事皆前定,谁弱又谁强。且趁闲身未老,尽放我、些子疏狂。百年里,浑教是醉,三万六千场。思量,能几许,忧愁风雨,一半相妨。又何须,抵死说短论长。幸对清风皓月,苔茵展、云幕高张。江南好,千钟美酒,一曲满庭芳。"

6. 断魂:多形容哀伤,愁苦。有时也形容情深。

2022年夏夜于南京

绕池游慢

月夜荷塘

田田翠叶,看红娇粉嫩,一碧荷塘。

夏日寻芳池陌上,云霞外、山映残阳。

画舫凌波处,明月照、玉鉴粼光。

吴娃越女,盈盈笑语,戏水邀凉。

曲径徘徊不定,惊宿鸟沉寂,啼乱飞藏。

客寓江南流岁月,却也是、来去彷徨。

往事常梦断,又谁知、空系柔肠。

几缕晚风,星移云动,愁绪茫茫。

1. 绕池游慢:词牌名。池,原指北宋京城的金明池,后指南宋都城的西湖。绕池游,北宋都城汴京金明池,每年三月由皇帝赐令开放,许人游赏。届时,皇帝与士庶于此共观龙身争标、郊游赏玩,成为京城一大盛事。后来,这一游金明池的遗风也蔓延到南宋都城临安。元夕观灯后,临安士民就开始外出"探春",游西湖活动在清明前后达到高潮。皇亲贵胄、达官贵人、市井百姓、商贾歌妓纷至沓来,湖面游船像鱼鳞一样密密麻麻地挤在一起。湖周边满是杂技歌舞、小吃叫卖、古玩珠宝、商贾摊贩,一派歌舞升平景象,完全忘记了北方半壁江山早已沦陷在金人的奴役之下。正如宋林升的《题临安邸》中写道:"山外青山楼外楼,西湖歌舞几时休?暖风熏得游人醉,直把杭州作汴州。"调名本意即以慢曲的形式歌咏君主、士民围绕西湖游赏玩乐的情景。调见南宋韩淲(biāo)《涧泉诗余》,为韩淲自度曲。清陈廷敬、王奕清等人编纂的《钦定词谱》云:"韩淲西湖看荷作。"此调为双调,共一百零四字。前、后片各十句、四平韵。这首《绕池游慢·月夜荷塘》为夏夜在荷塘畔乘凉而作。

2. 田田翠叶:形容荷叶挨挨挤挤、茂密相连的样子。又引申为鲜碧、浓郁的意思。

3. 明月照、玉鉴粼光:湖面像一面巨大的镜子,在明月的照耀下,闪烁着粼粼清光。

4. 戏水邀凉:炎炎夏夜,吴地的妙龄少女们,相邀到湖塘边戏水乘凉。

2022年夏夜于南京

夜飞鹊
七夕

云光耀河汉,皓月当空(韵)。迢迢隔岸双星(韵)。

一年一度鹊桥会,望穿秋水盈盈(韵)。

柔肠百转处,正佳期如梦,缱绻朦胧(韵)。

雄鸡啼唱,晓风吹、魂断归程(韵)。

惆怅世情无奈,遗恨锁千秋,泪洒苍穹(韵)。

因念芙蓉并蒂,齐眉举案,琴瑟和鸣(韵)。

织星台上,尽凄凉、寂寞愁凝(韵)。

待来年今夜、谁人得见,重践鸳盟(韵)。

1. 夜飞鹊:词牌名,又名《夜飞鹊慢》。调见宋周邦彦《片玉词》。盖借七夕夜牛郎织女鹊桥相会的故事为词调名,或言调名取自曹操《短歌行》中"月明星稀,乌鹊南飞"之意。此调以周邦彦词《夜飞鹊慢·道宫别情》为正体。双调,共一百零六字。前片十句、五平韵,后片十句、四平韵。另有变格体者。这首《夜飞鹊·七夕》依周邦彦体。为七夕夜遥望星空,感念牛郎织女这一凄美的爱情故事而作。因七夕鹊桥相会,故用《夜飞鹊》词牌赋之。上片写牛郎织女期盼一年一度的鹊桥相会和相会的情景,下片想象分别以后,织女寂寞凄凉的境况,令人感叹。

2. 七夕:牛郎织女的传说是中华民族四大民间爱情传说之一。(中国四大民间传说:《牛郎织女》《孟姜女》《梁山伯与祝英台》《白蛇传》)每年农历七月七日是中国民间的乞巧节(七夕节),妇女们这晚在庭院中摆下瓜果酒脯,虔诚地向夜空膜拜,以盼望织女星赐予技巧。由于诗人的吟咏,画家的描绘,文人的铺排,一个凄美的爱情故事,于是流传人间。其委婉动人,缠绵悱恻,这便是牛郎织女的故事。早在西周时期,就有了牛郎织女爱情故事的想象与传说。《史记天宫书》和《汉书天文志》中,也都有牵牛、织女双星的记载。晋代宗怀的《荆楚岁时记》里,说织女是天帝的外孙女,七月七日夜晚与牵牛在银河相会。到了南北朝时,任昉在《述异记》中记载:"大河之东,有美女丽人,乃天帝之子,机杼女工,年年劳役,织成云雾绢缣之衣,辛苦殊无欢悦,容貌不暇整理。天帝怜其独处,嫁于河西牵牛为妻。自此即废织纴之功,贪欢不归。帝怒,责归河东,一年一度相会。"这项记载应当是从"古诗十九首"中获得灵感,其中一首《迢迢牵牛星》描写的是"七夕双星":"迢迢牵牛星,皎皎河汉女。纤纤擢素手,札札弄机杼。终日不成章,泣涕零如雨。河汉清且浅,相去复几许?盈盈一水间,脉脉不得语。"

3. 河汉:天河;银河。

4. 双星:牵牛星,织女星。

5. 缱绻(qiǎn quǎn):形容情意缠绵,难舍难分。

6. 齐眉举案:亦作"举案齐眉"。汉语成语。出自南朝宋范晔《后汉书·梁鸿传》。梁鸿,东汉名士。妻,孟光。孟光为梁鸿送饭时,将托盘举得跟眉毛一样高,以表示尊敬。后用以形容夫妻恩爱,互相尊敬,相敬如宾,夫唱妇随。

7. 琴瑟和鸣:《诗·小雅·棠棣》:"妻子好合,如鼓琴瑟。"后用"琴瑟相调""琴瑟和鸣"比喻夫妇感情融洽谐乐。

8. 织星台:天上织女织布的地方。民间传说,天空中五彩斑斓的云霞都是由织女织成的。

9. 鸳盟:指男女间关于情爱之事的盟誓。如:山盟海誓。又喻指夫妻恩爱。

2022年农历七夕于南京

永遇乐

新秋初度

物换星移,金风送爽,新秋初度㉿。

出水芙蓉,娇红嫩翠,似是经酥雨㉿。

窗前兰蕊,含苞待放,一缕清香幽吐㉿。

月光下、伏凉阵阵,小园往来闲步㉿。

茫茫人海,飘飘零落,运蹇时乖羁旅㉿。

倦极离愁,知交音杳,惆怅频来顾㉿。

家山安在?一声长叹,魂断梦云归处㉿。

情何限、心心念念,朝朝暮暮㉿!

1. 永遇乐:词牌名,又名《消息》《永遇乐慢》。《永遇乐》词调始见于北宋柳永《乐章集》。此调有仄韵、平韵两体。自柳永创《永遇乐》仄韵体,此调在北宋均押仄韵。南宋时,陈允平填此调改押平声韵,但多数词人仍用仄声韵,《永遇乐》原是宋代宫廷乐,多用于祝寿宴会等喜庆场合,可能很早就已传入民间,北宋时被文人用作词调。此调纡徐和缓,韵稀,而可平可仄之字较多,乃律宽之调,故宋人用此调者颇众。此调适应题材广泛,言志、怀古、咏物、写景、抒情、议论、赠酬、祝颂等均可。风格既可豪放,亦可婉约。名篇颇多。柳永的两首祝颂之词为创调之作。苏轼《永遇乐·彭城夜宿燕子楼梦盼盼因作此词》为通行之正体,词写梦境并抒怀古之情,为传世名篇。另有名篇如：李清照晚年所作元夕词《永遇乐·落日熔金》，辛弃疾《永遇乐·京口北固亭怀古》，姜夔《永遇乐·次稼轩北固楼词韵》，以及南宋灭亡后，刘辰翁所作《永遇乐·璧月初晴》等。此调为双调，共一百零四字。前、后片各十一句、四仄韵。另有诸变格体。这首《永遇乐·新秋初度》依苏轼体，为立秋夜在庭院池塘畔漫步时的即兴之作，大有感叹时光流逝、怀念故旧之情怀。

2. 物换星移：时光流转，季节变换。初唐王勃《滕王阁诗》中有："闲云潭影日悠悠，物换星移几度秋"句。

3. 酥雨：蒙蒙细雨。唐韩愈《早春呈水部张十八员外》诗中有："天街小雨润如酥，草色遥看近却无"句。

4. 伏凉：蝉的一种。体形修长，呈淡绿色，性机警。伏凉比一般的蝉出现得晚，一般临近最热的伏天才出现，其叫声像是"伏凉伏凉……"，故名"伏凉"。

2022年8月7日（立秋）夜于南京

醉蓬莱
秋夜吟

正金风送爽,玉宇清凉,晴空如洗。

碧野葱茏,望江山佳丽。

浩渺烟波,征帆远棹,邈苍茫天际。

鸥鹭翩飞,夕阳残照,落霞如绮。

夜色澄明,寒星数点,月挂吴钩,故园千里。

家国情怀,伴年华更替。

浪迹萍踪,归宿何处?乱离人心地。

坎坷行藏,而今悟得,人生如戏。

1. 醉蓬莱:词牌名,又名《醉蓬莱慢》《雪月交光》《冰玉风月》《玉宇无尘》。此调创自宋柳永,为柳永祝仁宗皇帝圣寿作,调见柳永《乐章集》。以柳永《醉蓬莱·渐亭皋叶下》为正体。双调,共九十七字。前片十一句、四仄韵,后片十二句、四仄韵。另有双调、九十七字,前、后片各十一句、四仄韵的变体。代表作品有苏轼《醉蓬莱·重九上君猷》等。此词前片起句、第五句、第八句以及后片第六句、第九句例作上一下四句法。这首《醉蓬莱·秋夜吟》依柳永体。为孟秋之夜怀念故园和慨叹人生之作。

2. 心地:指人的内心,心情,心境。

3. 行藏:指对于出仕和退隐的处世态度。这里指行迹、来历等。

2022年孟秋夜于南京

万年欢

秋日伤别

碧野云烟㉄,正一尘不染,隐隐层峦㉄。

夜雨初晴,清风明月窗前㉄。

曾见莲荷妩媚,谢却了、俏丽芳颜㉄。

空相对、蓼草萍花,满湖败叶衰残㉄。

多情自古伤别,更感时垂泪,心意悬悬㉄。

岂奈忧思无限,病锁愁缠㉄。

望断吴山楚水,却也是、好梦难圆㉄。

人间事、一半在人,一半由天㉄。

1. 万年欢:词牌名,又名《万年欢慢》《断湘弦》等。原唐教坊曲名,后用作词调名。"万年欢"三字其表意是长达万年之欢乐,因其吉祥喜庆,故文化积淀很深,可表爱情万年欢乐、亲情万年欢乐、友情万年欢乐等。该词语内涵丰富,形成了"万年欢"文化,有词牌名、曲牌名、京剧曲牌、唢呐曲谱、笛子曲谱等。该词调有平韵、仄韵两体。押平韵者以宋王安礼词《万年欢·雅出群芳》为正体。双调,共九十八字。前片九句、五平韵,后片九句、四平韵。押仄韵者以宋晁补之词《万年欢·寄韵次膺叔》为正体。双调,共一百字。前片九句、四仄韵,后片九句、五仄韵。另有诸多变格体,俱为双调。这首《万年欢·秋日伤别》为平韵体,依王安礼体。为面对秋景感伤离别而作。

    2. 蓼草萍花：水蓼、浮萍。均为水生草本植物，种类很多，夏秋季开小花。

    3. 悬悬：意为遥远、惦念、心情不安等。

    4. 吴山楚水：江南的山山水水。

2022年秋日于南京

过秦楼

极目黄昏

极目黄昏，残阳如血，落霞红染遥天[韵]。
看远山驰骏，似万马腾骧，巨浪惊澜[韵]。
美景是江南[韵]，月华开、素影轻岚[韵]。
正风吹云动，蛩鸣星夜，秋色怡然[韵]。

念故园旧梦、依稀在，叹蹉跎岁月，人事多艰[韵]。
听笛声哀怨，引离怀别绪，扰乱心田[韵]。
休道古今愁，若为情、莫问流年[韵]。
羡闲云野鹤，来去无踪，沉醉林泉[韵]。

1. 过秦楼：词牌名，又名《惜余春慢》《苏武慢》《选官子》等。双调，共一百零九字。前片十一句、五平韵，后片十一句、四平韵。以宋李甲词《过秦楼·卖酒垆边》为代表。因李词中有“曾过秦楼”句，故取以为词调名。该词调另有仄韵体者。这首《过秦楼·极目黄昏》为平韵体，调依李甲词。为写秋日黄昏观晚霞残照、月夜闻笛声哀怨引离怀别绪而作。该词的一个特点是，在句式上多用上一下四句式，整首词共有八处为上一下四句式。如：看远山驰骏；似万马腾骧；正风吹云动；念故园旧梦；叹蹉跎岁月；听笛声哀怨；引离怀别绪；羡闲云野鹤等。

2. 遥天：意为长空。

3. 看远山驰骏,似万马腾骧,巨浪惊澜:这几句是黄昏观晚霞所看到的远方群山的形态,有的像骏马飞驰,有时像万马奔腾,有时连绵起伏的山峦又像大海的滔天巨浪。骧:马快跑时抬头的样子。这里即指马快跑。

4. 怡然:快乐,愉快。秋日美好的景色使人感到愉悦。

5. 林泉:山林泉石,林木山泉。又指隐居的地方。

2022年秋日于南京

风流子
层楼极目

层楼极目处,秋山远、血色染残阳㉑。

看霞映昊天,日沉禺谷,月华初照,云路茫茫㉑。

正凝望、鸟飞红蓼岸,蛙噪绿荷塘㉑。

南国旅思,倦游归未,庚愁何限,情满柔肠㉑。

夜凉蛩声促,风吹竹影动,几缕忧伤㉑。

谁念景移时易,人事彷徨㉑?

对盈盈碧落,清辉万里,举杯共醉,流水时光㉑。

魂断一帘幽梦,寥落他乡㉑。

1. 风流子:词牌名,又名《内家娇》《神仙伴侣》等。原唐教坊曲名,后用作词调名。清徐釚(qiú)《词苑丛谈》云:调名出自《文选》。风流,言其风美之声流于天下。子者,古代男子之通称。此调在唐时为单调小令,宋时为双调慢词,二者迥异。单调小令,三十四字。八句、六仄韵。双调慢词,有一百一十字、一百一十一字、一百零九字、一百零八字等诸多变体。这首《风流子·层楼极目》,调依宋张耒词《风流子·亭皋木叶下》。双调,共一百一十字。前片十二句、四平韵,后片十一句、四平韵。秋日黄昏,极目远眺,血色残阳,隐隐落日,彩霞满天,壮美异常。回眸东方,盈盈碧落,月华初照,清辉万里,云路茫茫。清风徐来,蛩声断续,感慨良多,故作此词以记之。

2. 昊天：苍天，苍穹。辽阔广大的天空，或指一定季节、一定方位的天空。

3. 禺谷：古代传说，日出东海汤谷扶桑，日落西极禺谷若木。禺谷，即日落的地方。又称"禺渊"，今作"虞渊"。《山海经·大荒北经》云："夸父不量力，欲追日景，逮之于禺谷。"

4. 庾愁：典故名，典出《周书》卷四十一"庾信列传"。南朝梁诗人庾信，使西魏，阻于兵，留长安。北周代西魏后，官至骠骑大将军、开府仪同三司。位虽通显，而常有乡关之思，曾作《哀江南赋》以寄意。后因称乡思或故国之思为"庾愁"。

5. 盈盈碧落：清澈明净的天空。碧落：道家认为东方最高的天有碧霞遍布，故称为"碧落"。后用以指天空。如唐杨炯《和辅先入昊天观星瞻》："碧落三乾外，黄图四海中。"唐白居易《长恨歌》："上穷碧落下黄泉，两处茫茫皆不见。"等。

2022年秋日于南京

升平乐
素月清辉

雨霁云飞,素秋金月,清辉漫洒关津(韵)。

银汉迢迢,星辰碧落,雾迷远水遥岑(韵)。

茫茫玉宇,夜清凉、浩瀚无垠(韵)。

风送处,正蛩声阵阵,嘹唳晨昏(韵)。

常念酒朋诗侣,话沧桑巨变,人世浮沉(韵)。

筇杖芒鞋,寻芳紫陌,听经古刹禅林(韵)。

蹉跎岁月,误年华、迟暮愁心(韵)。

情何限,叹人生如梦,一似浮云(韵)。

1. 升平乐:词牌名。原唐教坊曲名,后用作词调名,以宋吴奕《升平乐·水阁层台》为代表。格律仅此一种。双调,共一百零三字。前、后片各十一句、四平韵。这首《升平乐·素月清辉》为秋夜乘凉观星空而作,并有世海沧桑、人世浮沉之感。

2. 素秋金月:古代五行之说,秋属金,其色白,故称秋季为素秋,秋夜的月亮为金月。

3. 嘹唳:也作寥戾、寥唳。形容声音凄清。

2022年秋日于南京

望远行

夜梦游天

残霞晚照,云天外、落日匆匆西下。

月华初上,遍洒清辉,素影昊天高挂。

一鉴平湖,光耀霁波千顷,垂柳漫摇低亚。

静悄悄、人在堤桥夜话。

惊诧。犹记断魂别梦,却正是、碧空潇洒。

阆苑赏花,玉楼问对,金阙鹤车鸾驾。

青鸟勤邀佳会,霓裳仙乐,缥缈琼台瑶榭。

叹觉来依旧,江山如画。

1. 望远行:词牌名。原唐教坊曲名,后用作词调名。原是小令,始自唐末五代时韦庄。至北宋,方演变为慢词,始自柳永,见其《乐章集》。调名即咏眺望出征人或出行人渐行渐远的本意。小令以南唐中主李璟词《望远行·碧砌花光照眼明》为正体。双调,共五十五字。前片四句、四平韵,后片五句、四平韵。慢词以柳永词《望远行·长空降瑞》为代表。双调,共一百零六字。前片九句、四仄韵,后片十一句、五仄韵。另有变格体者。这首《望远行·夜梦游天》为慢词,依柳永体。秋夜黄昏后在湖边闲步,感慨江山如画,忽忆前夜梦中游天庭阆苑,虚幻缥缈,故作此词以记之。

2. 素影：月影。秋夜的月影。

3. 霁波：平静的水波。

4. 低亚：低垂。

5. 阆苑赏花，玉楼问对，金阙鹤车鸾驾：在天上神仙的花园里观赏奇花异木，在天帝的宫殿里回答天帝的问话，在天庭上乘坐着仙鹤、鸾鸟驾的五彩云车到处游逛。

6. 青鸟：神话传说中的三足神鸟，西王母的使者。传说西王母驾临前，总有青鸟先来报信。文学上，青鸟被当作传递信息的使者，是具有神性的吉祥之物。人们也将它视为传递幸福佳音的使者和传递爱情的信使。如唐李商隐《无题》中有"蓬山此去无多路，青鸟殷勤为探看"的诗句，南唐中主李璟在《山花子》词中也有"青鸟不传云外信，丁香空结雨中愁"的句子，等等。

2022年秋日于南京

梦扬州
望秋空

望秋空㈪,正日沉禺谷,霞映苍穹㈪。

宿鸟晚归,暮色茫茫嫣红㈪。

碧天初见泠泠月,洒玉晖、光泛溶溶㈪。

寒星远,迢迢银汉,鹊桥曾跨西东㈪。

心念长亭短亭㈪,思酒侣诗俦,旧友新朋㈪。

忍顾倦游,浪迹天涯流形㈪。

世间自有真情在,问此身、何处销凝㈪?

明月夜,蛩声阵阵,人在愁城㈪。

1. 梦扬州:词牌名。此调为宋秦观所创,见《淮海居士长短句》。取其词结句"频梦扬州"作为词调名。此调为双调,共九十九字。前、后片各十句、五平韵。在秦观所创的《梦扬州》词中,前、后片第五句,其平仄格式均为"仄仄平平平平",连用四个平声字。有人认为这是秦观在此词调中的"四平尾瑕句",不宜使用,应将其平仄格式改为"仄仄平仄平平",或"中平中仄平平"等所谓的"标准句型"。余以为,改也可,不改也罢。词不是律诗,不一定每句都用律句,在许多词调中都有使用拗句的例子。如词调《松梢月》,其前、后片第六句的平仄俱为"仄仄平平平平仄",也连用了四个平声字,例作拗体,填词者当辨之。余的这首《梦扬州·望秋空》和上册

《暮吟草》中的一首《梦扬州·倚清秋》,均依秦观体,前、后片第五句也均为拗句。这首《梦扬州·望秋空》,为写秋日黄昏,登楼眺望长空之所见。但见:红日西沉,霞映苍穹,暮色苍茫,宿鸟晚归,碧天空阔,素月分辉,银汉迢迢,寒星闪烁,好一派素秋夜空的清凉景象。并由秋空的夜景勾起人对亲朋故旧的怀念和对浮生落拓飘零的慨叹。

2. 禺谷:西天极远处太阳落山的地方。

3. 玉晖:本指透过云层的日光。这里指柔和清冷的月光。

4. 迢迢银汉,鹊桥曾跨西东:农历七月七日牛郎织女鹊桥相会事。

5. 长亭短亭:古时设在路旁的亭舍。五里一短亭,十里一长亭。常用作饯别处,也指旅途遥远。在这里意指送别、话别、分别。

6. 忍顾:不忍回头看。不忍心回顾多年来到处漂泊的坎坷经历和令人伤心的陈年往事。

7. 流形:万物运动变化的形体。

8. 销凝:销魂;凝神。

2022年秋夜于南京

喜朝天
月华明

月华明㈭,看缥缈云光,玉宇空蒙㈭。

紫府凉彻,碧天如水,星耀苍穹㈭。

金阙群仙雅会,正鸾车鹤驾驭长风㈭。

琼宴罢、珍馐玉液,人醉瑶庭㈭。

蛩声阵阵嘹唳,正漏声迢递,凭槛伤情㈭。

岁月迟暮,绿鬓几许,白发飘零㈭。

应是尘缘未尽,远天涯、羁旅阻归程㈭。

空嗟叹、浮生寥落,一似孤鸿㈭。

1. 喜朝天:词牌名。此调见宋张先《张子野词》,为送蔡襄还朝所作。唐教坊曲有《朝天曲》,《宋史·乐志》有《朝天乐曲》。此调乃借旧曲名另翻新声。此调以张先词为正体。双调,共一百零一字。前片十句、五平韵,后片十句、四平韵。另有晁补之的双调、一百零三字的变格体。这首《喜朝天·月华明》依张先体,写秋夜景象。上片写遥望月空,见云光缥缈,玉宇空蒙,碧天如水,星光闪耀,想象着天上众神仙在天庭开宴的情景。下片是在月光照耀下,寂静小院秋夜的景象。沉沉秋夜,蟋蟀的鸣叫声勾起对岁月迟暮、浮生寥落的慨叹。

2. 紫府:道教称仙人的居所。

3. 金阙：古人谓天上有白玉楼、黄金阙，称"玉楼金阙"，为传说中天帝居住的宫殿或仙人的居所。或指天子的宫阙。

4. 瑶庭：美玉琼瑶装饰的华美殿堂、庭院。或指神仙居住的地方。

5. 迢递：遥远貌；时间久长貌；连绵不绝貌。也指思虑悠远。

6. 凭槛：依靠着栏杆。

7. 岁月迟暮，绿鬓几许，白发飘零：光阴似箭，岁月沧桑，人一下子就变老了。绿鬓朱颜不在，白发也稀疏脱落，垂垂已届迟暮之年。绿鬓：乌黑而有光泽的鬓发。形容年轻美貌。"绿鬓朱颜"常连用，用以形容年轻美好的容颜。

2022年秋夜于南京

沁园春
秋夜抒怀

庭院萧疏，曲径苍凉，月华满天㉑。

正云光缈缈，星河淡淡，清风袅袅，流水潺潺㉑。

宿鸟归巢，蛩鸣衰草，寒意悠悠玉漏残㉑。

人无寐，对一帘幽梦，地远心悬㉑。

当年风度翩翩㉑，画桥畔、笛声催夜阑㉑。

叹浮生落拓，萍踪浪迹，天涯海角，塞北江南㉑。

坎坷行藏，蹉跎岁月，绿鬓苍颜刹那间㉑。

争知我，愿身心长健，诗酒林泉㉑。

1. 沁园春：词牌名，又名《洞庭春色》《念离群》《东仙》《寿星明》等。《沁园春》词牌的由来，由东汉的沁水公主园得名。东汉明帝刘庄的第五个女儿沁水公主刘致，在其封地沁水县兴建了一座园林（园址位于现焦作西北部的沁河出山口一带），史称"沁水公主园"，简称"沁园"。大将军窦宪依仗其妹窦皇后的权势，以低价夺取沁园，公主害怕，不敢计较。后来汉章帝得知此事，要治窦宪罪，窦宪退出沁园。后世泛称公主的园林为"沁园"。后人作诗以咏其事，此调因而得名《沁园春》。现传世最早的《沁园春》词为张先的《沁园春·寄都城赵阅道》。但张先之词与苏轼词《沁园春·孤馆灯青》相比，尚欠精工。故后人填《沁园春》者多依苏词。故此调以苏轼词

502

《沁园春·孤馆灯青》为正体。双调,共一百一十四字。前片十三句、四平韵,后片十二句、五平韵。另有诸变格体。此调前、后片后十句的字数、平仄相同。此调的一大特点是全篇多用四字对偶。如前片四五句、六七句、八九句,后片三四句、五六句、七八句等,均以作四字对偶为宜。既可两两相对,亦可作隔句对。此调以四字句为主,配以八字、七字、六字、五字、三字等句,用平声韵,调势活泼生动,且可平可仄之字较多,较为自由,有和婉协谐流畅之特点。此调适用于叙事、言志、议论、谐谑、酬赠、祝颂等题材,名篇颇多。如辛弃疾的《沁园春·三径初成》、刘过的《沁园春·斗酒彘肩》、刘克庄的《沁园春·何处相逢》等。这首《沁园春·秋夜抒怀》为客居江南,秋夜感叹时光流逝而作。

2. 萧疏:萧条荒凉,稀疏零落。

3. 苍凉:凄凉。

4. 缈缈:高远隐约貌。

5. 玉漏残:漏断更残。喻指夜深。

6. 画桥畔、笛声催夜阑:在水边桥头吹笛子到夜阑更深。

7. 绿鬓苍颜刹那间:光阴似箭,转眼就是百年。好像是一刹那间,黑发变白发,朱颜变苍颜,人一下子就老了。

8. 争知:怎知。

9. 林泉:山林泉石。喻指隐居之地。

2022年秋夜于南京

汉官春

金陵秋夜有感

雨霁云飞,望蓝天如洗,碧野烟浓㉑。

残霞正临晚照,血染晴空㉑。

泠泠秋月,洒瑶光、辉映华庭㉑。

风细细、蛩声阵阵,桂香飘过帘栊㉑。

一带江山如画,引豪杰竞逐,鹿鼎纷争㉑。

依稀六朝旧梦,魂断台城㉑。

干戈烽火,却都是、涂炭生灵㉑。

长叹息、大江东去,浪花淘尽英雄㉑。

1.汉宫春:词牌名,又名《庆千秋》《汉宫春慢》。此调有平韵、仄韵两体,宋人多作平韵体,各家平仄少异。汉宫,汉朝宫殿,亦借指古代王朝的宫殿。宋张先词《汉宫春·蜡梅》为创调之作,辛弃疾词《汉宫春·立春日》乃宋词名篇。此调以宋晁冲之词《汉宫春·黯黯离怀》为正体。双调,共九十六字。前、后片各九句、四平韵。另有双调、九十六字,前片十句、五平韵,后片八句、五平韵以及双调、九十四字,前片九句、五仄韵,后片十句、六仄韵等变格体。这首《汉宫春·金陵秋夜有感》依晁冲之之体。双调,共九十六字。前、后片各九句、四平韵。为客居金陵,秋夜感叹六朝往事而作。

2. 瑶光：美玉琼瑶般的光芒。

3. 帘栊：窗户；带帘子的窗户。

4. 鹿鼎：逐鹿，问鼎。比喻群雄并起，争夺天下。逐鹿：《史记·淮阴侯列传》："秦失其鹿，天下共逐之，于是高材疾足者先得焉。"以"鹿"喻帝位，后因以"逐鹿"喻争夺统治权。如群雄逐鹿、逐鹿中原等。问鼎：春秋时，楚庄王北伐，陈兵洛水，向周王朝炫耀武力。周定王派王孙满去慰问楚师，楚王向他询问周朝的传国之宝九鼎的大小和轻重。楚王问鼎，有取而代周之意。后遂称图谋夺取王位为"问鼎"。如问鼎中原、问鼎之心等。

5. 浪花淘尽英雄：明朝第一才子、状元杨慎有一首著名的《临江仙·滚滚长江东逝水》词，其开头两句为"滚滚长江东逝水，浪花淘尽英雄"。此处是借用此句用在词中，以抒发时光流逝、人生如过客之感。正如苏轼在《临江仙·送钱穆父》词中写道："人生如逆旅，我亦是行人。"不同时代之人，对人生发出了近乎相同的慨叹。

2022年秋夜于南京

木兰花慢
倚层楼极目

倚层楼极目,楚天碧,锁清秋㉑。

看暮霭沉沉,青山邈邈,江水悠悠㉑。

轩窗外,风飒飒,纵芭蕉无雨也飕飕㉑。

小院梧桐叶落,蛩声断续难休㉑。

云中又见月华柔㉑,初上柳梢头㉑。

叹荏苒光阴,沧桑岁月,坎坷风流㉑。

知交远,空眷念,任天涯漂泊有孤舟㉑。

回首人生往事,平添一段新愁㉑。

1. 木兰花慢:词牌名。清陈廷敬、王奕清等编纂的《钦定词谱》载《木兰花慢》十二体,分为押短韵和不押短韵两类。押短韵的以宋柳永词《木兰花慢·拆桐花烂漫》为正体。双调,共一百零一字。前片十句、五平韵,后片十句、七平韵。不押短韵的以宋程垓词《木兰花慢·倩娇莺姹燕》为正体。双调,共一百零一字。前片九句、四平韵,后片九句、五平韵。此外有句读参差变化等诸多变体。余的这首《木兰花慢·倚层楼极目》和在《流年集》里的一首《木兰花慢·游武夷山》均不押短韵,调依辛弃疾词《木兰花慢·席上送张仲固帅兴元》而填。辛弃疾的这首《木兰花慢》为宋词名篇。双调,共一百零一字。前片十一句、四平韵,后片十句、五平韵。不押短韵,前、后片后八句的平仄格式相同。

  2. 楚天碧：碧蓝色澄明的天空。楚天：江南一带的天空。

  3. 邈邈：遥远貌。

  4. 飒飒：拟声词。风吹动树木枝叶等的声音。

  5. 纵芭蕉无雨也飕飕：这句是南宋词人吴文英词《唐多令·惜别》里的句子，借用在了词中。原词为："何处合成愁？离人心上秋。纵芭蕉、不雨也飕飕。都道晚凉天气好，有明月，怕登楼。年事梦中休，花空烟水流。燕辞归、客尚淹留。垂柳不萦裙带住，漫长是，系行舟。"

  6. 坎坷风流：人虽命运坎坷，然多才多艺，文采风流。

  7. 知交：知心的朋友。

2022年秋夜于南京

石州慢

夜望星空

细雨初晴,碧天如水,素秋凉彻韵。

轻岚薄雾流光,暮色苍茫空阔韵。

大江东去,依稀帆影云樯,青山隐隐残阳血韵。

宿鸟正投林,恰黄昏时节韵。

心结韵。少年追梦,坎坷行藏,老来伤别韵。

荏苒光阴,落拓浮生愁绝韵。

萍踪浪迹,魂断海角天涯,知交零落空悲切韵。

怅望倚层楼,看星光明灭韵。

1. 石州慢:词牌名,又名《石州引》《石州词》《石州影》《柳色黄》等。石州,唐边地州名,治所在离石(今山西吕梁市离石区)。唐时西北边地有六州,乃伊、梁、甘、石、氐、渭。六州各有歌曲,统名《六州》。北宋郭茂倩《乐府诗集》引《乐苑》云,《石州》为舞曲。后用作词调名。慢,唐宋杂曲的一种体制。指调长拍缓、节奏纤徐舒缓的乐曲,是"慢曲子"的简称。"慢"一作"引",则指大曲之引子。该调以宋贺铸词《石州慢·薄雨收寒》为正体。双调,共一百零二字。前片十句、四仄韵,后片十一句、五仄韵。宜用入声韵。另有诸变格体。代表作有宋张元干词《石州慢·己酉秋吴兴舟中作》等。余在《流年集》里的一首《石州慢·春夜旅思》依张元干体,在《暮吟草》里的一首《石州慢·春日南国抒怀》依贺铸体,这首《石州慢·夜望星空》仍依张元干体。双调,共一百零二字。前片十句、四仄韵,后片十一句、五仄韵。三首《石州慢》均用入声韵。

2. 碧天:青天,蓝色的天空。晋王羲之《兰亭》诗:"仰视碧天际,俯瞰绿水滨。"

3. 怅望倚层楼,看星光明灭:惆怅、孤独、失意、伤感貌。

2022年秋夜于南京

满庭芳

寓居金陵秋日黄昏极目

细雨梧桐,风吹叶落,人间正是清秋。

天高云淡,极目远平畴。

滚滚大江东去,云山外、万里凝眸。

凝眸处,苍茫暮色,鸥鹭绕汀洲。

江南佳丽地,六朝遗韵,千古风流。

夜朦胧,台城新月如钩。

迤逦河灯梦幻,秦淮渡、绿水悠悠。

情何限?烟霞境里,沉醉在心头。

1. 满庭芳:词牌名,这首《满庭芳·寓居金陵秋日黄昏极目》仍依晏几道体。双调,共九十五字,上、下片各十句、四平韵。这首词写寓居金陵,秋日黄昏,极目远眺所看到的美丽景色。抒发了作者对烟雨江南和古都金陵的热爱与眷恋。

2. 细雨梧桐:细雨打梧桐之意。

3. 新月如钩:月初的月亮像吴钩高高地挂在天上。

2022年秋夜于南京

摸鱼儿
落霞飞

落霞飞、夕阳残照,层林尽染何处㉿?

吴天楚地流风韵,烟绕水环江渚㉿。

鸥鹭聚㉿,暝色里、大江滚滚东流去㉿。

西风且住㉿。

看碧野青山,云光万里,邈邈征尘路㉿。

清凉夜,阵阵蛩声如诉㉿,月华洒满庭户㉿。

姮娥曾把芳心动,欲下蟾宫频顾㉿。

悲逆旅㉿,怜过客、庚愁江恨无穷数㉿。

归心几许㉿?

任海角天涯,萍踪浪迹,诗酒伴迟暮㉿。

1. 摸鱼儿:词牌名,又名《买陂(bēi)塘》《迈陂塘》《陂塘柳》《山鬼谣》《双蕖怨》等。原唐教坊曲名,后用作词调名。此调以宋晁补之词《摸鱼儿·买陂塘》为正体。双调,共一百一十六字。前片十句、六仄韵,后片十一句、七仄韵。此调前、后片后九句句式相同。另有一百一十六字、一百一十四字、一百一十七字等诸变格体。此词调势流畅而节律富于变化,音韵流美,故宋人作者甚众,尤为南宋词人所喜用。此调题材适应广泛,凡写景、抒情、咏物、赠酬、祝颂均可,然以表现幽咽之情最能体现此调之特点。代表词作有宋辛弃疾《摸鱼儿·更能消几番风雨》、金元好问《摸鱼儿·雁丘词》等。这首《摸鱼儿·落霞飞》依晁补之体。双调,共一百一十六字。前片十句、六仄韵,后片十一句、七仄韵。为写江南秋日黄昏景物而作。

2. 暝色:日落、天黑;天色昏暗。

3. 征尘:本指战斗时扬起的尘土,这里用以形容旅途奔波,忙碌劳累。

4. 姮娥:神话传说中的月中仙子嫦娥,汉朝时,因避汉文帝刘恒讳而改称嫦娥。

5. 庾愁江恨:庾愁:南朝梁诗人庾信,使西魏,阻于兵,留长安。常有乡关之思,曾作《哀江南赋》以寄意。后因称乡思或故国之思为"庾愁"。江恨:《恨赋》是南朝文学家江淹创作的一篇赋。文章通过对秦始皇、赵王迁、李陵、王昭君、冯衍、嵇康这六个历史人物各自不同遗恨的描写,刻画了从得志皇帝到失意士人的诸多哀伤怨恨,概括了人世间各种人生幽怨与遗恨,以此说明人人有遗憾,遗憾各不相同的普遍现象。《恨赋》被誉为通贯古今之天下第一"恨赋",故后人一提到"怨"和"恨",总说是"江恨"。"庾愁""江恨"常连用,称"庾愁江恨"。

2022年秋夜于南京

六州歌头

金陵咏叹

山川形胜,壮美属江东。

江如练,山凝黛,落霞红,暮云平。

且看风流处:秦淮碧,玄武翠,

石头险,牛首艳,紫金宏。

虎踞龙蟠,天堑分南北,霸业纷争。

况人文荟萃,世代聚豪英。

物阜民丰,乐融融。

念吴宫苑,晋城阙,悲摇落,叹飘零。

干戈乱,人离散,盼音声,不堪听。

最是冤魂泣,三十万,目难瞑。

牢记取,家国恨,世仇盈。

争奈六朝旧梦,钟灵地、浴火重生。

算茕茕游子,十载客金陵。

泪洒秋庭。

1. 六州歌头：词牌名。宋程大昌《演繁露》卷十六云："《六州歌头》本鼓吹曲也（鼓吹曲乃古时军中乐）。近世好事者倚其声为吊古词，音调悲壮，又以古兴亡事实之。闻其歌，使人怅慨，良不与艳词同科，诚可喜也。"唐时西北边地有六州，乃伊、梁、甘、石、氐、渭。六州各有歌曲，统名《六州》。"歌头"，意为全曲之首章。又，截取大曲多遍之开头部分，倚声填词，亦为之"歌头"。《六州歌头》分平仄韵同部互叶体和只押平韵体两类。以宋贺铸词《六州歌头·少年侠气》为正体。此词为平仄韵同部互叶体。双调，共一百四十三字。前片十九句、八平韵、八叶韵，后片二十句、八平韵、十叶韵。而只押平韵体者以宋张孝祥词《六州歌头·长淮望断》为代表。双调，共一百四十三字。前、后片各十九句、八平韵。下片第十六句一般为上三下四句式。另有双调一百四十三字、双调一百四十一字、双调一百三十三字、双调一百四十四字等诸多变格体。此调韵位时疏时密，以三字句为主，音节急促，调势雄伟，宜表达悲壮感慨之情，为词调中最激烈之调。有人认为是词调中最难作之者。这首《六州歌头·金陵咏叹》依张孝祥体，为只押平韵体者。双调，共一百四十三字。前、后片各十九句、八平韵。为咏叹六朝古都金陵之作。前片咏，后片叹。前片吟咏金陵得天独厚的地理位置和壮美的自然及人文风物，后片慨叹金陵在历史上所罹患的苦难和其凤凰涅槃、浴火重生的壮举。抒发了作者对古都金陵的热爱与眷恋。

2. 秦淮、玄武、石头、牛首、紫金：南京主要的风景名胜区。全称为：秦淮河、玄武湖、石头城、牛首山、紫金山等。

3. 念吴宫苑，晋城阙，悲摇落，叹飘零：南京有着六千多年文明史、近二千六百年建城史和近五百年的建都史，是中国四大古都之一，有"六朝古都""十朝都会"之称，历史上曾先后有东吴、东晋、南朝·宋、南朝·齐、南朝·梁、南朝·陈、五代·杨吴（西都）、五代·南唐、南宋（行都）、明、南明、太平天国等十几个朝代在南京建都。然世海沧桑、岁月如流，六朝繁华如过眼烟云、风光不再，六朝的城阙、宫苑也早已灰飞烟灭了。正如李白在《登金陵凤凰台》诗中叹道："吴宫花草埋幽径，晋代衣冠成古丘。"只能引来数声叹息而已。

4. 冤魂泣,三十万,目难瞑:1937年12月13日,侵华日军在中国南京开始对我同胞实施长达四十多天惨绝人寰的大屠杀,制造了震惊中外的南京大屠杀惨案,三十多万人惨遭杀戮。这是人类文明史上灭绝人性的法西斯暴行。

5. 钟灵:灵秀之气汇聚。有成语"钟灵毓秀",指聚集天地灵气的美好自然环境孕育产生优秀的人和物。

6. 浴火重生:凤凰涅槃,浴火重生。比喻不屈不挠的奋斗精神和坚强意志。这里指南京在新时代又获得了巨大的发展。

2022年秋日于南京

莺啼序

金陵秋日感怀

西风又吹塞雁,渐黄昏迟暮。

晚霞外、漫漫征程,邈邈归宿何处?

清秋节、吴天楚地,茫茫海角天涯路。

恰蛩声阵阵,月华遍洒庭户。

客寓金陵,今已数载,惹闲愁几许?

玄武畔、十里长堤,画桥烟柳闲步。

俏秦淮、河灯梦幻,兰舟放、曼歌轻舞。

望钟山,佳气葱茏,眷怀无数。

石头城上,故垒雄关,遗恨万千缕。

空慨叹、荒台颓壁,野草丛生,

满目苍凉,几多风雨!

栖霞秋韵,层林尽染,漫山红叶如流火,

品禅茶、佛法心中悟。

乌衣巷口,旧时王谢堂前,夕阳斜照霜树。

青山隐隐,绿水迢迢,看落霞孤鹜㈦。

正目送、征帆去棹,九派三湘,

浩浩江流,烟环汀渚㈦。

沧桑世海,浮生如寄,庾愁江恨知多少,

怅平生、一任悲今古㈦。

而今憔悴年华,对酒当歌,乱人心素㈦!

1. 莺啼序:词牌名,又名《丰乐楼》。《莺啼序》为词调中最长者。"序",盖大曲之序乐。一说"叙",即铺叙之意。此调以南宋吴文英词《莺啼序·残寒正欺病酒》(吴氏或题为"春晚感怀")为正体。该词调分四片,共二百四十字。第一片八句、第二片十句、第三片和第四片各十四句,每片四仄韵。(清陈廷敬、王奕清等编纂的《钦定词谱》中,定该词调第四片为五仄韵。)另有四片二百四十字、四片二百三十六字等诸变格体。此调不但篇幅长,结构与句式也极其复杂,其韵位适度,调势婉转起伏,波澜变化,时而流畅,时而低咽,然极为和谐柔婉。此调因篇幅长,所以处理好四片与词意之关系至为重要,必须层次清楚,而又富于变化。此虽为长调之最难者,但自来常有词人试以展示其词艺之水平。此调以吴文英的三首《莺啼序》词和南宋刘辰翁词《莺啼序·感怀》、南宋黄公绍词《莺啼序·银云卷晴缥缈》、南宋赵文词《莺啼序·初荷一番濯雨》、南宋汪元量词《莺啼序·重过金陵》等为代表。余在上册《暮吟草》中有一首《莺啼序·咏金陵》,四片,共二百四十字。第一片八句、四仄韵,第二片十句、四仄韵,第三片十四句、四仄韵,第四片十四句、五仄韵。这首《莺啼序·金陵秋日感怀》调依吴文英词。四片,共二百四十字。第一片八句、第二片十句、第三片和第四片各十四句,每片四仄韵。为客寓金陵,留恋江南美景和感叹时光流逝而作。

2. 玄武、秦淮、钟山、石头城、栖霞、乌衣巷、王谢堂：均为金陵的名胜古迹。即：玄武湖、秦淮河、紫金山、石头城、栖霞山、乌衣巷、王谢宅邸的高堂华屋等。代指金陵众多的名胜古迹。

3. 葱茏：草木茂盛的样子。

4. 禅茶：这里的"禅茶"指"摄山禅茶"，即"白乳茶"。栖霞山盛产药草，可以摄养身体，所以古称"摄山"。其中峰南麓有白乳泉，泉旁天生茶树十数株，唐朝时即负盛名。茶圣陆羽曾来此山采茶试茶，留有"试茶亭"遗迹。唐人饮茶之风最早始于僧家。唐朝正是佛教禅宗勃兴之际，僧人坐禅，时久易昏沉，故常饮茶提神以专注禅境。茶所具有的"清中有醇，苦中回甘"之独特滋味，与禅悦境界之"非从外传，自性而生"非常契合，故而宋朝圆悟禅师道出"茶禅一味"，从此禅门与茶道结下不解之缘。摄山禅茶取自白乳泉试茶亭旁古茶树良种，曾受乾隆皇帝御封，为茶中珍品。

5. 落霞孤鹜：初唐四杰之首的王勃在其《滕王阁序》中有名句："落霞与孤鹜齐飞，秋水共长天一色。"鹜：鸭子。这里指水鸟。

6. 九派三湘：九派，泛指长江的众多支流。派，水的支流。三湘，湖南的别称。"三湘"是"潇湘""蒸湘""沅湘"的简称。"九派三湘"泛指江南和长江流域的广大地区。

7. 对酒当歌：曹操《短歌行》中有诗句："对酒当歌，人生几何！譬如朝露，去日苦多。慨当以慷，忧思难忘。何以解忧？唯有杜康。"

8. 心素：心意；心愿。又指高洁的心怀。

2022年秋日于南京

玉漏迟

听更漏

西风凋碧树，梧桐叶落，丝丝寒意㈱。

雁阵书天，浩荡青冥如洗㈱。

菊蕊怜娇呈艳，霜影俏、芳姿佳丽㈱。

当此际㈱，月华初照，素心遥寄㈱。

谁念多事之秋，正流寓他乡，断魂何倚㈱？

浪迹萍踪，南国烟霞萦系㈱。

纵是柔肠百结，憔悴损、年华更替㈱。

家万里㈱，愁听漏声迢递㈱。

1. 玉漏迟：词牌名。唐白居易《小曲新词》其二："好向昭阳宿，天凉玉漏迟。"取其"玉漏迟"为词调名。"漏"即漏壶，为古代计时器。玉漏，即以玉装饰的漏壶。玉漏迟，意谓夜深。《玉漏迟》原为古琴曲名，宋代演变为觱篥曲，成为教坊演奏的宫廷乐曲。宋代词作多咏节日、时令或为寿词。此调以宋祁《玉漏迟·杏香飘禁苑》为正体。双调，共九十四字。前片十句、五仄韵，后片九句、五仄韵。另有九十四字、九十六字、九十三字、九十字等诸变格体。

2. 素心：本心；素愿。又指心地纯洁。

2022年秋日于南京

江城子
夜游秦淮

秦淮十里一河风㈲,夜朦胧㈲,月溶溶㈲。

金粉楼台、绮户对华庭㈲。

迤逦兰舟浮绿水,迷津渡,看花灯㈲。

悠悠往事尽成空㈲,似飞蓬㈲,任飘零㈲。

梦里横塘、烟雨画桥东㈲。

漫道人生如逆旅,长叹息,意难平㈲。

1. 江城子:词牌名,又名《江神子》《村意远》《水晶帘》等。此调最早由晚唐五代韦庄首创,单调、三十五字,五平韵。至北宋苏轼时始变单调为双调。上、下片同调,共七十字。上、下片各七句、五平韵。代表作有苏轼《江城子·凤凰山下雨初晴》《江城子·密州出猎》《江城子·乙卯正月二十日夜记梦》等。这首《江城子·夜游秦淮》依苏轼体。双调,共七十字。上、下片各七句、五平韵。为夜游秦淮而作。

2. 月溶溶:形容月光非常净洁。

3. 迷津渡:这里的"津渡"指的是"码头"。

4. 花灯:南京市于每年春节前后都要举办"中国·秦淮灯会",至今已举办35届。在这里,既指"秦淮灯会",又指夜晚迤逦在十里秦淮河上的红纱宫灯。幽邃宁静,梦幻迷离,令人遐想,回味无穷。

5. 横塘:古堤名。三国吴大帝孙权时于建业(今南京市)南淮水(今秦淮河)南岸修筑。这里的"塘"意为"堤"。在源远流长的江南文脉中,"横塘"是富有诗意的意象。古诗词里,"横塘"的出现频率很高,它蕴含丰富,意境优美,备受历代文人青睐,不断被写进诗文里。如唐代崔颢的"君家何处住？妾住在横塘。停船暂借问,或恐是同乡"。又如宋代贺铸的"凌波不过横塘路,但目送、芳尘去。锦瑟华年谁与度？月楼花院,琐窗朱户,只有春知处"等。后来,"横塘"又成了美人家乡的代称,并由此引申演化为男女表达恋情、寄托相思的隐语。如唐代韩偓的"散客出门斜月在,两眉愁思向横塘",唐代刘方平的"门前月色映横塘,感郎中夜度潇湘",等等。"横塘"里充溢着柔软的情意和相思,弥漫着无限的惆怅与伤感。

2022年秋夜于南京

定风波
秋夜长

飒飒西风秋夜长_{平（韵）}，蛩声阵阵月盈窗_{平（韵）}。

渺渺云天归塞雁_{仄（韵）}，心念_{仄（韵）}，不知漂泊到何方_{平（韵）}？

常忆关山家万里_{仄（韵）}，迢递_{仄（韵）}，悠悠往事亦堪伤_{平（韵）}。

羁旅茫茫怜寂寞_{仄（韵）}，寥落_{仄（韵）}，茕茕无处话凄凉_{平（韵）}！

1. 定风波：词牌名，又名《定风波令》《卷春空》《醉琼枝》等。原唐教坊曲名，后用作词调名。《敦煌曲子词·定风波》中有"问儒士，谁人敢去定风波"语，可见此调取名之本意为平定变乱。此调始自五代欧阳炯，以欧阳炯词《定风波·暖日闲窗映碧纱》为正体。双调小令，共六十二字，上片五句，下片六句，每句都押韵。但《定风波》的韵式很特别，其韵式为："aabba, ccadda。"即上片各句所押的韵为"平平仄仄平"，下片各句所押的韵为"仄仄平仄仄平"。上片第一、二、五句押同一韵部的平声韵，第三、四句换仄声韵；下片第一、二、三句是平、上、去互押，第四、五句换仄声韵，第六句又回到原韵的平声韵。此调以七言句式为主，每句用韵，于平声韵中包孕三换仄声韵，又插入三个两字句，调势于流畅时忽然顿挫转折，因而韵律复杂，个性突出。此调宜于表现重大题材，亦宜言志与酬赠。其代表作有：五代李珣《定风波·雁过秋空夜未央》、宋苏轼《定风波·莫听穿林打叶声》《定风波·常羡人间琢玉郎》等。另外，宋代词人柳永将其演变为慢词，并全用仄声韵。其代表作如柳永的《定风波·自春来惨绿愁红》等。这首《定风波·秋夜长》依欧阳炯体。双调小令，共六十二字。

上片五句、三平韵、二仄韵,下片六句、四仄韵、二平韵。为写客寓江南秋夜之愁思。此词多用叠音词,如飒飒、阵阵、渺渺、悠悠、茫茫、茕茕等。

2. 渺渺:形容悠远、久远。又指一种若有若无的境界。

2022年秋夜于南京

扬州慢
清 秋

万木萧疏,风吹叶落,人间正是清秋(韵)。

看东篱呈艳,赏陶菊风流(韵)。

望不尽、千姿百态,嫣红姹紫,妩媚娇羞(韵)。

傲霜寒、倩影香魂,沉醉心头(韵)。

楚天极目,渐黄昏、霞映层楼(韵)。

见云海茫茫,青山隐隐,烟水悠悠(韵)。

落日匆匆西下,涯无际、碧野芳洲(韵)。

问泠泠孤月,浮生多少闲愁(韵)?

1. 扬州慢:词牌名。这首《扬州慢·清秋》为观赏菊花并感叹晚秋景物而作。

2. 东篱、陶菊:晋朝大诗人陶渊明一生爱菊、种菊、赏菊、咏菊,写了不少咏菊花的诗,如著名诗句"采菊东篱下,悠然见南山"等。因陶渊明最爱菊,又最先咏菊,故后世文人就将菊花称为"陶菊",凡写菊花又必称"东篱",并以东篱为菊花生长的地方,东篱也代指菊花。民间也将陶渊明称为十二花神中的九月菊花花神。

2022年秋日于南京

高阳台
秋

秋雨绵绵,秋风瑟瑟,秋声秋韵秋光㊿。

一碧无垠,泠泠孤月清凉㊿。

书天雁阵匆匆过,沐晚霞、归宿何方㊿?

念行藏㊿,湖海烟波,峰岭云乡㊿。

残荷败柳芳菲尽,看荻芦衰草,白露为霜㊿。

梦里江南,蛩声断续忧伤㊿。

泰娘桥畔秋娘渡,漫流连、沉醉横塘㊿。

正彷徨㊿,往事悠悠,心路茫茫㊿。

1. 高阳台:词牌名,又名《庆春泽》《庆春宫》《庆春泽慢》等。这首《高阳台·秋》依宋张炎词《高阳台·西湖春感》而填。双调,共一百字,上、下片各十句、五平韵。为写江南暮秋景色而作。

2. 一碧无垠:江南晚秋,碧空如洗,渺渺茫茫,一眼望不到边际。

3. 泰娘桥、秋娘渡:均为江南吴江地名。这里代指让人留恋的地方。

4. 心路:心意、思想,心计,胸襟、气量等。

2022年秋日于南京

素 月

素月正当窗(韵),泠泠照夜煌(韵)。

远山呈黛影,近水泛莹光(韵)。

西苑桂花落,东篱菊蕊香(韵)。

秋风吹塞雁,云海碧苍茫(韵)。

1. 素月:皎洁的月亮。

2022年秋夜于南京

重 阳

秋雨秋风秋夜凉(韵),一年一度又重阳(韵)。

东篱玉蕊花含露,西苑金英叶带霜(韵)。

孤雁悲鸣添寂寞,寒蛩哀泣动忧伤(韵)。

而今切莫登高望,离恨愁思也断肠(韵)!

1. 东篱玉蕊花含露,西苑金英叶带霜:这两句是对菊花的赞誉,赞美菊花不畏严寒、含露傲霜的坚韧品格。东篱玉蕊、西苑金英均指菊花。晋朝大诗人陶渊明一生爱菊、种菊、赏菊、咏菊,写了许多有关菊花的诗,如名句"采菊东篱下,悠然见南山"等,而菊花也逐渐成为超凡脱俗的隐逸者的象征。故后世多以"东篱"为菊花生长的地方,"东篱"也代指菊花。菊花为秋花,其美称为傲霜之花、花中君子、花中隐士等,雅称寿客,别称金英、黄华、女华、节花、秋菊、陶菊等。历代文人墨客爱菊者不乏其人,古人咏菊花的诗很多,其中也时有佳作。如中唐诗人元稹的七绝《菊花》便是较有情韵的一首,且别具一格:"秋丛绕舍似陶家,遍绕篱边日渐斜。不是花中偏爱菊,此花开尽更无花。"斜,作为韵脚,在这里读"xiá"。

2022年10月4日(重阳节)于南京

浮　　生

浮生寥落欲何求？浪迹萍踪忆旧游。

隐隐青山寻胜境，迢迢绿水送行舟。

烟霞有意烟霞醉，岁月无情岁月愁。

草木一秋人一世，闲云野鹤自风流！

1. 浮生:飘浮不定的人生。这是本诗词集的最后一首诗,为感叹人生坎坷和自己一生的心路历程而作。

2. 旧游:昔日的游览;昔日游览的地方;昔日交游的友人;过去所经历的人和事等。

3. 胜境:意思是佳境,风景优美的地方。又指诗文中美妙的意境。

4. 草木一秋人一世:人生一世草木一秋。俗语。意思是人生一世像草木生一春一秋一样非常短暂。

2022年秋日于南京

附录一　今体诗的平仄格式

五言律诗的四个基本句型

1. ⊗仄平平仄

2. 平平仄仄平

3. ⊕平平仄仄

4. ⊗仄仄平平

这四个句型错综变化,成为五言律诗的四种平仄格式。

五言律诗的四种平仄格式

1. 首句仄起仄收式(这种格式最为常见)

⊗仄平平仄,平平仄仄平韵。

⊕平平仄仄,⊗仄仄平平韵。

⊗仄平平仄,平平仄仄平韵。

⊕平平仄仄,⊗仄仄平平韵。

2. 首句仄起平收式

⊗仄仄平平韵,平平仄仄平韵。

⊕平平仄仄,⊗仄仄平平韵。

⊗仄平平仄,平平仄仄平韵。

⊕平平仄仄,⊗仄仄平平韵。

3. 首句平起仄收式

⟨平⟩平平仄仄，⟨仄⟩仄仄平平⟨韵⟩。

⟨仄⟩仄平平仄，平平仄仄平⟨韵⟩。

⟨平⟩平平仄仄，⟨仄⟩仄仄平平⟨韵⟩。

⟨仄⟩仄平平仄，平平仄仄平⟨韵⟩。

4. 首句平起平收式

平平仄仄平⟨韵⟩，⟨仄⟩仄仄平平⟨韵⟩。

⟨仄⟩仄平平仄，平平仄仄平⟨韵⟩。

⟨平⟩平平仄仄，⟨仄⟩仄仄平平⟨韵⟩。

⟨仄⟩仄平平仄，平平仄仄平⟨韵⟩。

五言绝句是五言律诗的一半，所以也有四种平仄格式。

五言绝句的四种平仄格式

1. 首句仄起仄收式（这种格式最为常见）

⟨仄⟩仄平平仄，平平仄仄平⟨韵⟩。

⟨平⟩平平仄仄，⟨仄⟩仄仄平平⟨韵⟩。

2. 首句仄起平收式

⟨仄⟩仄仄平平⟨韵⟩，平平仄仄平⟨韵⟩。

⟨平⟩平平仄仄，⟨仄⟩仄仄平平⟨韵⟩。

3. 首句平起仄收式

⟨平⟩平平仄仄，⟨仄⟩仄仄平平⟨韵⟩。

⟨仄⟩仄平平仄，平平仄仄平⟨韵⟩。

4. 首句平起平收式(这种格式罕见)

平平仄仄平[韵],[仄]仄仄平平[韵]。

[仄]仄平平仄,平平仄仄平[韵]。

七言律诗的四个基本句型

1. [平]平[仄]仄平平仄

2. [仄]仄平平仄仄平

3. [仄]仄[平]平平仄仄

4. [平]平[仄]仄仄平平

这四个句型错综变化,成为七言律诗的四种平仄格式。

七言律诗的四种平仄格式

1. 首句平起平收式(这种格式最为常见)

[平]平[仄]仄仄平平[韵],[仄]仄平平仄仄平[韵]。

[仄]仄[平]平平仄仄,[平]平[仄]仄仄平平[韵]。

[平]平[仄]仄平平仄,[仄]仄平平仄仄平[韵]。

[仄]仄[平]平平仄仄,[平]平[仄]仄仄平平[韵]。

2. 首句平起仄收式

[平]平[仄]仄平平仄,[仄]仄平平仄仄平[韵]。

[仄]仄[平]平平仄仄,[平]平[仄]仄仄平平[韵]。

[平]平[仄]仄平平仄,[仄]仄平平仄仄平[韵]。

[仄]仄[平]平平仄仄,[平]平[仄]仄仄平平[韵]。

3. 首句仄起平收式（这种格式也很常见）

仄仄平平仄仄平（韵），平平仄仄仄平平（韵）。

平平仄仄平平仄，仄仄平平仄仄平（韵）。

仄仄平平平仄仄，平平仄仄仄平平（韵）。

平平仄仄平平仄，仄仄平平仄仄平（韵）。

4. 首句仄起仄收式

仄仄平平平仄仄，平平仄仄仄平平（韵）。

平平仄仄平平仄，仄仄平平仄仄平（韵）。

仄仄平平平仄仄，平平仄仄仄平平（韵）。

平平仄仄平平仄，仄仄平平仄仄平（韵）。

七言绝句是七言律诗的一半，所以也有四种平仄格式。

七言绝句的四种平仄格式

1. 首句平起平收式（这种格式最为常见）

平平仄仄仄平平（韵），仄仄平平仄仄平（韵）。

仄仄平平平仄仄，平平仄仄仄平平（韵）。

2. 首句平起仄收式

平平仄仄平平仄，仄仄平平仄仄平（韵）。

仄仄平平平仄仄，平平仄仄仄平平（韵）。

3. 首句仄起平收式（这种格式也很常见）

仄仄平平仄仄平（韵），平平仄仄仄平平（韵）。

平平仄仄平平仄，仄仄平平仄仄平（韵）。

4. 首句仄起仄收式

⟨仄⟩仄⟨平⟩平平仄仄，⟨平⟩平⟨仄⟩仄仄平平⟨韵⟩。

⟨平⟩平⟨仄⟩仄平平仄，⟨仄⟩仄平平仄仄平⟨韵⟩。

附录二 《石城吟》中所用到的词牌及词作量

1. 满庭芳　三首
2. 高阳台(庆春泽)　三首
3. 扬州慢　三首
4. 雨霖铃　一首
5. 惜春令　五首
6. 浪淘沙　五首
7. 相见欢　五首
8. 清平乐　三首
9. 西江月　二首
10. 忆秦娥　三首
11. 虞美人　二首
12. 南歌子　五首
13. 少年游　五首
14. 好时光　二首
15. 好事近　二首
16. 醉花间　二首
17. 醉乡春　二首
18. 醉花阴　二首
19. 探春令　五首
20. 探春慢　二首
21. 柳梢青　五首
22. 武陵春　十首
23. 一剪梅　五首
24. 满宫花　三首
25. 看花回　二首
26. 海棠春　五首
27. 临江仙　五首
28. 天净沙　四首
29. 行香子　三首
30. 鹧鸪天　十首
31. 唐多令　五首
32. 浣溪沙　三首
33. 摊破浣溪沙　二首
34. 采桑子　三首
35. 促拍采桑子　二首
36. 木兰花　三首

37. 减字木兰花　二首
38. 偷声木兰花　二首
39. 折花令　一首
40. 东坡引　二首
41. 秋风清　三首
42. 秋夜雨　二首
43. 阮郎归　二首
44. 眉峰碧　二首
45. 眼儿媚　三首
46. 花前饮　一首
47. 城头月　二首
48. 忆汉月　一首
49. 惜分飞　三首
50. 烛影摇红　二首
51. 望江东　一首
52. 醉红妆　一首
53. 夜行船　一首
54. 黄金缕　二首
55. 一斛珠　二首
56. 越溪春　二首
57. 风入松　二首
58. 青玉案　五首

59. 破阵子　三首
60. 御街行　四首
61. 忆江南　十五首
62. 离亭燕　二首
63. 钗头凤　二首
64. 江城梅花引　二首
65. 南州春色　二首
66. 归去来　二首
67. 燕归梁　二首
68. 陌上花　一首
69. 祝英台近　二首
70. 翻香令　五首
71. 花上月令　三首
72. 家山好　三首
73. 思远人　二首
74. 金蕉叶　一首
75. 被花恼　一首
76. 梁州令　一首
77. 伊州令　一首
78. 珠帘卷　三首
79. 喜迁莺　二首
80. 江亭怨　一首

81. 拂霓裳　三首
82. 长亭怨慢　一首
83. 遍地锦　三首
84. 金错刀（君来路）　三首
85. 夏初临　一首
86. 醉思仙　一首
87. 天香　一首
88. 夜合花　二首
89. 松梢月　一首
90. 粉蝶儿　一首
91. 梦芙蓉　一首
92. 斗婵娟　一首
93. 绕池游慢　一首
94. 夜飞鹊　一首
95. 永遇乐　一首
96. 醉蓬莱　一首
97. 万年欢　一首
98. 过秦楼　一首
99. 风流子　一首
100. 升平乐　一首
101. 望远行　一首
102. 梦扬州　一首

103. 喜朝天　一首
104. 沁园春　一首
105. 汉宫春　一首
106. 木兰花慢　一首
107. 石州慢　一首
108. 摸鱼儿　一首
109. 六州歌头　一首
110. 莺啼序　一首
111. 玉漏迟　一首
112. 江城子　一首
113. 定风波　一首

附录三 《流年集》《暮吟草》和《石城吟》中所用到的词牌及词作量

1. 清平乐 五首
2. 忆秦娥 四首
3. 西江月 六首
4. 水调歌头 三首
5. 醉花阴 四首
6. 满江红 三首
7. 破阵子 七首
8. 虞美人 四首
9. 浪淘沙 十八首
10. 江城子 五首
11. 沁园春 二首
12. 唐多令 十五首
13. 雨霖铃 三首
14. 凤凰台上忆吹箫 二首
15. 八声甘州 三首
16. 贺新郎 二首
17. 扬州慢 九首
18. 忆江南(梦江南) 四十一首
19. 菩萨蛮 一首
20. 诉衷情 二首
21. 蝶恋花(黄金缕) 五首
22. 踏莎行 二首
23. 一剪梅 七首
24. 青玉案 七首
25. 浣溪沙 四首
26. 秋波媚(眼儿媚) 五首
27. 南歌子 十四首
28. 采桑子 五首
29. 鹧鸪天 十七首
30. 渔家傲 一首
31. 临江仙 十五首
32. 鹊桥仙 一首
33. 相见欢(乌夜啼) 十三首
34. 离亭燕 三首
35. 桂枝香 二首

36. 念奴娇　四首
37. 永遇乐　二首
38. 望海潮　一首
39. 水龙吟　二首
40. 木兰花慢　二首
41. 满庭芳　六首
42. 高阳台（庆春泽）　九首
43. 苏幕遮　一首
44. 少年游　九首
45. 武陵春　十五首
46. 摊破浣溪沙　三首
47. 点绛唇　一首
48. 一丛花　六首
49. 天仙子　一首
50. 柳梢青　六首
51. 青门引　二首
52. 御街行　七首
53. 石州慢　三首
54. 祝英台近　三首
55. 谢池春　一首
56. 夜游宫　二首
57. 桃源忆故人　一首

58. 好事近　四首
59. 月下笛　一首
60. 谒金门　一首
61. 定风波　二首
62. 南乡子　一首
63. 山亭柳　一首
64. 采桑子慢　一首
65. 解语花　一首
66. 画堂春　五首
67. 西河　一首
68. 汉宫春　二首
69. 绮罗香　一首
70. 卜算子　二首
71. 阳关曲　三首
72. 忆王孙　五首
73. 长相思　一首
74. 渔歌子　二首
75. 生查子（楚云深）　二首
76. 玉楼春　二首
77. 巫山一段云　三首
78. 秋蕊香　二首
79. 朝中措（芙蓉曲）　二首

80. 太常引　一首

81. 减字木兰花　三首

82. 如梦令　二首

83. 捣练子　五首

84. 惜分飞　四首

85. 小重山　一首

86. 好时光　三首

87. 探春令　八首

88. 惜春令　六首

89. 伊州令　二首

90. 海棠春　六首

91. 城头月　三首

92. 满宫花　四首

93. 华清引　一首

94. 木兰花　五首

95. 伤春怨　一首

96. 柳含烟　一首

97. 杏花天　一首

98. 天净沙　七首

99. 一斛珠（醉落魄）　五首

100. 醉春风　一首

101. 锦缠道　一首

102. 误佳期　一首

103. 人月圆　一首

104. 贺圣朝　一首

105. 夜行船　二首

106. 看花回　三首

107. 越溪春　三首

108. 风入松　四首

109. 传言玉女　一首

110. 江月晃重山　二首

111. 烛影摇红　三首

112. 行香子　五首

113. 最高楼　一首

114. 梁州令　二首

115. 促拍采桑子　四首

116. 极相思　一首

117. 折丹桂　一首

118. 桂华明　一首

119. 雨中花令　二首

120. 醉乡春　三首

121. 滴滴金　一首

122. 望江东　二首

123. 忆汉月　二首

124. 思远人　三首
125. 后庭宴　一首
126. 解佩令　一首
127. 玉梅令　一首
128. 风光好　一首
129. 家山好　四首
130. 归去来　三首
131. 眉峰碧　三首
132. 洞天春　一首
133. 花前饮　二首
134. 千秋岁　三首
135. 锦帐春　一首
136. 婆罗门引　一首
137. 蓦山溪　一首
138. 洞仙歌　一首
139. 四犯令　一首
140. 破字令　一首
141. 秋夜雨　三首
142. 骤雨打新荷　一首
143. 陌上花　二首
144. 声声慢　二首
145. 醉蓬莱　二首

146. 万年欢　二首
147. 鱼游春水　一首
148. 渡江云　一首
149. 喜朝天　二首
150. 梦扬州　二首
151. 南浦　一首
152. 阮郎归　三首
153. 桂殿秋　三首
154. 倾杯乐　一首
155. 凄凉犯　一首
156. 明月逐人来　一首
157. 薄媚摘遍　一首
158. 过秦楼　二首
159. 望远行　二首
160. 风流子　二首
161. 齐天乐　一首
162. 升平乐　二首
163. 寻梅　一首
164. 东风齐着力　一首
165. 东风第一枝　一首
166. 兰陵王　一首
167. 探春慢　三首

168. 恋芳春慢　一首

169. 南乡一剪梅　一首

170. 春声碎　一首

171. 倾杯令　一首

172. 玉漏迟　二首

173. 夜半乐　一首

174. 莺啼序　二首

175. 醉花间　二首

176. 偷声木兰花　二首

177. 折花令　一首

178. 东坡引　二首

179. 秋风清　三首

180. 醉红妆　一首

181. 钗头凤　二首

182. 江城梅花引　二首

183. 南州春色　二首

184. 燕归梁　二首

185. 翻香令　五首

186. 花上月令　三首

187. 金蕉叶　一首

188. 被花恼　一首

189. 珠帘卷　三首

190. 喜迁莺　二首

191. 江亭怨　一首

192. 拂霓裳　三首

193. 长亭怨慢　一首

194. 遍地锦　三首

195. 金错刀（君来路）　三首

196. 夏初临　一首

197. 醉思仙　一首

198. 天香　一首

199. 夜合花　二首

200. 松梢月　一首

201. 粉蝶儿　一首

202. 梦芙蓉　一首

203. 斗婵娟　一首

204. 绕池游慢　一首

205. 夜飞鹊　一首

206. 摸鱼儿　一首

207. 六州歌头　一首

参 考 文 献

[1]王力.汉语诗律学[M].上海:上海教育出版社,1962.

[2]王力.诗词格律[M].北京:中华书局,1962.

[3]龙榆生.唐宋词格律[M].上海:上海古籍出版社,1978.

[4]俞平伯.唐宋词选释[M].北京:人民文学出版社,1978.

[5]唐诗鉴赏辞典[M].上海:上海辞书出版社,1983.

[6]宋诗鉴赏辞典[M].上海:上海辞书出版社,1987.

[7]唐圭璋.唐宋词鉴赏辞典[M].江苏:江苏古籍出版社,1986.

[8]李文学.唐诗典故辞典[M].陕西:陕西人民出版社,1989.

[9]王力.诗词格律概要[M].北京:北京联合出版公司,2006.

[10]耿振生.诗词曲的格律和用韵[M].郑州:大象出版社,2009.

[11]刘福元,杨新我.古代诗词常识[M].石家庄:河北人民出版社,2009.

[12]陈廷敬,王奕清,等.康熙词谱[M].长沙:岳麓书社,2000.

[13]舒梦兰.白香词谱[M].上海:上海古籍出版社,2001.

[14]严建文.词牌释例[M].杭州:浙江文艺出版社,1984.

[15]中华书局编辑部.中华传统诗词经典丛书:怎样用韵[M].北京:中华书局,2013.

后　　记

作诗填词，在古代是文人雅士们即兴抒怀或歌咏唱酬的风雅之事，对我来说，是年轻时即有、直到暮年也不曾泯灭的、终老一生对古典诗词的爱好。古人所创作的那些脍炙人口的隽永诗篇、华美辞章令人百读不厌，所描绘的那些梦幻迷离的美妙意境经常浮现在脑海中，所吟咏的那些壮美河山和美丽的自然风光令人向往，所歌颂的那些大德先贤们的高尚品德和志士英烈们的浩然正气时时在心中激荡。

数十年来，为生计而奔波，因工作和生活琐事之累而无暇进行诗词创作，但却从未放弃对古典诗词的热爱与研习。退休之后已年近古稀。对于大多数中国的退休职工来说，退休即上岗，退了工作的休而上了为儿女看护下一代的岗。此时的我，为追逐儿时的梦想，却在迟暮之年重新开始了自己的诗词创作之旅。暑往寒来，夜以继日，忙里偷闲，笔耕不辍，我的诗词伴随着小外孙的成长也在逐渐增多。光阴似箭，日月如梭，一眨眼十年过去了，我随女儿一家四处奔波，先由北京迁往广州，继而由广州迁往深圳，又从深圳迁到南京。在不断的迁徙中，我也遍历各地风光，并在忙碌中得以流连山水、游览名胜、瞻仰古迹、凭吊古圣先贤。游览祖国的锦绣河山、名胜古迹更增加了我对伟大祖国的热爱，更以作为华夏子孙而自豪。游历为我的诗词创作提供了丰富的素材,也陶冶着情操、启迪着我的心灵。对我来说,作诗填词,累则累矣,但也由此而快乐着。不是为作诗而作诗,更不为沽名钓誉,只为不忘初心,找回自己,情之所至,有感而发罢了。

浮生若梦,岁月如歌,诗词记录着我内心幽微的情感和生活的痕迹,愿美妙的诗词能诠释人生的真谛!世海沧桑,岁月如流,光阴荏苒,年华老去。阅尽人间百态、尝遍人生的苦辣酸甜之后,对于迟暮之人来说,一切都如过眼烟云、镜花水月。在此,谨以此诗词集献给我的亲人、我爱的人、爱我的人、我的亲朋故旧和那些高尚善良的人们!

本书的编辑出版,得到了知识产权出版社的大力支持,在此,对为本书的编辑出版付出辛劳的各位同志表示衷心的感谢!同时,我也要感谢我的家人在我写作诗词的过程中给予我的理解、关怀和支持。佛说:"心如莲花,人生才会一路芬芳。"谢谢大家!

是为后记。

石恒济

2022年秋日于南京